文芸社セレクション

世界の産声

久保田 梢

これまで出会ったすべての存在と　これから出会うすべての存在たちへ

点が　打たれる
左右に伸びて　線となり
起き上がる線の　最上点
テントウムシが　輪を描く

I

1

ビー・・・・・

最上階をしめす小さな赤いライトが灯り、ブザー音とともにエレベーターの扉が開いた。さえざえとした青白い照明がゆったりと弧を描く窓のないなめらかな白銀色の細い通路を照らし、エレベーターをでて規則正しいリズムで歩いていく足は通路の壁と区別がつかないほど装飾のない厚い扉の前で立ちどまり、扉の上部につけられた小さなレンズが小さなモーター音を上げ、背筋を伸ばして時を待つ人物をのぞき込むように焦点を合わせた。

「入りたまえ」

レンズ横の小さなスピーカーから固く重い声が聞こえ、空気を切る音とともに扉が片方の壁に吸い込まれた。がらんとした円形の薄暗い大きな部屋の広がりに、床から天井まで届く厚い窓が部屋半分を囲い、窓の外に広がるどれほどの空間があるのかもわからない星ひとつまたたくことのない硬直した暗闇を映しながら開かれた扉から明かりを背にして部屋の中に入ってくる人物を映した。部屋の中央に天井から吊り下げられた大きな振り子は、先端の大きな真鍮の球体を引っ張り引っ張られながら一定のリズムでゆったりと一端から他端へいったりきたりして空中に見えない点を打ちながら円を描き、床一面に張られた透明なアクリル板の下に隙間なく並べられた小さな電球が、赤色を灯していくつもの数字や記号を形作ってはすぐに別の数字や記号に形を変えていき、ひとつの羅列がきれいに作られたかと思うとすぐにまた別の数字や記号に変わっていき、まるで永遠に終わることのない計算をしているかのようだった。そして、窓の前に置かれたこの部屋には不釣り合いとも見える豊かな彫刻がほどこされた重厚なマホガニーの机の向こうで、窓に向けられた革張りの回転椅子の高い背もたれの向こうから一筋のタバコの煙がゆらゆらと上っていた。

「報告書が届きました」部屋の中を歩いてきた人物は机の前でかかとをそろえてとまり、若々しい声を上げた。

「そこに置いておいてくれ」スピーカーから聞こえた同じ声が、背もたれの向こうから響いた。

「ご覧にならないのですか？」

「ああ」

「しかし・・・」

「何だね？」けげんな声とともに回転椅子の肘かけにつけられたボタンが押され、ひどく疲れた顔があらわれた。

「いえ。これが届くのをずっと待っておられたのだと思っていましたので」

「ああ。確かに待っていた。だが、今となっては、もう・・・」背もたれから重そうに上体を起こした身体は机の上の石のプレートに手を伸ばしてタバコの火を消し、立ち上る煙が小さく渦を巻いて消えた。

「では、せんえつながら、わたくしがこれを読ませていただいてもよろしいでしょうか」好奇心にあふれた若者の声が手にしている分厚い紙の束の上に吹かれ、小さな沈黙が落ちた。

「かまわない。私は、もう疲れてしまった。一度、眠ってみようかと思うのだよ。どうしてか、あの時間がなつかしく思えてな。まったく、おかしなことだ。この私が、そんなことを思うなど・・・。この手を見なさい。この手で、私は何をしたのか・・・。外を見てみなさい。今や、この地に何が残っておる？」悲しみともあきらめともわからない息を吐き、背もたれによりかかった身体は、自分の手を見つめてもう一度息を吐いた。

「しかし、我々の任務は世界を救うことであります。今は、まだその途上であると・・・」

「救う・・・。そうだったな。だが、我々は一体何を救おうとしておるのだ。風がやんでからどれくらいたつ？　世界は沈黙し、暗闇は増すばかりだ。ここに、これから何を見ようというのだね」若者の声に閉じようとしていたまぶたを重そうに開け、小さないらだちを込めて言葉を吐いた。

「では、この報告書はもう遅かったということですか？・・・あれは、何でしょうか？」

　窓の外に広がる暗闇に、何色ともわからない光がひとつ灯っていた。それは見つめている間にどんどん輝きを増して赤と金色の筋を左右に伸ばしていき、ゆっくりとまぶたを開けるように光の帯が広がっていった。そして、その中心から巨大な光の球がひとつ悠然と上がってくると、暗闇を遠ざけながら、あるいは内に取り込みながら空と大地をしめしていき、さえぎられることなく広がっていくその透明な光は大地の上にそびえ立つ凹凸のない円筒形の建物を照らして最上階の厚い窓を抜け、薄暗い部屋の中に伸び広がっていった。床下であらわれては過ぎていく数字と記号の羅列は光の中に溶けていくように見えなくなっていき、部屋の中央で一定のリズムで揺れ続ける振り子は光を反射しながら背後に影を作り、黒い弧を描いていった。そして、高い背もたれの後ろからじわじわと感じる熱と机をはさんで対面する若者の端正な顔が驚きの表情とともにありありと見えてくると、重い手は驚嘆と戸惑いに震えながら肘かけのボタンを押して窓を向き、照らされた顔はその光のあまりのまぶしさにまぶたを細め、目の前で起こりはじめた光景に大きく目を開いていった。

「ああ、なんと！　やはり、世界は回っておる。回っておるぞ！　さあ、読みなさい。あの太陽を呼んだ者のうたを！」

2

ハア、ハア、ハア、ハア・・・・

茜色の空に、日の出とも日の入りともわからない泣き腫らしたような真っ赤な太陽が、どこまでも広がる荒涼とした乾いた大地の地平線上をゆっくりゆっくりとなでるように移動していた。時折思いだしたように立ち上がる風が砂ぼこりを舞い上がらせ、枝から落ちてしまったチョウのサナギのように横たわる巨大な都市を覆う鋼鉄の壁を叩いていった。

かすかな揺れに一陣の大きな風が渦を巻き、風の中から背後に遠く都市を置いて必死に走るひとりの青年があらわれた。視界をすべて覆うようなリング状の白銀色のサングラスを頭につけた青年は、耳もとでけたたましい音が鳴り続けていることにかまうことなく走り続けていたが、とうとう息が切れて足をとめ、膝に手をあてて呼吸を整えながら吹きだす汗をぬぐった。そして、視線がサングラスの上部でチカチカとせわしなく明滅し続ける小さな赤色のドットに向くと、ブンッと小さなうなりが上がって目の前が一面の黒い画面になり、そこに次々と文字があらわれては流れていった。

――今スグ戻リナサイ。オマエノ居場所ハココニシカナイ。ワタシハオマエタチガ望ム世界ヲ実現スルタメニ最善ヲツクシテイル。ココニイレバオマエタチハ完全ニ安全ナ世界デ永遠ニ生キラレル。オマエタチトワタシガトモニ作リ上ゲタプログラムハ完璧ダ。ワタシノ計算ニ間違イハナイ。スケジュールヲ守リナサイ。オマエノ行動ハ逸脱シテイル。問題ヲ起コスコトハ全員ニ危害ヲモタラス。戻リナサイ。戻リナサイ。戻リナサイ。戻リナサイ。コノママワタシノ指示ニ従ワナイノナラバ・・・・・

「クソッ！」

青年は痛みにかまうことなくサングラスを頭から引き離し、辺りに広がる光景のまぶしさに一瞬まぶたを細め、一層大きく警告音を発しはじめたサングラスを振り上げて力いっぱい振り下ろそうとした。すると、警告音がやみ、反射的に動きをとめた青年の手の中でサングラスが小刻みに震えだし、小さなスピーカーからノイズ混じりの声があらわれては流れていった。

「はやく戻ってこい！　外は危険だって、あれだけいったじゃないか！　どうして、おまえはいつまでもそうやって反抗的な態度をとるんだよ。おれたちは、おまえのことを心配していっているんだぞ。さあ、機嫌を直して戻ってこい。今なら、彼女も許してくれるさ。すぐにまたおまえに最適なプログラムを作り直してくれるはずだ。おまえは、ただ彼女の指示に従っていればいいんだ。簡単だろう？　考えるなんてわずらわしいことに時間を使わなくてすむんだからな。こんなにすばらしいことはないじゃないか！　そうだろう？　だから・・・」

「だまれ！」

青年は、サングラスを強く握って思い切り地面に叩きつけた。サングラスは手応えのない音を立てて小さく跳ね、繋がりを断たれた輪を空に向けて黙った。青年は、それに目を向けることなくもつれる足を前に踏みだしていった。

「あれが、何だっていうんだ。あいつらだって、どうして・・・」

「あれは、おまえが望んだ世界ではないのか？」上空に大きな風が吹きわたり、声が下りてきた。

「僕は、あんな世界を望んだ覚えはない！」青年はもうろうとする意識の中で、視線のずっと先で揺らいでいる地平線を見つめながら答えた。

「では、なぜあの都市は生まれたのか？」声は、問いを続けた。

「みんながそう望んだからだ。でも、僕は違う！」

「違う？　おまえとあの者たちと何が違うというのだ？」

「あいつらは、生きていないじゃないか！　自分の望みも意志も放り投げて、ただ指示されるままに漂っているだけだ」

「おまえは、世界を変えたいのか？」

「そうだ」

「ならば、なぜうたわない？」

「うたう？　そんなことをしたら、世界が壊れちゃうじゃないか！」

「おまえは、それを望んだのだろう？」

「それは・・・」

上空高く紙飛行機のような機体がひとつ音もなくあらわれ、通り過ぎていった。風がやみ、背後に引いていく砂に振り向くと、すべての音が一点に向かって一気に吸い込まれるように消え去り、耳が痛くなるほどの急激な空気の圧縮に、都市のある方角から巨大な閃光が広がった。そして、強大な引力によって時間と空間が引き伸ばされていくかのようにゆっくりゆっくりと黒々とした影をつれた巨大な煙が上空へ向かって確実に湧き上がっていくのを見ると、それは後を追うように次々と上がっていく煙に大きく大きく膨れ上がっていき、はるか上空から押さえつけられるように広がっていった。

「何てことを・・・」

大な風圧が一気に押しよせた。

「おまえたちの望みだ」

「・・・。違う！　違う！　違う！　違う・・・」

受け入れられないと、激しく首を横に振りながら後ずさりしていく青年の足にドスンッと大地を叩き落とすかのような衝撃がつたわり、波紋が広がるように放たれた巨大な風圧が一気に押しよせた。

やわらかな風がそっと頬をなで、青年ははっとしてまぶたを開けた。うつ伏せに倒れたまま上体を起こして辺りを見回すと、身体に積もった砂ぼこりが流れ落ち、風に吹かれて渦を巻いて移動した。青年は荒涼とした乾いた大地がどこまでも続く風景にひとつ息を吐き、再び地面に伏せた。

どこからかタンポポの綿毛があらわれ、ふわりふわりと青年の顔の前に横たわった。青年は重そうに顔を起こして驚きと嬉しさの混じった表情でそれを見つめると、深く息を吐いて立ち上がり、再び歩きだしていった。

タンポポの綿毛は青年の起こした風に舞い上がり、高く高く上がっていった。

3

コツ、コツ、コツ、コツ・・・・・

群青色の空高く白銀色の満月が煌々と輝き、星の子らが先を競うように遠く山々の連なる向こうへ駆けていった。月明かりに照らされた草原に広がる湖の中央にそびえ立つ外側に螺旋階段が廻る石造りの塔につけられた一艘の手漕ぎボートが起きた風に揺れ、広がる波紋が湖面に映る満月を散らしていった。風は渦を巻いて草原をなで、葉音を立てて揺れる草原の中から小さな白い羽根がひとつ舞い上がると、夜空に向かって立ち上がった巨人の影が、風にのって飛んでいく白い羽根に手を伸ばして山々を越えていった。

窓にさす月明かりをはるか上に置いて、塔の内側を廻る螺旋階段をためらいがちに揺れるロウソクの火が、一定のリズムを刻む靴音とともに下へ下へと下りていた。湿った冷気が辺りを包み、階段の終わりとはじまりの場につくと、かかげた火に豊かな彫刻がほどこされたマホガニーの重厚な扉があらわれ、扉の下の隙間から扇状にもれるやわらかな明かりが足もとを照らし、扉の上のライオンの頭部をかたどった黄金の彫刻は、扉の前に立った人物を映しながらその背後に広がる暗闇を見つめていた。火を吹き消し、きしむ音を響かせて扉を押し広げながら入っていくと、部屋の中からもれていたであろう明かりは吸い込まれるように消えていき、入ってきた人物の背後で扉が閉まるのと同時に鐘の音のような音が響いて静まり、この場にいるはずの自分の存在さえわからなくなるほどの完全な暗闇と静寂に包まれた。

わずかな空気の動きを感じて目の前の暗闇をじっと見つめると、ぼっとオレンジ色の火が灯り、そのあたたかなまぶしさに一瞬まぶたを細めた。火はぐらりと揺れてランタンの中にあることをしめし、ランタンは暗闇の中にあって見ることのできない天井から吊り下げられていることをしめし、ランタンの明かりはその下に使い古された木製の素朴な机と椅子があることをしめした。小さな足が走ってくる音が聞こえ、机の向こうの暗闇から深い緑色の長衣を着た黄金の角のある羊の頭をかぶった少年があらわれると、その勢いのまま脇に抱えたオセロ盤を机の上に置いて椅子に座った。

「ねぇ。オセロの相手をしてよ」少年は床にとどかない裸足の足を机の下で遊ばせ、その肩にとまったトンボは、どこを見ているのかつかめないオーロラを宿したような大きな目をこちらに向けた。

「しない。僕は、きみと遊ぶためにここにきたんじゃない」

「ふーん。じゃ、何をしにきたの?」

「受け取りにきたんだ。この奥にいるんだろう?　さぁ、呼んできてくれ」

「奥?　それって、どこのこと?　それに、誰を呼ぶの?　ここには、僕しかいないのに」

「おい。あまりイライラさせないでくれ。ここにそれがあることは、わかっているんだ。はやく呼んできてくれ。報酬は、ここにある」小さな袋が、硬貨の擦れ合う音を立てて少年の前に突きだされた。

「それは、何?　新しい遊び?　ここには僕しかいないっていったじゃないか。それに、きみが欲しがってるものは、もう・・・」

「黙れ!　子供のくせに、知ったような口をきくな!」荒げた声とともに思い切り叩かれた机の上からオセロ盤がひどい音を立てて床に落ちた。

　少年は動じることなく長衣のフードを目深にかぶり、トンボをつれて背後の暗闇に消えていった。金属のきしむ音が聞こえ、顔を上げると、炎をたなびかせながら振子のように揺れるランタンが頭上高く上がっていくのが見えた。ドスンッと重い物が落とされる音と振動に視線を下げると、机の上に深い緑色の分厚い本が一冊置かれていた。そして、机の向こうの暗闇から血管が浮きでたしみとしわだらけの節くれ立った老人の左手が伸びあらわれると、本をつかみ、自分のもとへ引きずりよせていった。はっとして、小さな袋を手放した手は身体ごと本につかみかかり、老人の手から強引に奪い取ってむさぼるようにページをめくっていった。しかし、そこに書かれているものが、文字といえるかどうかもわからないものばかりで何ひとつ読むことができないとわかると、怒りと悔しさに本を投げ捨てた。

「おまえは、僕にこれが読めないことがわかっていたんだな！」

「おまえは、これが欲しかったのだろう？　しかし、これを読めぬおまえが、この世界を手に入れようとはな」老人の手はいつの間にか消え去り、目の前の暗闇の向こうから不敵な笑い声と深く響く声が聞こえた。

「世界を手に入れるだと？　僕が知りたかったのは、そんなことじゃない！」

「では、おまえが知りたいこととは何だ？」

「あれが、本当にあるのかってことだ」

「おまえは、なぜその答えを私が知っていると思うのか？」

「おまえ以外の誰にきけっていうんだ？」

「この私は、誰なのだ？　私が今ここでおまえの問いに答えたとして、おまえはどうやってその真偽を確かめるのだ？」

「それが真実ならば、それ自身が同意するはずだ」

「では、答えはすでにでているようだな」声は、すべていい終わったというように暗闇をつれて去っていこうとした。

「待て！　おまえは、まだ答えをいっていない！　僕は、どうしたらいいんだ！」

「うたえ。私が私を知るために。そして、おまえがおまえを知る時に、おまえはそれをそれと知るだろう」

「・・・。おまえは、どうしていつもそうなんだ？　言葉遊びをしている暇なんてないんだぞ！　それとも、おまえはこのまま世界が壊れてしまってもいいと思っているのか？」

「壊れた世界の後にあるものは、何なのだ？」

開かれた問いに言葉をのみ、ひと時のまったくの静寂に答えがしめされると、鐘の音が鳴り響き、一気に開かれた扉から大きな風が吹き込んできた。風は螺旋状に部屋の中を駆け上がり、小さな明かりとなったランタンの火は風を受けて勢いよく燃え上がってその勢いのまま消え、立ち上る煙がほのかな光を宿してゆっくりゆっくりと下りてきた。すべての喪失と享受に立ちつくす身体は、そっと頬をなでるやわらかな風にうながされるままに顔を向け、辺りを包む煙にタンポポの綿毛がふわりふわりと見えかくれしながら飛んでいるのを見た。

「・・・あの森は、まだ死んでいないのか?」

大きく目を開いてすがるように伸ばした手に、タンポポの綿毛は逃げるように、あるいは誘導するようにすっと煙の中に見えなくなった。タンポポの綿毛を追いかけて走りだした足は、全身を包むように放たれた強烈な光にまぶたを閉じ、広がる暗闇に世界が反転した。

4

白、黒、白、黒、白、黒、白、黒・・・・

重く甘い風が凍った白銀色の大地を起こすようにゆったりと吹きわたり、上空を覆っていた厚い雲がバトンをわたすように割れていくと、いく本もの光の矢が降り注ぎ、世界に色を教えていくようにその光を走らせていった。

森の中に建てられた修繕を終えて冬越しをした山小屋の閉じられた窓にやわらかな明るい陽の光があたり、薄暗い部屋の中へ伸び広がっていった。暖炉の中で燃えていたオレンジ色の火は光の中に溶けていくように薄らいでいき、壁にかけられた深海に広がる広大な森が描かれた一枚の絵は、額縁に張られたガラス板が光を反射して光の背後に見えなくなり、部屋の奥へ伸びていく光は、手作りの新しい本棚に隙間なく並べられた本の背表紙をなでていった。窓辺に置かれた作業机にうつ伏せのまま眠っていたクライは、部屋の中に満ちていく明るいあたたかさにうながされるようにまぶたを開け、あまりのまぶしさに一瞬まぶたを細めた。そして、伸びをしながら上体を起こして椅子の背もたれによりかかると、ひとつ息を吐いて、どこを見るでもなくぼんやりと目の前の窓に視線を向け、思いだしたように机の上に開いたままのノートをどかしてオセロ盤を引きよせ、ひとりでゲームをはじめた。

「それは、楽しいのか?」

ふいに背後からしゃがれているがあどけなさのある声がした。駒を持ったまま振り向くと、本棚の上に短くたくましい大きな裸足の足を遊ばせながら座るよれよれの三角帽子をかぶったトロールが、ぎょろりとした大きな目をこちらに向けていた。

「なんだ。ルルルか」クライは特に驚くことなくオセロ盤に向き直り、持っていた駒の白い面を表に向けて黒い面を表に向けて置かれた駒の隣に置き、白い面を向けた駒にはさまれた黒い面を向けた駒を白い面に返していき、白い面を向けた駒の隣に黒い面を向けた駒を置くと、黒い面の駒にはさまれた白い面の駒を黒い面に返していった。

「ナンダってのは、何だ?」ルルルは、その場にすっくと立ち上がって両手を腰にあてた。

「別に意味なんてないさ。ただ、ああ、ルルルかって思っただけだよ」クライは、振り向くことなく答えた。

「人間ってのは、まったく不思議な生き物だ。おいらにはじめて会った時、あんなに驚いていたじゃないか」ルルルは、胸の前で腕を組んで首を傾げた。

「僕は、人間の代表じゃないよ。それに、おまえは昨日もきたじゃないか。一昨日もその前の日もそのまた前の日も、毎日毎日おまえはここにきているんだ。もう、驚いたりしないよ」

「おー。これが、人間たちの慣れるっていうやつか」ルルルは、ぎょろりとした目をさらに大きくして感心したように何度もうなずいた。

「そんなに驚くことか？」

「驚くさ。だって、昨日おいらがここにきたからって、今日もくるなんてわからないじゃないか。もし、今日おいらがこなかったら、おまえはどう思ったんだ？」

「別に今日一日こなくたって、どうとも思わないさ」クライは、特に考えることなく答えた。

「じゃ、明日もこなかったらどう思うんだ？」

「今日もこなかったなって、思うんじゃないか？」

「じゃ、次の日もその次の日も次の日もこなかったらどうなんだ？」

「・・・何かあったのかなって思うかもな」クライは少し考えてから答えたが、視線はオセロ盤に向けたまま駒を手に取った。

「そうなのか？　おいらのことを心配してくれるのか？　じゃ、ずーっとずーっとこなかったらどう思うんだ?」ルルルは、何かを期待するかのように顔を前にだした。

「もう、こないのかもって思うかもな。他のところにいったんだろうって」

「探したりしないのか?　おいらがこなくなったことに何とも思わなくなって、おいらのことなんてすっかり忘れてしまうのか?」ルルルは、信じられないとでもいうように頭を抱えた。

「おまえは、突然あらわれたんだ。突然いなくなったって、何とも思わないさ」

「おー」ルルルはクライの言葉に声を上げて肩を落とすと、ごつい大きな手で顔を覆っていかにも悲しいというように肩を上下に動かして泣き声を上げた。

クライは手にした駒を机の上に置いて振り向き、しばらくルルルの様子を見ていたが、やれやれというように大きくため息をついた。クライは、ルルルが嘘泣きをしていることがわかっていた。ルルルもそれを知っていて、ただ人間の真似をして楽しんでいるだけだった。

「なあ。少し静かにしてくれないか。僕は、考えたいことがあるんだ。暇なら、ほら、そこに本があるだろう?」

ルルルはクライの言葉に顔を覆っていた手を放して足もとの本棚を見下ろし、肩をすくめてすぐに顔を上げた。

「なあ。そろそろ森にいかないか?」

「森? まだ雪が深くていけないよ。もう少し待つんだな」クライはルルルの問いに、窓の外で陽を受けてきらきらと輝き返す深く降り積もった雪に視線を向けた。

「森だよ。モ、リ」ルルルは、そうじゃないとでもいうように口をおおげさに動かして見せた。

「・・・なぞなぞでもしているのか?」クライは、いらだちを見せるようににらみつけた。

「そこに、おまえが知りたいものがあるぞ。おいらについてきな!」ルルルはクライの様子にかまうことなく自信たっぷりに胸を張り、そのぶ厚い胸板を叩いた。すると、ぽんっといい音が鳴った。

「おまえは、まったく不思議な生き物だ。おまえについていくなんて、不安しかないね。だいたい、僕が今何を考えているのかだって、おまえは知らないじゃないか」

クライは、オセロ盤に向き直ってまだどこに置くこともどちらの面にすることも決めていない駒を手に取り、ルルルは、上体を大きく後ろに反らせてガハハハッと豪快に笑った。

「おまえの考えていることなんて、とっくにわかっているさ。おいらがここにきたっことが、その答えじゃないか。おまえは、そうやってずっとここにいるつもりなのか？　いこうぜ！」

「いくって、どこにいくんだよ。森は、ここにあるじゃないか。それに、僕はここにきたくてきたんだ。もう、どこかにいこうとは思わないさ」クライは、ルルの笑い声が気になりながらも振り向くことはしなかった。

「おまえは、この場所もいずれでていかなきゃいけないってことがわかっているんだ。わかっているから、それを信じたくないんだろう？　いこうぜ。潮時だ」

ルルは、手にした駒を机の上に置いて顔を上げたクライににやりと笑って本棚の上から飛び降り、その大きな両足でその場で大きく飛び跳ねはじめた。すると、その振動に部屋全体が大きく揺れはじめ、慌てて立ち上がったクライは、机と椅子をつかんで身体を支えながら何がはじまったのかと飛び跳ね続けるルルの方を見た。机の上のオセロ盤は大きく弾んで盤上に並べられた駒を跳ね飛ばし、駒は机の上や床の上を飛び跳ねながら白い面が黒い面に、黒い面が白い面にくるくると勝手に返っていった。本棚に並べられた本は次々と飛びだして床に落ち、床の上を弾むたびにぱらぱらと勝手にページがめくれていった。壁にかけられた絵はとめ具を支点にして大きく左右に揺れ、ガラス板の奥の絵が部屋の中にさし込む陽の光からはずれて見えたり見えなくなったりし、閉じていた窓はせき立てるようにばたばたと音を立ててついに開かれると、大きな風が一気に吹き込み、暖炉の中の火がぼっと大きく燃え上がった。

「おい！　やめろったら！　家が壊れちゃうじゃないか！」

クライの声が聞こえているのかいないのか、ルルは大きくジャンプしてくるりと宙返りをし、今度は飛び跳ねながら部屋の中を回っていき、眠っているものを起こしていくかのように大声でうたいはじめた。

青い風が　吹くところ
ブーフが　神々は去ったと　書き記す
黄金の泉が　湧くところ
おいらは　そこからやってきた
虹色の雨が　降るところ
ラーラが　うたを　うたっている

名なきものが　再び　世界に呼びかける
姿なきものが　再び　世界を引き上げる

おいらは　おまえを　つれていく

青い風が　吹くところ
ブーフが　時は終わったと　書き記す
黄金の泉が　湧くところ
おいらたちは　そこで待つ
虹色の雨が　降るところ
ラーラが　ダンスを　踊っている

名なきものが　再び　世界に呼びかける
姿なきものが　再び　世界を引き上げる
おいらは　おまえとおまえたちを　つれていく

おまえとおいらたちで　創った森
おいらたちが生れる前に　起きた森
森が　おまえの帰りを　待っている

世界の眼差しが　おまえに向けられた

「さあ、こいよ!」ルルルは、飛び跳ねながらクライに向けていっぱいに開いた手を大きく伸ばした。

　クライは目の前ではじまったことについていけず、どうしたらいいのかといろいろな考えが頭の中を駆け廻り、それを処理していくことに追われてさらにいっぱいになっていく頭でルルルを見つめたまま応えられずにいると、ルルルはさらに大きく飛び跳ねはじめた。壁や床は大きくきしみ、開け放たれた窓から勢いを増して次々と押しよせてくる風にあおられた絵が床に落ち、その衝撃でガラス板が割れ、むきだしになった深海に広がる広大な森の絵は部屋の中を吹き荒れる風の中でゆったりと波打ち、巨大な生き物が起き上がろうとしているかのように見え、絵の中からなのか、それとも窓の外からなのか、いく重にも重なる葉音がクライの耳に大きく届いてその振動に全身が震えると、自分でもわからないままに立ち上がろうとする大きな決意にうなずき、ルルルに向かって手を伸ばした。ルルルはクライの手をしっかりとつかんで引きよせ、そのごつくてやわらかくあたたかい手とともにルルルの存在が一気にクライの中に入ってくると、電流のような衝撃が全身の細胞と細胞の間を走っていき、果てなく広がっていくその隙間にクライの視界が真っ暗になった。驚いてまばたきをすると、今度は真っ白になり、わけがわからずもう一度まばたきをすると、クライは見知らぬ草原の上に立っていた。

5

辺り一帯に靄がかかるしなびた薄茶色の荒れた草原の広がりに、世界にあらわれたものを確かめるかのように起きた風がゆったりと靄を動かしながらルルのよれよれの三角帽子とクライの髪を揺らし、乾いた葉音が流れていった。

「ここは？」

「境界だ」手を離したルルは、クライの問いに何でもないというように答えた。

「境界？」

「ああ。ほら、ここに石碑があるだろう？　何だって、おまえたちはこうやってやたらと何かを残したがるんだか」ルルは、肩をすくめて足もとに横たわるひと抱えほどの大きな石に目を向けた。

石は、石碑といわれればそう見えたが、いつからそこにあるのか、それともここの気候によるものなのか、全体が角を失くしてとめる手もないまま自然に還ろうとしているかのようだった。クライはしゃがんで石に触れ、まだかすかに残る凹凸に指先をすべらせていった。すると、美しくつらなる植物と渦巻きとともに文字が見えてきた。

――これより先は地図に記されぬ国／幸いなるかなこの瞳／これより先は寺院・聖典のあらぬ国／幸いなるかなこの心／子の通りし黄金の道をいけ／我は見た／世界が還り生まるるを／詩人の通りし青の道をいけ／我は見た／深遠なる森の輝きを／古の眼差しは・・・・・

その先は、すっかり風の中に消えていた。クライは立ち上がり、見通すことのできない靄の向こうに視線を向けた。

「これをのみな」

ルルルは、透明な液体が入った親指くらいの小瓶をクライの顔に向かって突きだした。ルルルの身長はよれよれの三角帽子をたしてもクライの腰のあたりだったので、ルルルは背伸びをして短い腕をいっぱいに伸ばしていた。クライは眉間にしわをよせて小瓶を受け取ると、空にかざしたりいろいろな角度からながめ、軽く振ってみると、透明に見えていた液体からいくつもの黄金色の小さな粒が湧きでるようにきらめいて、吸い込まれるように消えていった。

「泉の水だ。おまえは、まだ重すぎる。だから、のめ。そうすれば、少しはましになる」ルルルは、ぎょろりとした目をクライに向けてうなずいた。

「もし、のまなかったら？」

「自分の重さに耐えられなくなって、動けなくなるだろうな」

「どうしても、のまなくちゃいけないのか？」クライは、すっかりルルのペースになっていることに不満を感じて小瓶を下げた。

「森にいきたいならな」ルルは、肩をすくめていった。

「・・・。その森とこの水は、何の関係があるんだ？　それに、そもそも森って・・・」

「あー。どうして、おまえたち人間はそうごちゃごちゃうるさいんだよ。おいらたちトロールもあきれるほどだね」ルルは大きく息を吐いて両腕をだらりと下げ、ぎょろりとした目だけをクライに向けた。

　クライは何だか悔しくなり、小瓶の栓をもぎ取るように引き抜いて一気にのみ干した。そして、泉の水がすーっと身体の中を流れて満ちていくのを感じると、クライは自分がいる世界の姿を見た。辺り一帯にかかっていた靄はすっかり晴れ、生き生きと立ち上がる黄金色の草原がはるか遠くまで続いてぐるりと地平線を描き、そこからみずみずしい空が高々と天を覆っていた。そこに太陽の姿は見えなかったが、すべての内に宿す輝きが、自らをそこに存在させているかのようにおだやかでありながら強く確かな明るさを放っていた。

「ようこそ。どこでもない名なき国へ」

ルルルは石碑を飛び越えて振り返り、呆然と立ちつくすクライに向けて胸に手をあて、うやうやしくお辞儀をした。ルルルから発せられた声は確かに聞き覚えのある声だったが、すべてを制するのと同時に解放する絶大な強さとすがすがしさを持って空間を震わせ、クライを見つめる大きな目は、深さも高さも超えた場からどこまでも見通すようなすご味を持って注がれ、クライは一瞬たじろいだ。

「さあ、いくぞ」ルルルはいつもの調子に戻ったように上体を起こしてくるりと背中を向け、黄金色の草原を歩きだしていった。

「いくって、どこにいくんだよ」

「森だ」ルルルは、肩をすくめて振り返った。

「でも、そんなものどこにも見えないじゃないか」クライは、一面に広がる黄金色の草原をぐるりと見わたした。

「あー。どうして、おまえたちはそんなにせっかちなんだよ。まだ一歩も進んでないくせに、やんやいうんじゃないぜ」ルルルは大きく息を吐いてまた両腕をだらりと下げ、そのままの姿勢で背中を向けて歩いていった。

クライは、何かいってやりたい気持ちになったがルルルのいう通りだとも思い、やきもきした気持ちをぶつけるように大きく踏みだして石碑を越え、ルルルのもとに歩いていった。すると、一陣の大きな風がクライの背中をぐっと押し、ルルルのよれよれの三角帽子を吹き飛ばした。ルルルはピョンと飛び跳ねて自分の三角帽子を追って走りだし、あっという間に草原の中にその姿が見えなくなると、上空を飛んでいく三角帽子と揺れる草原がその所在を教え、大きくジャンプして姿をあらわしたルルルが三角帽子をつかまえて宙返りをしながらかぶり直すと、「こっちだ！」と声を上げてまた草原の中に見えなくなった。ここにひとり残されても困るとルルルを追って走りだしたクライは、自分の身体がどこまでも走っていけそうなくらい軽くなっていることに驚き、その感覚に戸惑いながらもルルルを見失わないようにと走り続けていると、クライが立てる足音があらゆるすべての方角に広がっていき、地平線がかすかに揺れて、その向こうから大きな風が立ち上がるのを見た瞬間、風は一気にクライの眼前に迫り、クライはどうすることもできないまままぶたを閉じた。

走る、走る、走る、走る。明るい光が降り注ぐ青々とした草原を裸足の足が走っていく。走って、走って、走って、走って。背後に雲が立ち上がり、頭上を覆って光を遮ると、背後に迫る雨音に足音が聞こえ、それはどんどん数を増していった。走って、

走って、走って、走って。降り続く雨の中をたくさんの足とともに走っていく。みんなは、どこに向かっているんだろう？　僕は、どこに向かって、こんなに走り続けているんだっけ？　並走するたくさんの足音が前方に駆け抜けていき、退く雨に雲が割れ、のぞきはじめた澄んだ青空に足をとめて見上げると、降り注ぐ光が顔を照らし、その背後から大きな手がつかみかかるように伸びてきた。

まぶたを開けると、クライの足はまだ走り続けていた。そして、今の光景は何だったのだろうと考えはじめると、黄金色の草原がみるみる背を高くして伸びはじめ、とまる気配もないまま密度を増していくと、クライは走ることができなくなり、大きく足を上げ、両手で草をかき分けながら進んでいかなければならなくなった。

・・・一体、ここはどうなっているんだ？

立ち上がる音はすぐに吸収され、ルルルがどこにいるのかもまったくわからなくなってしまい、不安といらだちに乱暴に進んでいこうとするクライの視界の端で何かがきらりと光った。顔を向けると、黄金色の草原から生まれたような小さな黄金色の粒がもっと細かい黄金色の粉の尾を引いてクライと並ぶように飛んでいた。クライの瞳に映った黄金色の粒は小さく弾んでクライの正面に移動し、草原の隙間を進んでいった。草原は黄金色の粒に道を開けるように開いていき、クライはその後を追っていった。

「きみについていけばいいんだね」

クライの言葉に、黄金色の粒は何度も跳ねて先へ先へと進んでいった。そして、時々何かを確かめるかのようにクライのもとに近づいてきてはまた前方へ飛んでいき、何度も繰り返すその仕草に、クライは愛らしさを感じた。

「きみは、僕に何かしてほしいの?」

クライの問いに黄金色の粒は小さく震え、辺りが次第に暗くなっていくのと同時に黄金色の粒が輝きを増していくのを見ると、どこからかうたが聞こえてきた。

私は　あなたを　知っている
あなたは　私を　知っている?
遠い遠い　記憶の淵
約束したことを　憶えている?

あなたと話した　たくさんの願いごと

そう　あなたは　ここで　生まれたの
あなたが話してくれた　たくさんの物語
そう　私は　ずっとここで　きいていた

私は　あなたを　知っている
あなたは　私を　知っている？
深い深い　眠りの淵
約束したことを　憶えている？

「約束って、何のこと？」
　クライの問いに、黄金色の粒はくるりとこちらを向いた。ふいをつかれて立ちどまったクライとの間に沈黙が落ち、見つめる先の黄金色の粒は小さく沈んで一気に頭上高く上がっていった。そして、空をふさぐように伸びた草原の先端でわずかにとまると、別の力に引きよせられるように落ちはじめ、次第に加速しながらまばゆい輝きとなってクライに迫り、クライはそのあまりのまぶしさにまぶたを閉じた。

群青色の空に、星々を遠ざけるように満ちた惑星が煌々と輝いている。草原の中に広がる湖に古びた石造りの塔がそびえ立ち、惑星の明かりに照らされて白く輝く一羽のハトが、塔の影に向かって飛んでいった。大きな風が立ち上がり、草原は葉音を広げて揺れ、天井を失くした塔の最上階の窓にかけられたやわらかなカーテンがひるがえると、戻ってくる風をはらんで解き放った。どうして、窓をつけたんだろう？　どうして？　窓は、必要じゃないか。どうして？　だって、窓がなかったら、外の風が・・・。草原の向こうから伸びあらわれた巨人の影が空を覆い、草原を引きずりながら歩いていく。崩れ落ちていく塔に湖の水面は水飛沫を上げていくつもの波紋を広げ、落ちていく惑星に星々は輝きを増して上がっていった。いや、この星が落ちているんだろうか？　それとも、上がっているんだろうか？　あるいは、僕が・・・。星々は長い尾を引いてスピードを増していき、焼けつくような鋭さとなって僕の身体をつらぬいていった。

まぶたを開けると、シャボン玉の中にいるかのような様々な色があらわれては流れていく空間の中にいた。視線が流れをとらえると、そこに色を遠ざけるように透明な円が広がり、それを中心として色彩の渦がゆっくりと回りはじめ、万華鏡のように鮮やかな美しい模様が次々とあらわれては消え、あらわれては消えを繰り返していくのを見ると、どこからかうたが聞こえてきた。

私たちは　あなたたちを　知っている
あなたたちは　私たちを　知っている?
深くて高い　空と海の狭間の向こう
ともにいたことを　憶えている?

おかえりなさい　今再びここへ
あなたたちが上げる　産声は
世界を廻り　新たな地平を　築いていくの
いってらっしゃい　果てなき果ての　その向こう

私たちは　あなたたちを　知っている
あなたたちは　私たちを　知っている?
暗くて明るい　昼と夜の狭間の向こう

ともにいたことを　憶えている？

「きみたちは、誰なんだ？」
クライの問いに色彩の渦は小さく震えて動きをとめ、ハラハラとはがれ落ちていった。そして、ガラス片のようにクライの足もとに散らばった欠片のひとつひとつにクライの姿が映ると、欠片は小さく起き上がって光を反射し、それぞれが角度を変えて互いの光を反射し合いながらひとつの光の束となってクライに向かって一直線に伸びさし、クライはよけることもできずにまぶたを閉じた。

暗闇に、赤色のライトが一定のリズムで明滅している。僕の鼓動と同じリズム。いや、少しはやい。はやすぎる。苦しい。ねえ、苦しいよ！　もっとゆっくりでいいんだ。そう、ゆっくりでいいんだよ。いや、そんなにゆっくりじゃなくてもいいんだ。このままじゃ、とまってしまう・・・。暗闇。とまったのは、ライトだろうか？　それとも、僕の心臓だろうか？　あのリズムは、いつからはじまったんだろう？　僕の心臓は、いつから・・・。地平線上に、真っ赤な太陽が浮んでいる。あれは、昇ってくるんだろうか？　それとも、沈んでいくんだろうか？　あるいは・・・。それを知るには僕の一生ではあまりにも短すぎる。でも、その後に見る者たちは・・・。あたたかさを増して膨張していく大気に大きな風が渦を巻きはじめ、勢いを増していく渦は世界を押し広げ、僕を形作っていたものをはぎ取っていった。

まぶたを開けると、どれくらいの広がりがあるのかもつかめない真っ白な空間の中にいた。動くものも聞こえてくるものも肌に感じるものも何もなく、辺りを見回してしばらく待ってみても何かが起きる気配はなく、ただただ何もない白さがあるだけだった。そして、おだやかとも静かともいえないそのあまりの白さが次第にクライを緊張させていき、はやくなっていく鼓動と浅くなる呼吸に、ここにはいられないと声を発した。すると、クライを起点として音の波紋が空間を揺らして広がっていき、その揺らぎに陰影を見ると、どこからかうたが聞こえてきた。

おまえを　知るものが　あらわれる
おまえに　おまえを知らせるために　あらわれる
私と　おまえが　離れた場所で
うたったうたを　憶えているか？

落ちることは　上がること
光と闇は　おまえなしでは　あらわれない
眠ることは　目覚めること
我々は　おまえなしでは　あらわれない

おまえたちを　知るものたちが　あらわれる
おまえたちに　おまえたちを知らせるために　あらわれる
我々と　おまえたちが　ともに歩むその場所で
うたううたを　憶えているか？

「うたって、何のことなんだ？」
クライの問いに真っ白な空間は一様にピンと張り、まるで二次元になったかのような空間の中で身体をどう動かしたらいいのかわからなくなったクライは眼球だけをきょろきょろ動かし、ゆっくりとねじれはじめた空間に裂け目があらわれ、その向こうに真っ黒な暗闇を見ると、暗闇は裂け目を押し広げて視界を埋めていった。

開かれた暗闇はじりじりとクライがいる場を狭めていき、身体を動かせるようになったクライは、前にでても後ろに下がっても、右へいっても左にいっても迫ってくる見えない壁の気配にどうしたらいいのかわからず、そうしている間に壁は身体に触れようかというところまで迫り、もうどうにでもなれとまぶたを閉じると、クライの足もとが抜け落ちた。

水色の空の下、楽しそうな明るい声をのせた一台のブランコが、小さな裸足の足とともに向こうからこちらへ、こちらから向こうへ揺れている。ブランコを押す手は光の中にあって見ることができず、大きく空へ伸び上がったブランコから裸足の足が飛び降りると、水色のスカートをひるがえしてみずみずしい草原を女の子が走っていった。明るくおだやかな光が迎え入れるように大きく広がり、女の子は小さく振り向いて微笑み、光の中へ走っていった。今、何かいっただろうか？　あの子は、どうして僕を見たんだろう？　女の子は、いってしまう。いや、僕が離れていくんだろうか？　光が僕を遠ざける。いや、僕が光を遠ざけているんだろうか？　背後から伸びる暗闇が僕の後ろ襟をつかみ、無言のまま引きずっていった。

まぶたを開けると暗闇がただそこにあり、すべてをつれていくかのように遠ざかりはじめた。

「待って！　僕が見たものは、何だったんだ？　僕は、いや、きみたちは一体何を・・・」クライは暗闇を引きとめようと手を伸ばしたが、その手は空をつかむだけだった。

暗闇はスピードを増していき、走りだしたクライの視線の先でみるみる見えなくなっていくと、完全に消えてしまうその間際、青々とした草原の中で草をはむ黄金の角を持った一頭の真っ白な羊を見せた。羊は顔を上げてこちらを向き、その脚は真っ赤に染まっていた。そして、暗闇ははじめからそこになかったかのように消え去り、クライが伸ばした手は黄金色の草原をかき分けた。

「おっと、ここは・・・」

すぐ近くでルルルの声が聞こえた。目の前には薄青い風景に小さな草花が見える野原が広がり、辺り一帯にかかる靄の中を無数の小さな光の粒がきらきらと舞い、はるか遠くに巨大なタンポポの綿毛のようなものがいく本もそびえ立っているのがぼんやりと見えた。

「やっぱり、おまえはまだいけないみたいだな」ルルルは、黄金色の草原からとんっとでて野原を歩いていった。

「いけないって、おまえは今までどこにいっていたんだよ！　おまえがつれていくっていったんじゃないか！　それなのに、僕はひとりで何だかよくわからないことに巻き込まれて・・・」クライは、どんどん先へ歩いていくルルの背中を見つめながら黄金色の草原をつかんだ。

「あいかわらず、ごちゃごちゃうるさいやつだな。いい加減にしてほしいね。まったく。それに、森にいくのはおまえだ。おまえがそれを望んだんだ。だから、おまえはここにいるんだ。そうだろう？」ルルは大きく息を吐いて振り返り、両手を広げてぎょろりとした目を向けた。

クライは自分の内側で何かが大きくうごめくのを感じたが、ルルのいわれるままに動くのは嫌だという気持ちがそれを押さえつけて踏みだそうとした足をとめた。しかし、それを追い越すようにこの先にいけば何かあるのではないかという期待にも似た予感が湧き上がって足を踏みだそうとしたが、そこへいったらどうなってしまうんだろうという不安と緊張がそれを押さえつけて足をとめ、それでもいってみたいという強い好奇心が大きく湧き上がって足を踏みだそうとすると、それを押さえつけるように心配と警戒心があらわれてその足をとどまらせ、その後も湧き上がってくるものとそれを押さえつけるものとが交互にあらわれてぐるぐると駆け回り、クライはその場から動けなくなってしまった。その様子をじっと見ていたルルは、もう待っていられないというように肩をすくめ、背中を向けて野原を歩いていった。

小さくなっていくルルの背中を視点がさだまらないまま見つめるクライの頬をやわらかな風がそっとなで、うながされるままにクライの意識が頭の中であれこれ考えているものや感情を超えて流れていくあたたかいものに向けられると、瞳の奥に開かれていく広大な世界の光景に視点がさだまり、自分でもわからないままに立ち上がろうとする大きな決意に再びうなずいて、まとまらない考えと感情を抱えたまま黄金色の草原から手を放してルルの後を追っていった。

6

追いついたクライにルルルは小さく振り向いてすぐに向き直り、話しかけることなく歩き続けていった。辺りにかかる靄はその中を舞う無数の小さな光の粒とともに晴れることなくあり続け、その向こうに遠くぼんやりと見えるいく本もの巨大なタンポポの綿毛のようなものも大きさを変えることなくそこにあり続けていた。ルルルは真っ直ぐ歩いていたかと思うと右へ曲がったり左へ曲がったりを繰り返していき、変わることのない景色の中で、まるで透明な壁に囲まれた迷路の中をぐるぐる回っているだけのように感じたクライは、いつまでこれが続くのかとうんざりしはじめた。そして、本当にこのままルルルについていっていいのかと、あっちへいったりこっちへいったりを繰り返すその背中を見つめながら何かいおうかいうまいか考えていると、ルルルが小さく振り向いてぎょろりとした目を向け、肩をすくめて向き直り、またあっちへいったりこっちへいったりを繰り返していった。クライは、まだ何も口にだしていなかったはずなのにルルルには全部聞こえていたのかと慌てて口を押さえ、何も考えないようにしようと顔を上げた。視線は靄の向こうにそびえ立つ巨大なタンポポの綿毛のようなものに向けられ、その大きさはまったく変わっていないようだった。

ゆったりとした風に靄が移動し、その後から途切れることなくあらわれてくる靄がその場を埋め、野原が小さく角度を上げて上りはじめたのを感じると、ルルルが突然走りだし、何か見つけたのか立ちどまって地面をのぞき込み、顔を上げてまた歩きだしていった。そこには一筋の清らかな小川が流れていて、ルルルとクライはその心地いいせせらぎを聞きながら小川の上流へ向かっていった。そして、ゆったりと蛇行を繰り返していく小川の前方に靄の中を舞う無数の光の粒が集まって離れるのを見ると、靄の中から人影がひとつあらわれた。それは深い緑色の長衣を着た灰色の立派な髭をたくわえた老人で、目深にかぶったフードからその表情は見えず、イッカクの門歯のような螺旋状の筋のある長い杖を小川の中についていた。流れをはばまれた水は、杖にあたると左右に分かれて小さな渦を作って側面をなぞり、再びひとつの流れになって何事もなかったように流れていった。ルルルとクライは、老人に声をかけることなく通り過ぎていった。

小川はまたゆったりと曲がっていき、前方の靄に再び光の粒が集まって離れるのを見ると、靄の中からまた人影がひとつあらわれた。それは深い緑色の長衣を着た子供で、目深にかぶったフードからその表情は見えず、小さな手でポケットから小石をだしては小川に投げ入れていた。子供の手から離れた小石は、水飛沫を上げるのと同時に流れに穴を開けて川底に落ち、すぐに閉じられる穴に向かってどんどん投げ入れられていく小石が川底に積み上がっていくと、流れをはばまれた水は積み上がった小石をのり越え、小石と小石の隙間を通り、左右の野原を少しずつけずっていき、絶え間なく流れてくる水の流れに耐えられなくなった小石の集まりが崩れると、何事もなかったように流れていった。ルルルとクライは、子供に声をかけることなく通り過ぎていった。

小川はまたゆったりと曲がっていき、前方の靄に光の粒が集まって離れるのを見ると、どこかなつかしいメロディーが聞こえはじめ、靄の中から物語の一場面を描いたような彫刻がほどこされた深い緑色の手回しオルガンがあらわれ、回す手のないまま音を奏でていた。その天板の上に繊細な木彫りのバレリーナがチュチュを広げた姿でくるくる回り、その対岸に微笑みをたたえた大きな赤い三角帽子をかぶったドワーフの人形がバレリーナを見つめるように置かれていた。ルルルはちらりとドワーフに視線を送り、ふんっと鼻を鳴らして通り過ぎていった。

小川はまたゆったりと曲がっていき、オルガンのメロディーは聞こえなくなっていった。そして、前方に光の粒が集まって離れるのを見ると、靄の中に淡い光が灯り、ゴトゴトと繰り返される音と振動が大きな影を背負って近づいてくると、重厚なつややかさを持った黒い漆にあせることのない黄金の彫刻が目を引く豪華な二頭立ての馬車があらわれ、深い緑色のコートを着た御者は目深にかぶったハンチング帽と立てられた高い襟にその表情は見えず、後ろの車箱に座る豊かな水色のドレスを着た女性は、ルルルとクライが歩く方とは反対側の窓を向いて頬杖をついていた。馬車は大きな車輪をとどまることなく走らせ、ルルルは一瞬ピンと背筋を伸ばしてすれ違っていった。

クライは、ふと何かに呼ばれた気がして振り向いた。馬車はすでに靄の中に見えなくなり、その音も振動もすっかり消えていたが、野原に残された二本の轍の間に何かが落ちているのを見つけ、少し戻ってそのチョウとバラをかたどったラピスラズリの小さな髪飾りを拾い上げた。そして、去っていった馬車を思いだすように靄の向こうに視線を向けると、まるで秘密を守ろうとするかのように靄が密度を増して湧き上がり、足もとに見えていた野原と小川の姿も見えなくなっていった。クライは髪飾りを胸ポケットに入れて急いでルルルのもとに戻ろうとしたが、その姿はすっかり見えなくなり、名前を呼んでも返ってくるものはなかった。しかたなく耳に届く小川のせせらぎを頼りに靄をかき分けながら歩いていったが、何の手応えもないまま息だけが切れ、どうしたらいいのかと立ちどまって息を吐いた。すると、どこからか声が発せられた。

「おまえは、ここに何を見る？」

「こんなに靄が濃かったら、何も見えないだろう？」ルルの声なのかと思ったクライは、いらだちを込めて答えた。

小さな沈黙が落ち、目の前の靄がかすかに動いたのを見ると、突然、靄を割って細長い手が伸びあらわれ、声を上げる間もなくクライの腕をつかんで一気に引きよせた。

驚いたクライは反射的に振り払う動作をしたが、クライの腕をつかむ手は離れることなくさらに力が込められ、そのやせて節くれ立った手をたどっていくと、靄の中から大きく見開かれた落ちくぼんだ目と妙にギラギラとした油っこい頬のこけた男の顔があらわれ、骨張った細長い身体には大きすぎる深い緑色の長衣からのぞく肩にはいくつもの裂傷が見え、クライのもとへ大きく踏みだして感嘆の声を上げた。

「おお、何ということでしょう！　あなたは、クライ様でございますね！　ああ、私はなんて幸運なのでしょう！　あなた様のお噂は、今や世界中に広まっております。一体、どれだけの者が今か今かとその登場を待っていることか。さあさあ、私と一緒に参りましょう。今こそ間違ったものは一掃され、世界中の者たちがあなた様に従うことでしょう！」

「ちょっと待ってください！　あなたは、誰ですか？　手を離してください！」

クライは、腕を強くつかまれる痛み以上に男から感じる何ともいえない恐ろしさから逃れたいと力いっぱい振り払おうとしたが、この男のどこにそんな力があるのかと思われるほどの力で引き戻され、一層恐怖が増した。そして、一心に向けられたクライを見つめるその奥行きのない暗い目は何もとらえていないように見えた。

「こいつは、おまえが必要らしいぞ」

すぐ近くで声が聞こえて顔を向けると、いつからそこにいたのか、頭の後ろで手を組んだ姿でまったく助ける様子のないルルがクライを見上げていた。

「どうして、おまえはすぐにいなくなるんだよ！　なあ。おまえもこの人に何かいってくれよ。僕は、この人を知らないんだ。きっと、人違いをしているんだよ。僕が困っているのがわかるだろう？」

「おまえ、それ！」ルルは、ぎょろりとした大きな目をさらに大きくしてクライの胸ポケットから見えるラピスラズリの髪飾りを見つめた。

「さっき拾ったんだ。いや、今はそんなことどうだっていいじゃないか。なあ、頼むよ」

「どうだっていいだって？　これは、これはな！」ルルは顔を真っ赤にして鼻を膨らませ、息を荒くしながら大きく腕を振って足を踏み鳴らした。

「ああ、もう。おまえまで何なんだよ！」クライは、片方の手で頭を抱えて上を向いた。

「あなた様は、どなたと話していらっしゃるのですか？　ああ！　もしや、神と対話されていたのですか？　これはこれは、何ということでしょう！　あなた様のお言葉は、神のお言葉。あなた様だけに与えられたその力。どうぞ、我らにもそのお言葉をお聞かせくださいませ！」男は、クライの腕をつかんだままひざまずいた。

「あなたには、ルルルが見えないのですか？」クライは、驚いて男を見た。

「ルルル？　それが神の名なのですか？　素晴らしい！　何と美しい響きでしょう！　今すぐみなに知らせなくてはなりません！　さあさあ、私がご案内いたします。参りましょう。参りましょう！」男は一層興奮した様子で立ち上がり、クライの腕を引いて歩きだそうとした。

「待ってください！　どうか落ち着いてください。いいですか。あなたはとてもお困りのようですが、僕はあなたのことを知りませんし、あなたは人違いをしているんです。ですから、この手を離してください。お願いします」クライは、これ以上男を刺激しないようにと丁寧に言葉をかけた。

「いえいえ、間違うはずはございません！　この命にかけても、あなた様のそのお姿こそ聖なる本に記されているその方なのです。あなた様だけが、我らの希望。時は迫っております。光は闇に落ち、悪しき者、貧しき者は増えるばかり。どうか、あなた様のそのお力で無知で無力な我らをゆるし、お救いくださいませ。あなた様こそが、囚われ身である我らを解放するそのお方なのでございます！」

「違います！　僕に、そんな力はありません！」クライは、自分でも驚くほど大きな声でいった。

「あなた様は、世界を救う術を知っておられるお方でございましょう？　それに、あなた様ご自身が、それをお望みであったのではございませんか？」男は、驚いた表情を見せて首を傾げた。

「それは・・・。いや、僕は知りません。本当に何にも知らないんです。僕が教えてほしいくらいです。僕は、一体何なんですか？　こんな僕に、何ができるっていうんですか？　あなたは、あなたで生きてください。僕に、あなたたちを変える力なんてないんです・・・」

クライは、男の手から逃れようとする気もすっかり失くして力を入れていた腕を別の力にあずけるように下ろしてため息をついた。すると、男の奥行きのない目が深く落ち、その奥深くからみずみずしい輝きがみるみる湧き上がり、クライから手を離して背筋を伸ばし、深々とお辞儀をした。

「これは、失礼いたしました。あなたは知らないということを知り、源の望みを体現する方。どうぞ、このままお進みください。森は開かれ、我らの目も開かれましょう」男は落ち着いた確かな声で長衣のフードを目深にかぶり、そのまましずしずと後ろに下がりながら靄の中に見えなくなっていった。

小川のせせらぎが立ち上がり、ゆったりと靄が移動して足もとに野原と小川の姿が見えてくると、靄の中を舞っていた無数の小さな光の粒がいっせいに小川の中へ下りていった。そして、きらきらと輝きだした小川がクライを照らし、どこからかうたが聞こえてきた。

きみは　ひとり離れて　荒野をいく
きみは　ひとりそれて　草原をいく
きみは　ひとりはずれて　森をいく
きみが　ひとりになった　その時に

僕らは　きみを　迎え入れる
きみが　僕らを　迎え入れる　その時に
僕らは　きみとともに　歩みだす

きみは　ひとつになって　海へでる
きみは　ひとつになって　空を飛ぶ
きみは　ひとつになって　森を生む

大いなる無に　明かりを灯す者
流れそのものである　きみ
きみは　ついに世界を抱き　世界へ還る
きみは　世界を起こす　風となり
再び　世界へ漕ぎだす　舟となる

僕らは　待つ
この流れの　源で

「いくぞ！」
ルルルの声にはっとしたクライは辺りを見回し、小川を離れて靄の中に見えなくなっていくルルルの後を慌ててついていった。

ルルルはいき先がわかっているのかいないのか、薄らぐだけで晴れることのない靄がかかる野原を歩き続け、前方に遠く巨大なタンポポの綿毛のようなものがいく本もそびえ立つ姿もいっこうに大きさを変えることがなかった。クライはどうしてここにきたのか、この先に何があるのか、何をすることになるのかとあらためて考えはじめ、その間にどんどん角度を上げて上りはじめた野原に、足もとに見えていた小さな草花が姿を消していった。そして、靄が再び密度を増していくのと同時に辺りが薄暗くなりはじめ、むきだしになった地面が突然大きく角度を下げると、そのあまりの急な変化にルルルとクライは辺りの様子が見えないまま転げ落ちそうになりながら駆け下りていき、ようやく平坦な場所にでていくと、靄は空に吸い込まれていくように晴れていき、遠く山々のつらなりがぐるりと辺り一帯を囲み、まるでクレーターの中に下りてきたかのような風景が広がった。

上空の淡い群青色の空の広がりに、またたくことのない星々が点々と姿をあらわしてくるのが見え、天頂に浮かぶ三日月のように欠けて見える惑星は、ゆっくりゆっくりと回転して影の中からあらわれでようとしていた。クライはその惑星の姿に何か嫌なものを感じて顔をしかめ、すぐに目をそらした。大きく傾いた太陽はやわらかな残照をつれて山々の向こうへ沈んでいき、辺りは次第に明るくなっていった。クライは自分が予想していたこととまったく逆の現象が起きていることに驚いて立ちどまり、明るくなってくる方をじっと見つめた。すると、そこから大きな光を放ちながら悠然と昇ってくるものがあった。

「太陽が沈んだと思ったら、昇ってきた・・・。ここは、どうなっているんだ？」

「おまえは、太陽がひとつしかないとでも思っているのか？」ルルは、立ちどまることなくクライの問いに答えた。

クライはもう一度太陽が沈んでいった方を見つめ、もうひとつの太陽が昇ってくる方を見つめた。上空の星々は昇ってくる太陽の陽に包まれていくように、あるいはその場をゆずるように見えなくなっていき、いつの間にか満ちていた惑星は、煌々とその姿を見せていた。クライはその姿にぎょっとしてすぐに目をそらし、先へ先へいってしまうルルのもとへ小走りで向かった。

ルルルは追いついたクライに小さく振り向き、肩をすくめて話しはじめた。

「おまえたちが描いた惑星は、軸を少し傾けて、ぐるぐるぐるぐる回りながらひとつの太陽の回りをぐるぐるぐる回っているんだったな。太陽に照らされた側は明るくなって、照らされない側は暗くなる。それをぐるっと回った一回を一日と決めたんだ。その一日は、どこで切り替わるんだ？　おまえたちが見る太陽が昇った時なのか、沈んだ時なのか、それとも太陽が真上に昇った時なのか、一番深く沈んだ時なのか。おまえが明るい側にいる時に暗い側にいるやつもいて、目を開けて起きているやつと目を閉じて眠っているやつは同じ惑星の中でぐるぐるぐるぐる回りながら同じ一日っていう単位をぐるぐるぐるぐる繰り返して、太陽の回りを一周した時には一年っていう単位が打たれて、それをぐるぐるぐる繰り返して小さな輪と大きな輪を描きながら宇宙の中を進んでいる。おまえたちが一日を数えはじめてから、今日は何日目だ？　数えはじめる前は、どれくらいの一日があったんだ？　おまえたちの惑星で、太陽がずっと昇らない場所とずっと沈まない場所では何が起きている？　おまえがその真上に立ったとして、そこは昼なのか、夜なのか。そこから一歩動いたら、そこは今日なのか、昨日なのか、明日なのか。宇宙にでたらどうなる？　そこでは一日をどう数えればいい？　宇宙の中の太陽は、昇りもしないし沈みもしない。ただそこにあるだけだ。おまえは、ずっと目を開けて起きていられるか？　おまえにそれはできないんだ。そうしなかったら、狂ってしまうからな。いや、もう狂っているんだったな。おまえたちが作った世界は、もうずいぶん前から均衡を崩している。一日中明かりをつけた風も吹かない部屋に閉じこもって、機械を通して増幅させた映像と音を流し続けて、夜とともに眠ることも太陽とともに起きることもやめたんだ。そうやって宇宙を遠ざけて、自分自身も遠ざけた。どうして、そんなことをしたんだ？　どうして、世界の声を聞くことをやめたんだ？　おまえたちの本当の望みは、どうしちまったんだ？　それを知ろうとすることもやめたのか？　おまえたちの世界に、昼と夜が必要だった。おまえたちが現実といっている世界と夢といっている世界と夢といっている目を閉じて見ている世界の両方が必要だったんだ。起きている時、おまえが思いつくことや予期することはどこからくるんだ？　眠っている時、おまえはどこにいる？　おまえの部屋に絵があったな。あれを描いたやつは、何を見たんだ？　そいつはどこであれを見て、その時そいつはどこにいたんだ？　おいらは、どこからきた？　おまえは、どこからきた？　今、おいらたちはどこにいる？　ここに見えている世界は、どこにある？　この世界を照らしているものは、何だ？　おまえたちの太陽は、おまえたちに何を見せようとしているんだ？　おまえたちにとって、太陽はひとつで、ただの燃える巨大なガス玉だってままでいいのか？　おまえたちが体験したかった光と闇、善と悪、成功と失敗、幸福と不幸、右か左か、上か下か、白か黒か、あっちかこっちかってのをまだ続けたいのか？　おまえたちの中にもいたはずだ。その二つの狭間を通って超えた先にある自分たちが信じてきた世界とは別の世界の姿を見てやろうってやつがな。おまえは、どうなんだ？　これからも、ずっと影を引きずっていくつもりなのか？　まあ、今のおまえにはお似合いだけどな」

ルルルは上体を大きく反らせてガハハハッと豪快に笑い、胸を張って腕を大きく振りながら大股でどんどん歩いていき、クライは、その背中に向かって立ちどまりそうになる足を何とか前に進めながら言葉を投げた。

「太陽がひとつの方が、便利じゃないか！　太陽が何個もあったら自分がどこにいるのかもわからないし、時間だってわからないだろう？」

「おまえたちは、とっくにひとつの太陽さえ必要としなくなったじゃないか。便利便利といっていろんな機械をあれこれ作って、今じゃ、おまえたち自身が機械みたいになっているじゃないか。どうして、おまえたちは何かをするってなるといつも余計なことばかりして、そろっていたものをめちゃくちゃにするんだよ。太陽は、おまえの中にもあるんだ。おまえの中にコンパスも予定表も世界の記憶もあるのに、どうしてはじめからあるその一番便利で正確でたよれるものを使わないんだよ。今までずっとただあてもなく歩いていたとでも思っているのか？　おまえにぴったりだっていったのは、影が光の場所を教えるからさ。おまえは、影を知っているだろう？　その影をどうしちまったんだよ」ルルは、こちらを向いて後ろ向きのまま歩きながら答えた。

クライは、大きく開かれた視界に返す言葉を失くしてその場に立ちどまった。すると、はるか上空で強烈な光が音もなく大きく放たれ、それは昇ってきた太陽さえ見えなくなるほどの明るさで、まるで空が爆発したかのような衝撃に、クライはまぶたを閉じた。

暗闇に、赤々とした小さな火がちらちらと燃えている。その向こうに、深い緑色の広大な森がゆったりと揺れている。その奥深くでこんこんと湧きでる小さな泉に、一粒の赤い実が落とされた。広がる波紋の下に落ちていく赤い実は湧き上がってくる無数の小さな光の粒に包まれて深く深く落ちていき、はじまりを告げる雨が降り、過ぎていった。

わずかな隙間も惜しむかのように建ち並んだ高層ビルが次々と崩れ落ちている。立ち上る砂煙が空を覆い、都市は暗闇に落ちていった。誰もいなくなった廃墟に、一冊の本が落ちている。どこからか裸足の足が軽やかに走ってきて、その勢いのまま伸ばされた初々しい手が本を拾い上げると、走り去っていく足に起きた風が砂煙を晴らしていき、終わりを告げる雨が降り、過ぎていった。

黄金色の草原が、瑠璃色の中で揺れている。片足を湖につけて対岸を見つめる髪に小さな白い羽根がひとつ落ちてきた。一陣の風に羽根が舞い上がり、岸に残していた足を離して一歩一歩湖の中に入っていく。湖底から湧きだしたいくつもの泡が沈んでいく身体をなでて水面へ向かい、暗くなっていく視界に、雨が走ってくる音が近づいてきた。

遠い記憶からの伝言をつたえるように広がった小さな衝撃波が身体にあたり、クライはまぶたを開けて上空を見た。すると、そこに惑星の姿がなく、あったはずの場所にすべての光を吸収したかのような暗さ以上の暗さをたたえた空間が空に穴を開けたかのように広がり、その周りを囲む燃えるようなガス雲の中に、数えきれないほど色とりどりのまばゆい光の粒が計り知れない奥行きを持って輝いていた。

「あれは・・・」

「星が死んで生まれたんだ。あれは、おまえがいた場所じゃないか？」いつからそこにいたのか、ルルルは驚く様子もなくクライの隣で空を見上げていた。

「そんなわけないだろう！」クライは大きな声を上げ、小さく震える手をぎゅっと握りしめた。

「そうなのか？　おまえは、何を望んだんだ？」

「僕が、あれを望んだっていいたいのか？　僕ひとりであんなことが起こせるわけないだろう？　それに、僕はそんなこと望んでいない。僕が望んだのは・・・」

言葉を繋いでいこうとしたクライの意識が自分の内側に向かっていくと、その先で固く閉ざした厚い扉にあたり、扉の向こうに閉じ込めていたものが暗闇さえわからない暗さの中で立ち上がろうとうごめきながら立ち上がれないでいるのを感じると、その存在に息をのみ、強ばる身体に助けを求めるように上空の暗い空間を見上げた。すると、クライの視線に応えるかのようにうたが聞こえてきた。

　きみに降り注ぐ星々が　きみの耳もとでささやいた
　空へ上っていく星々が　きみの耳もとでささやいた
　きみは　うなずき　歩きだす
　すれ違う人々は　指さし笑い　遠ざかる

それでも　きみは歩き続ける　この道を
森を知る者だけに明かされる　この道を

きみに降り注ぐ星々が　きみの道を照らしている
空へ上っていく星々が　きみの道を照らしている
きみは　恐れず　歩いていく
振り返った者たちは　君を探して　歩きだす
それでも　きみは歩き続ける　この道を
世界の夜明けを知る者だけに照らされる　この道を

だけど　誰の足も　この道を歩んでいる
どの道をたどろうと　世界はすでに　ここにあり
きみは　それをしめそうと　ここにきた

歩み続けて　その足で
あの声は　今もここで　うたっている

やわらかな風がそっと頬をなで、うながされるままに深呼吸をしたクライは身体がほぐれるのを感じ、すでに歩きだしていたルルの後についていった。

昇ってきた太陽はその明かりを最大にしながら最高点に達しようとし、上空に見えていたものが見えなくなっていくのと同時に地上に見えなかったものが見えてきた。小さな凹凸があるだけの乾いた地面をうっすらと覆う砂に歩いていくものたちの足跡が残されていき、前方にきらきらと揺らめく光が見えると、それは太陽の陽を受けて反射している小さな水たまりだった。その周りを小さな草花が花冠のように囲い、辺りを見わたすと、ちょうどクレーターのようなくぼ地の真ん中辺りにきていることがわかり、通り過ぎていくルルとクライによって起きた風が草花を揺らし、波立つ水面がいくつもの太陽を作っていった。上空の太陽はゆっくりゆっくりと傾いていき、地上に見えていたものが次第に見えなくなっていくのと同時に上空に見えなくなっていたものが再び見えてこようとすると、それを確かめる間もなく靄がかかりはじめ、辺りの風景を隠していった。そして、地面が角度を上げて上がりはじめたのを感じると、どんどん増していく角度に息が上がり、ふと見上げた先に遠くいく本もそびえ立つ巨大なタンポポの綿毛のようなものがぼんやり見えたが、その大きさは少しも変わっていないようだった。

「おまえは、ここに何を見る？」

「あそこに向かっているのか？　全然、近づいていないみたいだけど・・・」聞こえた声に答えたクライは前を歩いていくルルルに視線を向けたが、ルルルは振り向いた様子もなく歩き続けていた。

クライは、もう一度遠くのタンポポの綿毛のようなものに視線を向けた。すると、風が起きたのか、綿毛のようなものの先端がかすかに揺れ動くのが見え、綿毛の中心部に淡い明かりが小さく灯るのを見た。しかし、密度を増していく靄とさらに角度を上げた地面に、その姿は見えなくなってしまった。

崖のようになった地面をよじ登るように越えてようやく平坦な場所へでていくと、辺りを覆っていた靄が地面に吸い込まれていくように晴れていき、開けた視界に、水色の水彩絵具を流したような風景が広がった。張りのある地面は鏡面のようにそこを歩いていくルルルとクライの姿を逆さに映し、無言の秩序を持って辺り一帯に垂直に伸びるいく本もの太い柱のようなものは、その一本一本の先端にふわふわとした巨大な球状の塊があり、クライは、これはずっと遠くで大きさを変えることなく見えていた巨大なタンポポの綿毛のようなものではないかと思った。そして、綿毛の向こうに広がる暗い青色の空に、靄の中を舞い、小川を流れていった無数の小さな光の粒がゆったりと移動していくのが見えた。

「これは、フリュールだ。また案内人が増えたぞ。おまえは、人気があるのか？　それとも、問題が多いのか？」ルルルは興味深そうに辺りを見回しているクライにぎょろりとした目を向け、ふいに聞こえた鈴の音に小さく飛び跳ねて弾むように駆けだしていった。

クライはいい返したい気持ちを抱えながらその後を追っていこうとしたが、ふと何かに呼ばれた気がして立ちどまり、辺りを見回した。しかし、どこを見ても同じような姿のフリュールがあるばかりで目にとまるものはなく、気のせいだったのかと歩きだそうとすると、さっきよりも強力に呼びとめられるのを感じて視線を向けた。するとそこには他のものよりほんの少し明るく輪郭がはっきりと見えるフリュールがあり、引きよせられるように向かっていった。

対面したフリュールを間近に見るとうっすらと入った縦の筋と細かな産毛が生えているのが見え、触れると固さの中にほんのりとあたたかさを感じ、耳をあてると地中から吸い上げられていく水の流れとともに上がっていくコポッコポッという泡の音が聞えた。起きた風に見上げると、クライの髪が揺れ、フリュールの先端の綿毛がかすかに揺れた。小さな静寂の広がりにフリュールの綿毛の中心部に淡くやわらかな黄色い光が灯り、小さな揺れにクライが触れたフリュールを起点として細かなひびが一気に地面に広がり、白くにごって何も映さなくなった。フリュールは光を広げて綿毛全体を明るくしていき、その明かりがクライの顔を照らしてその背後に長い影を作っていった。そして、辺りのフリュールが呼応するように綿毛の中心部に淡くやわらかな黄色い光を灯すと、クライの足もとからいくつもの影が四方八方に伸びて円を作り、光を広げて満ちていく明かりにすべての影が消えていき、鮮やかな青色に染め上げられていく空をゆったりと移動していた無数の光の粒がぴたりと動きをとめて霧雨のように降り落ちてきた。

光の粒は地面に触れた瞬間滑るように散っていき、クライに触れた光の粒はクライをつれて地面を離れていった。クライはどうしたらいいのかわからないまま身体を固まらせてその時を待ち、目の前にフリュールの巨大な綿毛が視界いっぱいに広がると、綿毛は迎え入れるように空間を開け、クライの身体はその中に入っていった。そして、閉じられた綿毛の風圧に大きく前に押しだされると、細く長く繊細でありながらしなやかな張りと強さのある無数の綿毛の芯の広がりの中でどうやって立てばいいのかわからず、上体を屈めたり反らせたり、手足をあちこちに動かしながらどうにか体勢を整えて前を向くと、少し離れたところに抜けるような白い肌と髪の色をしたエルフがこちらを向いていた。

「やあ、クライ。きみを待っていたよ」エルフは涼しげな目を細めてうなずき、風がそよぐような声でいった。

「あなたは、誰ですか？　どうして、僕の名前を・・・」クライは声を発した瞬間綿毛が揺れ動いたのを感じ、ここでは大きな声をだしてはいけないのかと慌てて口を押さえた。

「心配しなくていいよ。ここは、そんなに弱くないから。きみは、おもしろい問いをするね。今のきみに答えるのなら、僕はアルス。これでいいかな？　さあ、こっちにおいで。きみに見せたいものがあるんだ」アルスは背中を向け、慣れた様子で楽々と綿毛の奥へ歩いていった。

「あの・・・。ルルは、どこにいったんでしょうか？」クライはぎこちない足取りでアルスのもとに向かいながらきき、それと同時にどうしてアルスがルルのことを知っていると思ったのだろうと思った。

「あの子なら、この先で待っているよ。さあ、いこう」アルスは小さく振り向いて立ちどまり、追いついたクライとともに歩いていった。

「あなたは、ここに住んでいるんですか？」

「ここというのは、どこの範囲のことだろう？　今のきみに答えるのなら、僕はいつもは森にいる。でも、今はきみに会うためにここにきたってとこかな」アルスは、クライの問いに微笑んで答えた。

「森・・・。それに、僕に会うためって・・・。僕は、今日いきなりここにつれてこられたんです。次から次にいろんなことが起きて、もう、何が何だかわからなくて・・・」クライは、はじめて会ったはずのアルスにどこかなつかしさを感じ、アルスなら自分の気持ちをわかってもらえるような気がした。

「きみは、本当におもしろいね。ここにくることを望んだのは、きみなのに。さっきだって、きみは自分でこのフリュールを選んだんだ。すばらしい」

「選んだなんて・・・。僕は、何となく目にとまったものがあって、ただそこに向かっただけです」

「それが、すばらしいんだよ。きみは、きみの選択にちゃんと応えたんだ。それはとても勇気がいることでもあるんだよ。きみは、知りたいことがあるんだろう？」

「はい。でも、それがこんなことになるなんて思っていませんでした」

「きみは、もっと別の方法で知ることができると考えていたのかい？　自分で考えていたこと以外のことを受け入れないのだったら、どうやってきみが考えている以上のことを知ることができるだろう。きみは、自分が何を知っていて、何を知らないのかを知っているのかい？」

「・・・。僕は、何も知らないんです。でも、確かに感じるものがあるんです。それは何かを知ること以上に大切なもので、僕を、いや、世界を救うことができるかもしれないって思えることなんです。だから、僕はそれを・・・」

「きみは、やさしいんだね」

「・・・」

「それに、勇敢だ」

「・・・。あの・・・。森って、何なんですか？　そこにいけば、僕の知りたいことがわかるみたいなんです。でも、今のままじゃいけないんだといわれて・・・」

「そうなんだ。だから、きみはここにきたんだ」

「よくわかりません。それに、その森がどこにあるのかも、そこに何があるのかもわからないのに、僕が望んだなんていわれてもうまくつかめないんです。僕は、本当にその森にいきたいんでしょうか？　そこには何があるんですか？　いや、その前に、ここから帰る方法はあるんでしょうか？　僕は、これからどうすれば・・・」クライはアルスの言葉をどう受け取ったらいいのかわからず、自分の内側に閉ざした厚い扉のあらわれとともにこれまでかすかに感じていた予感が次第に形を成していくのを感じ、それをさけられないかと思いはじめた。

「きみは、本当におもしろいね。僕は、きみがとても好きだよ」アルスは、小さな鈴が鳴るような笑い声を立てた。

辺りにコポッコポッという音が聞こえはじめ、前方に透明なゼリーのようにふるふると震える大きな丸い塊が見えてきた。それは巨大な綿毛の中心部であり、そこを起点として一本一本の綿毛があらゆる方向へ広がり、あるいはそこへ向かって集まっていくようにすべての綿毛が繋がっていた。そして、地中から上がってきた水が内から外へ、外から内へと循環することでその形を保ち、その中では小さな泡が躍りでるようにあらわれては弾けて溶け合っていた。目の前に立つと、アルスはもっとよく見てご覧と手振りでつたえ、クライはその心地いいリズムを聞きながら顔を近づけて観察した。すると、泡は弾けるたびに何か報告をつたえているようで、何をいっているのだろうと耳を澄ましていると、意識が泡の弾ける一点をとらえるのと同時に拡大していき、聞こえていた音は反転してうたいはじめた。

わたしたちは　どこからきたの？
わたしたちは　どこへいくの？
時のはじまりを告げたのは　誰？
時の終わりを告げるのは　誰？
あなたは　それを知っている？

宇宙の中心は　どこにある？
宇宙の果ては　どこにある？
雨は　どこではじまるの？
雨は　どこで終わるの？
あなたは　それを知っている？

光は　どこで生まれたの？
闇は　どこで生まれたの？
世界の産声を聞いたのは　誰？

その涙をぬぐったのは　誰？
あなたは　それを知っている？

あの太陽を呼ぶのは　誰？
あの森に眠るのは　誰？
わたしたちは　どこにいる？
あなたたちは　どこにいる？
あなたは　それを知っている？
誰が　それを知っている？

うたに問われるたびにクライの心臓が大きく鼓動し、知りたかったことのさらに奥にあった問いの存在がしめされると、ついにその答えが知れるかもしれないという期待と興奮が湧き上がり、それと同時にそれを知ってしまうことへの動揺と寂しさがよぎってどうしたらいいのかと考えはじめた途端、うたは反転してコポッコポッと泡の弾ける音だけが耳に届いた。

隣にいたアルスはおもむろに水の球体の中に両手を入れ、驚くクライの視線の先で水の球体は小さく波打って壊れることも抵抗することもなくその形を保ち、何かを受け取るように広げたアルスの手にたくさんの泡が湧き上がって包んでいくと、アルスはそっと両手を閉じて水の球体から引きだし、クライの前で開いて見せた。アルスの繊細な掌の上には細く固い毛で覆われた真っ黒い毛むくじゃらの生き物がもぞもぞと動いている姿があり、クライの視線を感じたのか、小さくぴくついて動きをとめた。顔を上げたクライにアルスはひとつうなずいて微笑み、愛おしそうにその黒い毛むくじゃらをなでた。すると、毛むくじゃらは深く息を吐くようにアルスの掌の中に沈み、すぐに起き上がってまたもぞもぞと動きだした。そして、その場でぐるりと回って顔を上げると、毛の間からあらわれたくりくりとした二つの深い赤色の目がためらいがちにクライに向けられた。

「この子は・・・」クライは、興味を引かれてその赤い目を見つめ返した。

「これは、きみさ」

アルスの軽やかな透き通る声がクライの耳をすっと通り抜け、そのあまりの明るさにクライは一瞬アルスが何をいっているのかつかめなかったが、内側にあらわれた固く閉ざした厚い扉にその言葉が鋭く刺さっていることに気づくと、ひどく冷たい一滴がすっと落ち、閉ざした扉の向こうでうごめくものが急激に力を持って立ち上がってくるのを感じた。そして、そのさらに奥深くに秘めていた力がその存在を明かしながら起き上がろうとしているのを感じると、それはあまりに理解しがたく受け入れられないものだったが、否定しようとしてもその瞬間にそれを打ち破るような心臓の鼓動が大きく突き上がり、その深くて高い衝撃に息が詰まりそうになった。

　黒い小さな毛むくじゃらは、クライに向かって手を伸ばすようにゆっくりと身体を伸ばしていった。そして、頭の辺りから二本の角が、足もとから鋭い鉤爪がでてこようとしているかに見えたクライは激しく首を横に振って一歩後ろに下がった。すると、毛むくじゃらは全身の毛を一気に逆立たせ、小さく小さく縮まってぶるぶると震えだした。それは怒っているのか、おびえているのか、あるいはその両方にも見え、その様子にますます恐ろしさを感じたクライはさらに後ろに下がっていった。

「どこにいくんだい？　きみは、せっかくここにきたのに」アルスは、掌の上で震える小さな毛むくじゃらを見つめながらいった。

「これが、僕だって認めろっていうんですか？　どうして、そんなこと・・・。それに、僕は・・・。そうだ。そんなもの、もういいじゃないですか！」

　クライが投げた言葉をどう受けとめたのかわらないままアルスは涼やかな表情で両手を閉じ、その手を水の球体の中に入れた。そして、開いた手にたくさんの泡が湧き上がって包んでいくと、そこにあったものは泡が消えていくのと同時に見えなくなり、アルスが手を引きだすと、水の球体は小さく波打って起きた波が球体の表面を廻って全体と溶け合い、広がる波紋が小さく震えてうたいはじめた。しかし、その声はか細くも鋭いものだった。

僕を生んだのは　きみ
きみは　僕に　世界を与えた
でも　ここは寒いよ
とても暗くて　どこへもいけない

きみを生んだのは　僕
僕は　きみに　世界を与えた
でも　きみはさみしそう
とても重くて　どこへもいけない

「・・・違う。違う！　違う！　違う！」

首を横に振り、震えるクライの身体が無意識に握りしめた拳を振り上げた瞬間、すべての存在がさっと背を向けて離れたのを感じ、その失望に満ちた空虚な疎外感に自分がしようとしていたことに気づいたクライは、振り上げた拳をゆっくり下ろし、すがるようにアルスの方を見た。

「大丈夫。きみは、もうここにきたんだ。それを受け入れればいいだけさ。それに、きみはもうわかっている。全部わかっていたんだ。さあ、いっておいで！」

アルスはクライに向けてしっかりとうなずき、閉じていたカーテンを開けるようにしなやかに両手を広げた。すると、起きた風がフリュールの綿毛と綿毛の間を吹き抜けていき、小さな静寂に水の球体の中心にやわらかな光が灯った。光はみるみる大きくなって球体を満たしていき、反転して中心に向かってみるみる収縮していった。究極に小さくなった光に、水の球体は沸騰するかのように激しく泡立ちながら震えだし、まばゆいばかりの輝きとなった光がついにその向こう側へいくのかとすべての視線を集めた瞬間、爆発的な放出とともに水の球体が弾け飛び、フリュールの綿毛は四方八方に飛び散った。放りだされたクライはどうしたらいいのかわからないままあちこちに手足を動かし、束になったフリュールの綿毛がその下に入って受けとめると、綿毛の束は乱れる気流に大きく揺られながら上昇し、上空をゆったりと流れる風をとらえて飛んでいった。

残ったアルスは、フリュールの先端に再び作られはじめた水の球体とともにクライに向けて大きく手を振った。


夜明け前なのか、それとも日没後なのか、一面に広がるコバルトブルーの空高く星の子らが駆けていった。クライはフリュールの綿毛の束の上で仰向けのまま何かを考えようということも思い浮かばず、ただ空に目を向けていた。綿毛が小さく震えだし、一陣の大きな風が綿毛を押しだして吹き抜けると、自動的に起こされた身体に、クライは思いだしたようにぶるっと震えて辺りを見回した。すると、クライがのっているフリュールの綿毛の束と平行して飛んでいるもうひとつのフリュールの綿毛の束があり、そこに何食わぬ顔で前方をじっと見つめたままのっているルルルがいた。

「ルルルじゃないか！　今度は、どこに向かっているんだ？」クライは、ルルルの姿が見えたことの安心と嬉しさを隠すように大きな声でいった。

「森だ。はじめからそういっているだろう」ルルルは顔だけをクライに向けて肩をすくめ、すぐに前を向いた。

「・・・。本当に、そこにいかなくちゃいけないのか？」クライはしめされた道に覚悟を決めようとしながらも、揺れ動く感情と思考をどうしたらいいのかわからなかった。

「おまえは、まだそんなことといっているのか？　おまえのそのちっぽけな考えよりもずっと大きな力が動きだしているんだ。それを信頼するんだな」

「・・・。じゃ、このままこれにのっていればいいのか？」

「さあ、それはどうかな？　ここでは、お決まりの道をたどれば必ず目的地につくってわけじゃないんだ。いつでもその時にそいつが必要とする場所につくのさ。でも、まあ、どこにいったって最終的にはちゃんとつくけどな。いや、そもそも最終目的地ってものがあるんだか、そこはたどりつかなきゃいけないものなんだかもわからないけどな。向こう側にいったやつらからの報告もまだ届かない」

「・・・。なあ。こっちにきてからおまえが急に賢くなったような気がするのは、どうしてだ？」クライは、あらためてルルルの顔をまじまじと見つめた。

「おまえは、今までおいらのことをどう見ていたんだよ。あっちとかこっちとか、いつになったらおまえの目にここが見えるようになるんだ？」ルルルは、ぎょろりとした目を細めて見つめ返した。

　フリュールの綿毛の束が小さく震えだし、背後に何か大きなものがあらわれたのを感じると、振り向く間もなくそれはルルルとクライの間を一気に通り抜けていった。

「次の案内人がきたぞ!」

ルルルは、起きた風にあおられてバランスを取り戻そうと揺れる綿毛の束の上に立ち上がり、前方を指さした。そこにはクライの身体よりずっと大きな深い青緑色のトンボがクライたちとの間に一定の距離を保って飛んでいく姿があり、ピンと張った透き通った翅は羽ばたくたびに虹色にきらめき、顔の大半をしめるオーロラを宿したような大きな目は、辺り一帯を見るのと同時にクライを見つめていた。クライはその視線から目を離すことができなくなり、次第に周りの音が聞こえなくなっていくのと同時にトンボの羽ばたきからうたが聞こえてきた。

その目は　何を　見る?
その耳は　何を　聞く?
その鼻は　何を　嗅ぐ?
その手は　何に　触れる?
その足は　どこへ　いく?
その頭は　何を　考える?

その心は　何を　感じる？
その瞳は　何を　想う？

世界は　輝くばかり

きみは　いった
迷子に　なりたいって

その目は　何を　見た？
その耳は　何を　聞いた？
その鼻は　何を　嗅いだ？
その手は　何に　触れた？
その足は　どこへ　いった？
その頭は　何を　考えた？
その心は　何を　感じた？
その瞳は　何を　想った？

世界は　輝くばかり
そうだった？

クライは急に胸がしめつけられ、内側に固く閉じこめていたものがその存在をさらに確かなものとして激しく扉を叩きはじめたのを感じると、それを抑えつけるように上体を屈めて下唇を噛んだ。

僕が　つれていってあげるよ
きみが　望んだ　その場所へ
僕だけが　つれていってあげられる
きみが　願った　あの場所へ
僕が　見せてあげるよ
真の世界の　輝きを
さあ　一緒にいこう

僕は　きみを　愛している
きみは　僕を　愛さずにはいられない
だって　きみは　それを　体験したかったのだから
その奥にある　真の輝きを　確かめたかったのだから

「嘘だ！　おまえがいっていることは、全部嘘だ！　だまれ！　もう、僕を追ってくるのはやめろ！」

叫ぶように上げたクライの言葉に、一瞬にして空が鮮やかな赤色に染まり、悲鳴にも似た音が大きく放たれた。トンボは苦しそうに激しく翅を震わせて身体を大きく上下に揺らし、クライはやむことなく引き伸ばされていく残響のあまりの痛々しさから逃げるようにきつく耳をふさいでまぶたを閉じた。

ブン、ブン、ブン、ブン・・・。仰向けになった鼻先すれすれに、巨大な振り子が極から極へ揺れている。振り子が吊された不動の一点は、遠く暗闇の中にあって見ることができない。この振り子は、いつから揺れているんだろう？　僕は、いつからここにいるんだろう・・・。ブン、ブン、ブン、ブン・・・。眼下に遠く、巨大な振り子が左から右へ、右から左へ揺れながら大きな円を描いている。ここは、どこだろう？　博物館の中だろうか？　でも、あの博物館は、もう・・・。ブン、ブン、ブン、ブン・・・。巨大な吊香炉がこちらから向こうへ、向こうからこちらへ、どこかなつかしい香りと煙をつれてゆったりと揺れている。頭上高く丸天井のステンドグラスから天頂に昇らんとする太陽の陽がさし込みはじめ、鐘が鳴り、開かれた扉からいくつもの足音が入ってくると、僕の前を通り過ぎて別の扉からでていった。僕の足は、どうしてこんなに赤く染まっているんだろう・・・。

黄金の玉座に誰かが座っている。その顔は、真横からさす光と影の中にあって見ることができない。雄牛の頭の彫刻がほどこされた肘かけから大きな手が上がり、こちらに向かってゆったりと手招いた。小さな衝撃に、一陣の風をつれて抜かれた剣が固く握りしめた手とともに玉座へ向かって走っていく。振り上げられた剣はその勢いのまま振り下ろされ、悲鳴が上がったのか、それともあまりの衝撃に聞くことを拒んだのか、耳に届く音はなく、鮮やかに広がる青色の傷口から輝く星々が解き放たれるようにあふれでていった。荒い息づかいとともに引きずられていく剣に誰もいない玉座が映り、小さな金属音を立てて床に横たわった剣に飛び立った白いハトが映った。僕が、やったんだろうか？　それとも、僕はただ見ていただけなんだろうか・・・。

崖の上。上空を覆う厚い雲と地上を埋める濃い霧の間を一羽の大きな鳥が翼を広げて飛んでいく。霧の中に淡い明かりが灯り、沈むように消えていった。あそこに誰かいるんだろうか？　遠く雲とも霧ともわからない境界に大きな明かりがあらわれた。それは昇ることも沈むこともなくそこにあり、小さく震えたかと思うと、まるで空から一本の糸で吊されているかのように大きく後ろに下がり、放たれた勢いのまま一直線にこちらに向かってきた。湖に沈んでいく身体。伸ばした手の指と指の間に湖面にさす陽の光が揺らめいているのが見える。湖底から無数の泡が湧き上がり、深く深く落ちていく身体をなでて高く高く上がっていく。

まぶたを開けると、一転した静けさにトンボの姿がなく、頭上に広がる赤色の空だけがまだ終わっていないと告げているかのようにあり続け、クライはにらみつけるように顔を上げた。

・・・おまえの望みは、何なんだ？

はたと風がやみ、フリュールの綿毛は束になる力を失くしてはらはらと落ちていった。ルルルとクライは慌てて数本の綿毛をつかんでぶら下がり、くるくる回転しながら落ちていった。

眼下に広がる一面の灰色の厚い雲を抜け、色を失くしたような乾いた草原のあらわれに、黒いしみのような広がりがひとつあるのを見つけると、それは落ちていくほどにどんどん大きくなっていき、ルルルとクライはその縁に降り立った。そして、地面に足がついた安心感に反射的に手を離すと、フリュールの綿毛はゆらゆらと上空へ上がっていき、灰色の雲の向こうへ見えなくなっていった。

「ここは・・・」

「オルクの沼だ。おまえが呼びよせた」

ルルルの言葉にクライは眉間にしわをよせ、目の前に広がる暗く沈んだ沼を見つめた。

上空を切れ目なく覆う灰色の厚い雲は地上にあらわれたものを押しつぶそうとするかのように重くたれ込め、辺り一帯に広がる背の高い葦のような細く固い草が密集した草原に囲まれた大きな沼はすべての流れを拒むかのようにそこにあり、すべての動きを監視しているかのような圧迫感のある空気がいき先もなく満ちていた。

クライは自分の左側に熱を感じ、あらわれたものの方に恐る恐る顔を向けた。すると、ぬかるんだ地面に立つ二つに分かれた蹄を持った引き締まった獣の脚が見え、人間のようなたくましい腕と分厚い胸板に幅のある肩と太い首、たれた耳と小さなあご髭のある顔は年を取っているとも若いとも見え、額には小さな二つのこぶがあり、その見上げるほど背の高い半人半山羊のパンは、堂々とした立ち姿で真っ直ぐオルクの沼を見つめていた。

「よっ！」ルルルは、クライをはさんだ向こう側から顔をだしてパンに声をかけた。

パンは顔だけをルルルに向けて黙ったままうなずき、すぐにまたオルクの沼に顔を向けた。

「何がはじまるんだ？　ここは、嫌な感じがする。はやく離れていこう」クライは隣にいるパンのことが気になりながらも、辺りに立ち込めるただならぬ雰囲気に身体を屈めてルルルの耳もとでささやくようにいった。

「ここ以外のどこにいくっていうんだ？」ルルルは、クライに合わせる気などまったくないというようにいつもの調子でいった。

「声が大きいぞ！　僕らは、森にいくんだろう？　ここは、どう見ても違うじゃないか」

声を押し殺して言葉を発するクライに、ルルルは肩をすくめて沼の方を向いた。そして、その動きに引かれるように沼に顔を向けたクライの髪をゆったりとした風が揺らしていった。パンはたれた耳を立ててすっとたくましい腕を伸ばし、沼の中央辺りを指さした。視線を向けると、沼の中から何かが湧き上がってくるように水面がもったりと盛り上がり、沈むのと同時に沼全体にゆったりと波紋が広がっていった。パンは片脚を大きく後ろに引いて身体を沈めたかと思うと沼に向かってジャンプし、ばねのある山羊脚に高く大きく押しだされた身体は頂点で宙返りをして下半身を魚の尾に変えて飛び込み、反響のない音の広がりからぬっと上半身を水面に浮き上がらせ、水際で顔を引きつらせているクライに視線を向けた。

「あいつは、何をしているんだ？」クライは、拒絶の表情をありありと見せながら後ずさりしていった。

「こんなにおまえに手を伸ばしているやつらがたくさんいるのに、おまえこそ、いつまでそうやっているつもりなんだよ」ルルルは、沼から離れていくクライにぎょろりとした目を向けた。

「あそこにいけっていうのか？　こんな何があるのかわからないものの中に入るなんて、嫌に決まっているだろう！」

「そうなのか？　本当は、わかっているんだろう？　でも、その先に何があるのかをおまえはまだ知らないんだ。おまえは、これまではじめから全部わかっていたことなんてあるのか？」

クライは返す言葉に詰まり、それでも受け入れることはできないと、沼に背中を向けて草原の方に歩いていった。

「どこにいくんだ？」

「・・・。別に、ここを通らなくたっていけるだろう？」

ルルルとの会話を断ち切るように手を伸ばして草原をかき分けたクライの耳に、上空を羽ばたくいくつもの羽音が大きく響いた。見上げると、遠く上空を旋回するハゲタカの群れがあり、群れは突然興奮したように騒がしく羽ばたきはじめると、次々と草原の中へ急降下していった。背の高い草原に、何が起きているのかわからないまま何かと格闘しているかのような振動と葉音だけがしばらく続き、一瞬の静寂の訪れに、ひとつの大きな大きな白い羽根が草原の上にふわりと舞い上がった。

「あれは・・・」

「どうして、おまえたちはいつも一番近くにあるものが見えないんだよ！」ルルルは、呆然と立ちつくしているクライに向かって身体ごと飛びかかっていった。

覆いかぶさってきたルルルに驚いたクライは、視界を覆われたまま振り払おうともがいているうちに自分がどこにいるのかわからなくなり、気づいた時にはその足がぬかるんだ地面を踏んで尻もちをついていた。ルルルはすかさずクライの身体を持ち上げようとしたが、その身体はいっこうに持ち上げることができなかった。

「おまえは、なんて重いんだ!」

ルルルがうめき声を上げていると、くすくすくすと愛らしい小さな笑い声が聞こえ、辺りをほんのり明るく照らすように草原の中から美しいニンフたちがあらわれた。そして、花冠をつけたやわらかなブロンドの髪と薄いドレスをなびかせながら優雅に踊りうたいはじめた。

美の中を　歩く者
その道は　美しく
見るものすべてが
世界をうたい　輝き踊る

美を　つむぐ者
そのひとつひとつが　美しく
あらゆるものたちが

己の真の姿に　目を覚ます
美は　ここに
見いだす術は
美の中に　落ちること
見せて　その美しさを
聞かせて　その輝きを

ニンフたちはクライを囲んで互いの顔を見合わせて微笑むと、明るく軽やかなかけ声でルルとともにクライの身体を持ち上げようとした。

「やめろ！　やめろったら！　僕にかまうな。僕は、もう傷つけられるのも傷つけてしまうのも嫌なんだ！」

声を上げ、必死に抵抗するクライの身体と地面との間に小さな隙間ができた瞬間、一陣の大きな風が吹き込み、風とともにかかげたルルとニンフたちの手から放たれた身体は大きな放物線を描いて沼へ向かい、その先で待っていたパンのたくましい腕の中におさまった。パンは、目を見開いたまま固まっているクライを抱えて泳いでいった。

沼の中央辺りまでくるとパンは泳ぐのをやめ、沼の中をのぞくようにとクライをうながした。クライはパンの動きに小さく息を吸って吐き、顔色ひとつ変えないパンの静けさの中にある深いあたたかさを見ると、パンに対してなのか、それとも自分自身に対してなのか、小さくうなずいて恐る恐る水面に顔を近づけた。厚みを持った水面はのぞき込むクライの顔を鈍く映すだけで何かが起きることはなく、何もないじゃないかと息を吐いて顔を上げようとすると、沼の中から何かが湧き上がってくるように水面が盛り上がり、映っていたクライの顔を散らして沈むのと同時に沼全体にゆったりと大きな波紋を広げていった。

「大きなため息をついているみたいだ」

つぶやいたクライの視線の先で静まっていく水面に再び自分の顔が形作られていくのを見ていると、そこにひとつの鈍い光があらわれ、顔を上げて水面を照らす光源を探したがそれらしいものは見あたらず、視線を戻してそのためらいがちに揺らぐ光をじっと見ていると、それは沼の底から発せられているのではないかと思った。そして、その中にぽつんと小さな黒い点があるのを見つけると、それはまるで遮光レンズ越しに見る太陽の黒点のようで、さらに顔を近づけて意識を向けると、水面が顕微鏡か、あるいは望遠鏡になったかのように黒い点が拡大され、むきだしの小さな両膝を抱えて座る黒い雄牛の頭をした少年があらわれた。

「きみは、誰？　どうして、そこにいるの？」クライは、そのさみしげな様子に心が動いてそっと問いかけた。

牡牛の頭の少年はゆっくりと立ち上がり、水面を見つめるように顔を上げた。少年の細い身体は青白く、その目は泣き腫らしたような赤色に沈んでいた。

「どうして、きみはそこにいるの？　僕らは、一緒にいたはずなのに」

少年が発したか細くも鋭く刺すような声に、クライは水面からさっと身体を引き、その背中がパンの大きな肩に触れ、パンは動じることなく受けとめた。

「あいつは、何なんだ？」

「あれは、おまえだ」パンは、クライの問いにどんな抑揚もなく答えた。

「違う！　僕は、ここにいるじゃないか。僕は、あんなに弱くないし、醜くもない！」クライは、認めるわけにはいかないというように激しく首を振った。

「弱いとは、何だ？　醜いとは、何なのだ？　おまえは、自分が望むままに生まれてきたのではないのか？　それなのに、おまえはおまえ自身を拒み、閉じこもった。いつまでそこにいるつもりなのだ？」

「誰にいっているんだ？　あいつにいっているんだろう？　僕は、違う！　僕は、閉じこもってなんかいない。僕は、こうしてでてきたじゃないか。世界の本当の姿を知るために、僕は・・・」

「こうして、ここにきたのだ。おまえは、正しい道を歩んでいる」

「正しいだって？　これが？　違う！　僕が望んだのはこんな風なんかじゃなくて、もっとおだやかでやさしくて明るくて大きくてあたたかかくて・・・」クライは、自分が発していく言葉の後からアルスの言葉が追い越していき、自分の言葉がつかまるものを失くして消え去っていくのを感じると、そこにしめされた確かな事実の軽やかな重さにがくりと膝を落とした。

「おまえが閉ざした扉は、おまえにしか開けることができない。そして、そこに真の力があることをおまえは知っている」

　パンの言葉が肩に触れ、クライは小さく顔を上げて水面に近づき、もう一度沼の底をのぞいた。少年は赤い目をクライに向けたまま何もせず、何もいわなかった。クライは、自分が何かをしなければいけないのだと感じたが何をしたらいいのかわからず、それでも決して間違ったことはしてはいけないという考えが心と身体を緊張させ、自分から何かを起こすことをやめて辺りの静寂にも耳を閉じた。
互いの沈黙がどれほど続いたのか、ふいに心臓の鼓動の音が聞こえはじめた。クライは静けさの中で自分の鼓動が聞こえてきたのかと思ったが、それは辺りに大きく響きはじめ、揺れる水面に地震が起きているのかと顔を上げて見回したが揺れている様子はどこにもなく、やむことなく打ち続ける音はどんどん大きくはやくなっていき、ついに破裂せんばかりになると、身体の深部をえぐるような獣の低いうなり声にも似た轟きが放たれ、静まる鼓動に大きな風がクライの髪を揺らし、水面をなでて揺れがおさまった。そして、息つく間もなく沼の底が激しく縦揺れを起こすのを見ると、少年を囲うように深い亀裂が一気に走っていき、そこから勢いよく真っ赤な火柱が火の粉とともに吹き上がると、その奥から黒々とした鋭い岩山が亀裂を押し広げながらせり上がりはじめ、戸惑うクライに、少年は動じることなく粛々とうたいはじめた。

この目が　見たのは　差別と略奪と殺人
この耳が　聞いたのは　悲鳴と罵声と耐え忍ぶ声
この鼻が　嗅いだのは　血とほこりと油の匂い
この手が　触れたのは　死

この足が　訪れたのは　戦場と牢獄と白い部屋
この頭が　考えたのは　嘘と搾取と依存
この心が　感じたのは　悲しみと恐怖と憎悪
この瞳が　想ったのは　こんな世界　壊れてしまえばいい

「やめろっ！　何もいうな！」クライは、少年の声を振り払うように叫んできつく耳をふさいだ。しかし、どんなに強くふさいでも、鮮明な映像と少年の声はクライの中にとうとうと流れてきた。

この目が　見たかったのは　調和と自由と野を駆ける子供たち
この耳が　聞きたかったのは　感謝と笑い声と大地の鼓動
この鼻が　嗅ぎたかったのは　海と森と廻る季節の香り
この手が　触れたかったのは　生
この足が　訪れたかったのは　風吹く丘と祝祭と芸術の場
この頭が　考えたかったのは　自立と共生と信頼
この心が　感じたかったのは　愛と喜びとひとつであること

この瞳が　想いたかったのは　やっぱり世界は　輝くばかり

「もう、やめてくれ・・・」クライは絞りだすように声をだし、今まで自分を形作っていたものがはらはらと崩れていくのを感じて自分で自分の身体を強く抱きしめた。

「きみは、何を見た？」

少年の問いに、クライは首を横に振るだけで答えなかった。少年を囲う黒々とした鋭い岩山はクライに向かって挑みかかるようにとどまることなくせり上がり続け、その振動がクライの深部を揺さぶるように響いていた。

「きみは、僕が見えるんだろう？　僕も、きみが見えるよ。きみは、苦しんだ。そうだろう？　その苦しみは、きみをどう変えたの？」

少年の声は、いつの間にかクライの内側で固く閉ざしていた扉の前にきていた。そして、抵抗する間もなく触れられると、扉ははじめからなかったかのように消え去り、解放されるままにあふれだしてくる鮮烈な記憶がクライに襲いかかり、そのあまりの痛みと苦しさに大きく息を吸うと、そのさらに奥深くから放たれたまばゆいばかりの輝きがすべてを抱きしめていき、クライはそのあまりの強大な力にめまいを起こしそうになりながらうながされるままに言葉を吐きだしていった。

「僕は、世界の死を見た。でも、同じ世界の中で生を見た。僕は、世界を憎んだ。でも、同じ世界の中で世界を愛した。僕は、こんな世界見たくなかった。でも、こんな世界を見るためにきたんだ。だって、僕はつたえたかったから。世界は、美しいんだって。こんなにも美しいんだって。でも、できなかった。できなかったんだよ。僕は、変わり者だった。でも、僕はそう思っていなかった。みんなは、僕を恐れた。でも、僕はみんなの方が恐かった。どうして、そんなことができるんだろうって。どうして、そんな風に考えるんだろうって。どうして、気づかないんだろうって。どうして、どうしてって・・・。僕には確かな世界があった。僕にはみんながどれだけおかしな世界にいるのかが見えるのに、みんなの目には僕の世界が見えなかったんだ。見せようとしても見る前から否定されて、誤解されて、書き換えられて、返ってくる言葉はいつも笑われるぞ、現実を見ろ、足を踏みはずすな、不幸になるぞ、大人になれ、目を覚ませって・・・。僕は、その言葉をそのままみんなに返したかった。僕の言葉は、みんなの言葉と違ったんだ。僕は、もうどうしたらいいのかわからなくなって、あらゆることにいらだつようになった。みんなのことを憎むようになって、自分に対してでも、どうしてこんな風に生まれてきたんだろうって思うようになった。それで、結局みんなも僕も傷ついて・・・」

「それで、僕を捨てたの?」

「僕は、みんなともいたかった。僕ひとりでいくのは、みんなのことを見捨てるような気がしたんだ」

「でも、きみはやっぱり離れたね。どうして?」

「みんながいっていることとやっていることは、やっぱり違うと思ったんだ。だって、僕は苦しいままだったし、みんながいうままにやってみても、病気になったり、けがをするばかりだったから。でも、みんなは楽しそうだった。別の世界を見ようだなんて気はまったくなかったんだ。もう、いいじゃないか。みんなは、みんなの世界で楽しくやっていればいいんだ」

「僕らが一緒なら、世界を変えることができたのに」

「嘘だ! 僕の世界は、みんなに受け入れられなかったじゃないか。僕の世界は、みんなが作り上げた世界にとっては都合が悪いんだ。そうだろう?」

「でも、きみはここにきた。きみの世界を確かめるために」

「・・・」

「僕が、きみに本当の世界を見せてあげるよ」

「違う! 嘘だ! おまえは、世界の異端児だ! おまえがいたら世界が壊れる。今まで作りが上げてきたものが全部ひっくり返るんだ。そんなのだめだ。どれだけの犠牲がでると思っているんだ。みんながおまえを恐れている。みんなでおまえを閉じ込めて、存在しないと思い込むことを決めたんだ。おまえは、世界の闇だ。無意識をあやつるおまえが、世界をこんな風にしたんだ。どうして、黙っていられないんだ？　おまえさえ黙っていればいいんだよ。おまえは、何もわかっていない。本当の世界なんて、どうだっていいんだ。おまえなんか必要ない。闇は、闇に帰れ！」

　クライが放った言葉が水面を押し下げ、広がる波紋に水面を突き抜けようかという寸前までせり上がってきていた岩山ははたと動きをとめ、先端からはらはらと崩れ落ちていった。そして、亀裂を埋めるように沼の底に降り積もっていくと、吹き上がる砂煙が雄牛の頭の少年の姿を隠していった。クライは熱くなった身体と頭で肩で息をしながら沼の底を見つめ、砂煙がおさまり、再び少年の姿が見えてくると、その足もとに真っ黒いものが広がっているのが見え、その黒は黒以上の黒で、そこに存在しているのかも不安になるほどの存在感とともにすべてをのみ込もうとするかのような迫力と魅力に満ちていて、あれが本当の闇というものなのかと思った。そして、少年の身体はその中に少しずつ沈んでいき、少年はクライに向けて両手を伸ばした。

「おまえは、おまえにいわれたことをあいつにいった。なぜだ？　なぜ、自分自身を信頼できないのだ。さあ、いけ。あいつを救えるのは、おまえだけだ。そして、あいつがおまえを救うだろう」パンは表情を変えることなく言葉をかけ、クライを沼の中へいかせようと身体を動かした。

「違う！　僕が救いたいのは、あいつでも僕でもない！　僕は、ただ・・・。そうか。あいつは、僕を喰うつもりなんだ。僕を消して、あいつが僕になろうとしているんだ。そうなんだろう？　あいつも何だかんだいって、結局は自分だけが生き残ればいいと思っているんだ。僕は、おまえのものにはならない。僕は、このままでいいんだ。ひとりでいれば、世界が話しかけてくれる。それで十分じゃないか！」クライは、パンの動きを押さえて水面から離れようとした。

「その声は、僕だよ」

「・・・！」

矢のように放たれた少年の声がひと息にクライをつらぬき、そのあまりの清々しい鋭さに痛みさえ感じなかった。そして、ふつふつとこみ上げてくるあらゆる感情の中から怒りと敗北感が膨れ上がってくると、激しく首を横に振って握りしめた拳を自分の足に何度も振り下ろした。

「違う！　違う！　違う！　違う！　おまえは、いつも僕の邪魔をしていただけじゃないか！　それなのに、どうして僕がおまえを救わなくちゃいけないんだよ！　救われていいのは、僕の方のはずだ。こんなに苦しんで、こんなに我慢して、こんなに、こんなに・・・。みんなだってそうだ。自分はいい人だからと手を伸ばしながら人の不安をつかんで喜んでいるあいつらを、自分は優秀な人だからと道をしめしながらそれぞれの生きる道を閉ざして満足しているあいつらを、どうして僕が面倒をみなくちゃいけないんだよ。あいつらこそが、闇なんだ。自分が何をしているのかもわからない、悪よりもずっと悪い悪なんだ。僕は、悪くない。僕は、いつも正しいことをしてきたんだ。それなのに、どうして僕が・・・。もう、嫌だ！　消えるのは、僕じゃない。僕を苦しめ、世界を汚したみんなの方が消えてしまえばいいんだ。その方が、世界が喜ぶ。世界が望んでいるのは、僕だけなんだ。みんな消えてしまえ！　みんなみんな、嫌なこと全部、この世界から消えてしまえばいいんだ！」

クライの言葉が水面にさざ波を立てて一気に広がり、声にならない悲鳴が空間を逆なでしながら草原を揺らしていった。重く痛々しい沈黙が落ち、凪いだ水面にひどく歪んだ自分の顔が映っているのを見たクライはそのあまりの醜さにおののき、空間を廻って返ってきた自分の言葉に打ちのめされると、両手で顔を覆って崩れ落ちた。

「僕は、何てことを・・・。お願いだ。僕を見ないでくれ」クライは、今すぐここから消えてしまいましたいと小さく小さく身体を縮ませて震えた。

パンは小さく動き、変わることのない声音でクライに語りかけた。

「おまえは、ひとりということがどういうことなのかわかっていない。追いだすものなど何もない。おまえがどんなに拒絶し、押し込め、離れようとしても、そうしている限りそれはそこにあり続ける。おまえは、まだ理解していない。おまえがおまえであることを理解していない。見ろ。あいつは、おまえに何を見せようとしているのだ？　あいつは、このまま闇にのみ込まれながら闇をのみ込み、膨れ上がった姿でいよいよおまえを喰いにくるぞ。おまえがどこにいようともあいつはあらわれる。だが、その時あいつはもうあいつではないだろう。おまえもおまえでなくなるだろう。世界を喰い散らかし、自滅していくだけのものになるだろう。だが、おまえはここにきた。おまえが、それを望んだからだ。違う違うといっているが、本当はわかっているのだろう？　おまえが必死に守ろうとしているそれは、何だ？　闇は、どこにあるのだ？真の光は、どこで見いだされるのだ？　さあ、いけ。これは、我々の望みでもある。真の望みはみなの望みであり、世界の望みだ。それ以外の望みは己の欲望にもとづくささいなものであり、他人を支配し己をも支配する、強固に見えてはかなくもろい幻想だ。その欲望が生みだしたものをおまえは見てきたはずだ。そして、おまえはそれにかまう者ではないことをわかっている。あいつが、おまえを苦しめたのではない。おまえがおまえを苦しめ、閉じ込めたのだ」

クライは小さく顔を上げ、震える身体で沼の底をのぞいた。牡牛の頭の少年の身体は、両手を水面に伸ばしたまま胸の辺りまで沈んでいた。クライは、それを見るだけで何もしなかった。少年は手を下ろし、沈んでくまま黒さの上に雄牛の頭だけが置かれているような姿になった。その光景に一気に全身が熱くなるのを感じたクライは、涙とともに突き上がる感情に少年に手を伸ばそうとしたが、ぬぐい去ることができない強固な不安がそれを押さえつけて震える身体はいうことをきかず、とめどなくあふれてくる涙だけが水面に落ちていくつもの波紋を作り、涙で埋まった視界の向こうで少年の赤い目がいよいよ沈もうとしていた。クライは、嗚咽をもらすだけで何もできない自分にいらだち、嫌気がさし、もう何も見たくないというように強くまぶたを閉じた。

たくさんのタンポポの綿毛が、視界いっぱいに吹きわたっていった。広大な砂漠にひとり立ち、そこへ少年がひとり走ってきた。少年は大事そうに何かを両手で包んでいて、目の前で立ちどまるとそれをわたした。それは一粒の赤い実で、少年はふわりと笑って走り去っていった。赤い実に視線を戻すと、それはぐにゃりとつぶれて掌をどんどんどん赤く染めていった。何が起きているのかわからず、それでもどうしてそれが起きているのかはわかっている気がして、ガタガタと震えはじめた手をきつく握りしめ、がくりと膝を落としてうなだれた。打ちよせては引いていく大きな波の音が聞こえて顔を上げると、真紅に染まった海がどっと押しよせた。必死にもがく握りしめたままの手は何もつかめず、身体は引きずり込まれるままに沈んでいった。遠のく意識に海底から湧き上がる大きな波が身体を海面に押し上げ、青く凪いだ海に仰向けになったまま呆然と海面を漂う身体をたくさんの小魚たちがついばみはじめた。やわらかな風がどこかなつかしい香りをのせてそっとまつげを揺らし、思いだしたようにまばたきをすると、海は消え、身体は砂漠に横たわっていた。起き上がって握りしめていた手を開くと、そこに小さな種があった。髪を揺らす風に、種を砂漠に埋めて立ち上がり、静かに降りはじめた雨の中を歩きだしていった。背後に大きな風が立ち上がり、たくさんのタンポポの綿毛が視界いっぱいに吹きわたっていった。

クライはまぶたを開け、震えていた身体はいつの間にかおさまっていた。

「おまえを駆り立てたものは、何だ？」

「この世界を生んだ世界に対しての愛といつまでもわからないみんなに対しての、いや、うまくできない自分自身に対しての復讐心。そして、あらたに生まれることへの強い恐怖と痛みの記憶が、その先へいく一歩をとどまらせた」クライはひとつ息を吸って吐き、パンの問いに答えた。

「そこに到達したおまえに、今何が見える？」

「僕の本当の望みだ。僕は、それを成すために生まれてきたんだ。僕は、僕であることをとめられない。誰にもとめられないんだ！」

「ならば、飛び込め。おまえがおまえとして、再び世界に生まれるために」

パンの言葉にクライはひとつうなずいて立ち上がり、その大きくたくましい肩の上に上がっていった。パンはクライの足を支えて時を待ち、沼の底の少年はまぶたを閉じて、黒さとの境界がほとんど見えなくなった。その光景に、焦りと同時にいろいろな考えや思いが再び押しよせて身体が強ばるのを感じたクライは大きく深呼吸をし、しめされた自分の中心に視線をさだめると、手を離したパンに、オルクの沼に飛び込んだ。

落ちていくクライの前に闇はなく、明るいとも暗いともわからない空間の広がりに淡くやわらかな光が灯るのを見ると、クライの胸ポケットからラピスラズリの髪飾りが落ち、光は髪飾りを包んで大きく輝きを増して広がっていき、その奥からうたが聞こえてきた。

タンポポが揺れる　あの丘で
僕らは　いつも　うたっていた
愛しい　僕らの　世界のうたを

長い長い眠りに落ちて　離れ離れになったけれど
僕らは　いつも　うたっていた
愛しい　僕らの　世界のうたを

たとえ　僕らの命が　終わっても
タンポポの綿毛が　繋いでいくよ
愛しい　僕らの　世界のうたを

今再び　僕らは僕となって　駆けていく

誕生の前に願った　あの草原を
あらゆる僕らが　駆けていく
世界のうたを　内に宿した僕が　駆けていく

視界いっぱいに広がった光の中から初々しい手が伸びてきた。クライはその手に手を伸ばし、手と手は互いを引きよせながらやさしくぐっと抱きしめ抱きしめられた。

二つの呼吸が重なり、鼓動がひとつのリズムを刻みはじめると、やわらかな黄金の雨が降り注ぎ、瑠璃色の輝きが包んでいった。そして、そのあたたかく心地いい軽やかな重さにすっかり安心すると、幼子のように声を上げて泣いた。声は螺旋を描いて高く深く上っていき、軌道を超えて時のはじまりの前に満ちた透明な暗闇に放たれた。まばたきほどの沈黙にすべてが宿り、小さな揺らぎに強大な衝撃波が一気に放たれると、ゆったりと大きな波となって空間を押し広げ、道をしめすような一筋の光が瞳を照らし、まばゆい光となって視界を広げながらあふれていった。

7

「おめでとう」

ルルルの声が聞こえ、クライは涙をぬぐって辺りを見わたした。そこにはおだやかな風に揺れる黄金色の草原がどこまでも広がり、はるか遠くでぐるりと地平線を描いてみずみずしい空が高々と天を覆っていた。太陽の姿は見えなかったが、すべてが自分の内に宿した輝きでそこに存在しているような明るさとともにあり、すぐそばに風化した石碑が横たわり、クライに向けてパチパチパチパチと手を叩いているルルルがいた。

「ここは・・・」

「境界だ」ルルルは何でもないというように、立ち上がったクライにいった。

目覚めたばかりのような気だるさを感じながらあらためて辺りを見わたすクライに一陣の大きな風が起き上がり、草原に葉音を広げながらルルルのよれよれの三角帽子とクライの髪を揺らしていった。

「ルフだ！」ルルルは、上空を指さした。

見上げると、空全体を覆うほど大きな白い雲が、草原に大きな影を落としてゆったりと流れていくのが見えた。しかし、じっと見ていると、それは雲ではなく、巨大な鳥がその翼をいっぱいに広げてゆったりと羽ばたいているのだとわかった。

「森だ！」ルルルは、地平線を指さした。

地上に視線を戻すと、黄金色の草原が作る地平線上に青々とした木々が豊かに茂っているのが見え、ルフはその向こうへ飛んでいった。

「あそこにいくのか？」クライはそこにあらわれたものを見つめ、自分が戻ってきたという感覚に深く息を吐いた。

「ああ」

「まだ、ちょっと遠そうだな」

「そうでもないさ」ルルルは、肩をすくめて歩きだしていった。

クライは足もとの石碑に視線を向け、かすかに残る凹凸に小さな風が渦巻くのを見ると、そっと頬をなでるやわらかな風にうながされるように顔を上げて歩きだしていった。

地平線上から離れることのない森は、ひとつの大きな生き物がゆったりと呼吸をしているかのように揺れて見え、そのリズムに呼吸が合ってくると、風の中にいく重にも重なる森の葉音が聞こえ、突然走りだしたルルルに慌ててついていくと、前方で何かがきらりと光り、すっきりとした明かりがあらわれた。それは走り続けるルルとクライとの間に一定の距離を保ったまま逃げているのか、それとも導いているのか、弾むように進んでいき、その姿は明かりというには確かな実体を持った質量と体温が感じられ、それと同時に本当にそこに存在しているのか疑わしくなるほどの透明さがあり、それが小さくこちらに振り向いたかと思うと、美しい角を持った純白のユニコーンとなってあらわれた。そして、その深く澄んだ虹色に輝く目と目が合った瞬間、時の流れが消え去り、これまで自分の周りにあったすべてのものの法則が取り払われ、強力に引きよせられたかと思うと一気に突き離され、クライは青々とした草木がうっそうと茂る中を走っていた。

　自分が立てる足音の大きさに驚いて立ちどまると、深く明るい森がクライを囲み、見わたすかぎり草木の姿しか見えなかったが、そこかしこにたくさんの存在たちの息づかいを感じた。

II

8

「おまえが、クライか？」「クライが、おまえか？」

　ふいに足もとからしゃがれているがあどけなさのある二つの声が続けて上がった。視線を下げると、ルルルの身体を少し縦に伸ばしたようなトロールと少し横に伸ばしたようなトロールが、ぎょろりとした大きな目でクライを見上げていた。

「こいつは、ククク。こいつは、プププ。で、こいつがクライだ」ルルルは少し縦長のトロールに顔を向け、次に少し横長のトロールに、最後にクライに向けた。

　紹介されたクククとプププはクライを見つめたままよれよれの三角帽子を少し上げてあいさつしたが、まだ納得できないことがあるのか、クライの周りを回りながら匂いを嗅いだり指で突いたりしていくと、ぎょろりとした目をさらに大きくして口を縦に広げ、「おー」と声をそろえた。

　クライはルルルの方を向き、ルルルは肩をすくめて答えていった。

「おまえは、ここにきた久しぶりの人間なんだ。おまえたちは、ここをはじめから存在しないものだと決めつけて、考えようともしなくなっただろう？　中には怒りだすやつもいるし、それと知らずにきていた小さいやつらもめったにこなくなっちまった。おかげで森もおいらたちも単純になるばかりなのさ」

「よくきたな、クライ」「クライは、よくきたよ」ククク とプププは、それぞれ大きくうなずいた。

「ありがとう。ここが、森なんだね」

「森をいくのは、おまえだ」「おまえのいくところが、森だ」ククク とプププは、クライの言葉にそれぞれ肩をすくめ答えた。

「用意はできているか?」ルルルは、向けられたクライの視線に答えることなくククク とプププの方を向いてきいた。

ククク とプププは自信たっぷりに胸を張り、三人で円陣を組むように向かい合うと、たくましい短い両腕を同時に高く突き上げて、「おー」と大きく声をそろえた。

バタンッ。クライが倒れた。ルルル とククク とプププはぎょろりとした大きな目をクライに向け、「おー」と低く声をそろえ、クライの身体を担いで運んでいった。

ホイッホイッホイッホイッホイッ・・・。クライの耳にルルルたちの軽快なかけ声が聞こえてきた。まぶたを薄く開けると、頭上を覆う木々の枝葉の隙間にいく粒ものきらきらと輝く陽の光が見え、自分の身体がどこかに運ばれているのだろうと思ったが、どこにも力が入らず、抵抗しようという気も起きず、そのままルルたちにまかせて心地いいリズムを感じながらまたまぶたが閉じられていった。

やわらかな手がクライの頬をそっとなで、遠く近くやさしく包み込むようなゆったりとした女性の豊かなうた声が聞こえてきた。

あなたの夢は　どんな夢？
大海原に　身体をあずけ
大空を飛び　深海を泳ぐ　あなたは
どんな夢を　見ているの？

あなたの夢を　叶えてあげましょう
さあ　あなたの夢を　教えてちょうだい
無限の力である　あなたの夢　・・・・・

うたは遠のき、耳もとに水の戯れる音が聞こえはじめると、鼻に届く甘くさわやかな香りに深く息を吸って、クライはゆっくりとまぶたを開けた。視線の先にきらきらと虹色に揺れる透明な空が見え、焦点が合ってくると、それは大きなトンボの翅を張って作られた天窓であることがわかり、世界を物語るステンドグラスのように外の光をやわらかく内側に通していた。クライの身体は丸太を削って作られた浴槽のあたたかな水の中にあり、いろいろな種類の薬草が一緒に入れられていた。身体を起こして辺りを見回すと、そこは土で作られたひんやりとした薄暗いドーム型の小屋の中で、浴槽の近くに置かれた丁寧に編まれたかごの中にタオルと着替えが入っていた。浴槽から上がり、ふかふかしたタオルを手に取ると太陽のいい香りがし、やわらかくも張りのある服に袖を通すと自分が確かにここにいるという感覚に包まれた。靴を探したが見あたらず、ルルたちも裸足だったことを思いだすと、そのまま大きな一枚の葉を下げた扉へ向かった。歩きだした裸足の足は、ひんやりとした土の冷たさの中にあるあたたかさと固さの中にあるやわらかさを感じるのと同時に自分の身体が一本の導管になったかのようにこれまでずっと詰まっていたものがすっかり抜けて、そこに透明な明るさが清々しく流れていくのを感じた。扉の向こう側からいくつもの話し声が聞こえ、扉に触れると声はやみ、思い切って開けると大きく広がる外のまぶしさに一瞬まぶたを細め、そこに声を発していたものたちの姿はなく、明るい緑豊かな草木が燦々と広がっていた。

大きな風に葉音が流れて、揺れる草むらの隙間にルルルのよれよれの三角帽子が動いているのを見つけると、そこに向かっていった。歩きだした裸足の足は、草花のくすぐったさとそれを支える土の弾力を感じるのと同時にそこに満ちる生命の呼吸がクライの鼓動に触れて身体を起き上がらせた。ふいに足もとから声が上がり、驚いて片足を上げて地面に視線を向けると、そこに身体をきれいな球状に丸めた一匹のダンゴムシがいた。

「ずいぶん乱暴に歩くんだな」ダンゴムシはあちこちに肢を動かしながら身体を開いて起き直り、どこかにいってしまった。

クライはどうやって歩けばいいのかと考えるほどぎこちなくなっていく足を進めながらルルルのもとに向かい、あらわれたルルルは下ろしたてのようなパリッとしたベストに着替えていて、胸もとにナナカマドの赤い実とつる草で作った小さなリース型のブローチがついていた。

「それは?」

「おまえと作ったやつだ。これから、あの方に会うからな」ルルルはクライの問いに答えると、急に顔を赤くして下を向き、ひとりでもごもご何かをいいながら歩きだしていった。

クライは記憶をたどりながらルルルの後についていき、おだやかな風に食べ物のいい匂いがしてくると意識がそちらに向かい、前方に大きな樫の木があらわれるのを見た。その下でククとプププが大きな傘を広げたキノコをテーブルにして山盛りの料理をいっぱいに並べていて、キノコのテーブルの周りを囲むように小さなキノコが次々と生えて椅子になると、そこにそれぞれ座った。ルルルは全員の顔を見て大事なものを包むように両手を合わせて息を吐くと、ククとプププも同じように両手を合わせて息を吐き、三人は声を合わせてうたいはじめた。

マザー・アース　ファーザー・スカイ
天と地の間に生きる　彼らに
与えられし恵みに　感謝します

グランド・マザー　グランド・ファーザー
森に生きる　我らは

境界を超えて　きたる者を　歓迎します
道を求め　橋をかける者に　祝福を
ププラの創造に　栄えあれ

ルルルとクククとプププが合わせた手を広げると、クライたちの頭上に大きく枝葉を広げた樫の木が揺れ、起きた葉音がいく重にも重なって降り注ぎながら辺りの木々へ広がっていった。そして、小さな風が渦巻いて、どこからかあらわれた若々しい葉がキノコのテーブルの上にひらひらと降りてきた。

「生まれたぞ！」「広がったぞ！」クククとプププはぎょろりとした大きな目をその葉に向け、それぞれ両手を高く上げた。

クライは何が起きたのかとルルルの方を向いたが、ルルルたちはすでににぎやかな食事をはじめていて、次から次に口いっぱいに放り込んではガハハハッと豪快に笑い、料理で山盛りだった皿はどんどん空になっていった。並べられた料理は木の実や果実はわかったが、その他のものはもさもさしたものやつるつるしたものやとろとろしたものなどでどんな食材を使っているのかわからないものも多く、クライは妖精や魔女が登場する物語の中にトカゲのしっぽやカエルの卵、コオロギの肢やネコの目玉などが書かれていたのを思いだして食べるのをためらっていたが、おいしそうな匂いと空腹のためにいよいよ我慢できなくなり、恐る恐る手を伸ばして思い切って口に入れてみた。すると、それは強烈な刺激もなくとてもおいしくて、食べ進めていくほどに生きることへの活力が湧いてくるのを感じ、ルルルたちに負けないくらい次から次に食べていった。ルルルとクククとプププは、そんなクライを横目で見ながら料理が盛られた皿をちょこちょことクライの方に回していった。そして、すべての皿が空になると、ルルルとクククとプププはふーっと息を吐いて大きく膨らんだ腹を叩いた。すると、同時にポンッといい音が鳴った。クライは思わずぷっと吹きだして笑い、それを見たルルルたちも上体を大きく反らしてガハハハッと豪快に笑った。

「おいらの用意した風呂は、どうだった?」「おいらの作った料理は、どうだった?」クククとプププは、それぞれクライの方に身体をのりだしてきいた。

クライは、両手を広げてその回復ぶりを見せた。

「おいらの薬草の配合がよかったんだな」「おいらの料理の隠し味がよかったんだな」クククとプププは満足そうにそれぞれうなずくと、どっちの方がよかったかとさらにクライに詰めよった。

「どっちもだよ。本当にありがとう。そうだ。うたが聞こえたんだ。僕が気を失っていた時に聞こえて、夢がどうとかって・・・。あれは、誰だったんだろう？　とてもすてきな声で、目を開けたら誰もいなかったんだ」

「それは、きっとあの方だ」ルルルは、クライの言葉に答えるとまた顔を赤くして下を向き、ひとりでもごもご何かをいいながらキノコの椅子から下りていった。

「クイーン・マブじゃなくてよかったな」「クイーン・マブだったかもしれないぜ」

クククとプププは、それぞれ座り直してガハハハッと豪快に笑った。

　何のことをいっているのかつかめずにいるクライの目の前にふわりと湯気が上がり、さわやかな香りが広がった。そして、すっかりもとに戻った様子で並べたコップにお茶を注いでいくルルルが話しはじめた。

「クイーン・マブは、目を閉じたやつのところにあらわれる。そいつの耳もとでささやいて、夢を見せるのさ。おまえこそが、世界を統べる者。世界は、おまえの手の中に。おまえを惑わす森を焼き払え。その後に建てるおまえの城は天まで届き、未来永劫称えられるだろうってな。だけど、そいつが向かうのはクイーン・マブのリンゴの中だ。たっぷり熟したその中で世界は歪み、音はこもってどこから聞こえてくるのかわからない。食べれば食べるほど身体はますます重くなり、よろよろふらふらどこへ向かっているのかもわからない。だけど、そいつはそこに気持ちよさを感じている。もっともっとと手を伸ばし、ようやく最上のものを手に入れたとつかんだ手はクイーン・マブの口の中さ。そいつは、リンゴもろともクイーン・マブに喰われちまう」

「おー」クククとプププはそれぞれ声を上げて自分の身体を抱きしめ、恐ろしいというようにぶるぶる震える仕草をした。

ルルルは、話を続けた。

「それだけじゃない。おまえたちは一日中世界と自分たちを見張って何でもわかっている気でいるけれど、そうすることで、自分たちが作った世界以外の世界を見ようとしなくなったんだ。小さな画面の中に絶え間なく流し流れてくる自分たちの出来事を一日中見ているのに、自分のすぐ近くで何が起きているのかも、自分が何をして何を求めているのかもわからなくなった。ひとりでいる時もひとりでいることができず、時間をむだにするなと自分との対話も世界との対話も失くしたんだ。そうしているうちに、変な呼吸をしはじめる。そうなっていることに気づかないやつもたくさんいる。いよいよどうしようもなくなったところでようやく森を探しはじめるけれど、すでにここの存在を消してしまったやつらには、どうしたらいいのかわからない。そこで何をするかっていったら、現実逃避っていう自分にとってさらに都合のいい世界を作りだす。都合のいい絶対者を作りだして崇拝する。都合のいい成分だけを集めて食べる。都合のいい身体と取り替える。いっそ身体を捨ててこようとするやつもいる。でも、そこは森じゃない。そこはクイーン・マブの手の中だ。だけど、クイーン・マブの片足は森に触れている。のぞき込めばその端が見えるのに、おまえたちはそれをしない。いや、したくないのかもしれないな。おまえたちを見ていると、そんな気がするぜ」

「あいつらは、森があるってことが恐いのさ。だから、いつもきょろきょろしているんだ」「あいつらは、ここが森だってことが恐いのさ。だから、いつもびくびくしているんだ」クククとプププは、それぞれ言葉と同じ仕草をして真似し合った。

「森は、恐いところなのか?」

クライの問いに、クククとプププはそれぞれ肩をすくめ、ルルルは話を続けた。

「おまえたちは、自分が理解できるものしか認めない。自分たちで決めた範囲を超えることを許さない。すぐに結果がわかるもの、目に見える成果が確実に得られるものしか受け入れない。森は、そうじゃない。だから、恐いのさ。世界のことをわかっているといると大声でいっているやつにこれを描かせてみればいい。何も描けないことに驚くだろうからな」

ルルルはいつの間に持ってきていたのか、足もとに置いた木箱の中に山盛りに入った片手でつかめるくらいのつるんとした丸い赤色の果物の中からひとつ手に取ってクライに見せ、ぎょっとした表情になったクライにかまうことなく真上に放り投げた。投げられた赤い果物はある高さまで上がると減速してとまり、力をあずけるようにルルルの手の中に落ちてきた。ルルルはまたそれを真上に放り投げ、落ちてきたものをつかんではまた真上に放り投げ、それを何度も繰り返した。

「これを上に投げたら、どうなる?」ルルルは、落ちてきた赤い果物をつかんでクライの方を向いた。

「落ちてくるに決まっているだろう! おまえは、さっきから同じことを何度もやっているんだ」クライは、赤い果物の存在に落ちつかなさが増していくのを跳ね返すようにいった。

ルルルは、赤い果物を真上に放り投げた。果物はある高さまで上がると減速して、何かが素早く横切り、ルルルの手の中に落ちてくるものはなかった。見上げると、頭上の樫の木の枝にとまった一匹のハルピュイアが、その鋭い大きなかぎ爪で赤い果物をしっかりとつかんでいた。辺りに不快な匂いが立ちはじめ、空気は一段暗く重くなり、ハルピュイアがとまっている枝がみるみる色あせてしおれていくと、周囲を引き込んでいくように周りの枝葉がしおれていった。クライはその姿にぞっとしたが、ハルピュイアの永遠に満たされない空腹をたたえた何ともいえない女の顔は助けを求めているように見えるのと同時にそんな自分に酔っているようにも見えた。そして、ハルピュイアはクライの視線などどうでもいいかのように赤い果物をつかんだまま翼を広げて飛び去り、辺りは再び明るく軽い空気に戻り、しおれた枝葉も何事もなかったように青々と広がった。

ルルルは木箱の中からまた赤い果物をひとつ手に取り、今度は手の中で回しながらナイフで皮をむいていった。するすると螺旋状にむかれていく赤い皮の下から黄色みがかった白くみずみずしい果肉が甘酸っぱい香りとともにあらわれ、クライは思わず立ち上がった。

「ここは、どこなんだ？　ここは、森じゃないのか？　こっちにきてから見たあの光景もあの光景も、全部クイーン・マブがやったことなのか？　あっちにいた時、僕が見ていたものは何だったんだ？　僕は、ずっと何を見てきたんだ？　なあ。僕は、今どこにいるんだよ！」

「こっちって、どこのことだ？　人間ってのは、森がどこにあるのかわからないんだな」「あっちって、どこのことだ？　人間ってのは、自分がどこにいるのかわからないんだな」ククククとプププは、息を荒くするクライを見上げてそれぞれうなずき合った。

「落ち着け。よく見ろ。おまえは、ここにいる。おまえは、おまえ自身でそれを体験したじゃないか。それに、おまえはおいらたちを恐れない。それは大きな違いだ」ルルルは、クライに大きくうなずいて座るようにうながした。

「でも、おまえが持っているそれは・・・」

「これは、何だ？」ルルルはクライの言葉に、手に持っている皮をむき終えた果物をかかげた。

「リンゴだ！」

「リンゴ？　そういう名前なのか？」ルルルは首を傾げ、果肉を四等分に切り分けてお茶が入ったコップにそれぞれ入れてわたした。

果物は、シュワシュワと細かい飛沫を上げてはなやかな香りを放ちながらみるみる形を失くして溶けていき、ルルルたちはそれを一気にのみ干してクライにぎょろりとした目を向けた。クライはためらいながらも、離れることのない視線の中で思い切って一気にのみ干した。

「・・・これは、リンゴじゃない」クライは、空になったコップの中を見つめて顔を上げた。「じゃ、クイーン・マブに喰われたリンゴは、その後どうなるんだ？」

「種を植えれば、芽がでるさ」

ルルルが肩をすくめて答えると、クククとプププも当然だというようにそれぞれうなずいた。

大きな風が吹き抜け、風は樫の木を揺らし、ルルルたちのよれよれの三角帽子とクライの髪を揺らしていった。ルルルは大きく息を吸ってキノコのテーブルを叩きはじめ、キノコのテーブルはルルルが起こすリズムに波打って、その上の空になった皿やコップが踊るように跳ねだした。そこへクククとプププがあらたなリズムを加えてキノコのテーブルを叩きはじめると、皿やコップは輪を描くようにキノコの縁に移動していき、大きく叩くたびにひとつひとつジャンプしてテーブルの中央に積み重なっていった。そして、すべてが塔のようにきれいに積み上がると、ルルルとクククとプププは両手を大きく上げて、「おー」と声をそろえ、さっさとキノコの椅子から下りて、ルルルは赤い果物が入った木箱を抱えてにぎやかに歩きだしていった。

クライは何も教えられずにどんどん進んでいくことに戸惑いながらその後についていき、突然地面がぐらりと揺れて振り向くと、巨大なワームが豪快に地面を突き破ってあらわれ、そのぶよぶよとした巨体を揺らしながら大きな口をいっぱいに広げてクライたちが食事をしていたキノコのテーブルと椅子を積み上がった皿やコップごと丸のみしてそのまま地中へ潜っていった。クライはその姿に顔を引きつらせ、ルルルたちを呼ぼうとしたがその背中はずっと遠くにあり、慌てて追いかけていった。

ルルルとクククとプププは森が開かれていくままに歩いていき、クライはにぎやかなルルルたちの声を聞きながらその後ろについていて、どこを見ても鮮やかな緑色が深く明るく広がっていくのをながめながら歩いていった。そして、次第にその緑色の中にも多様な色や形や動きがあることに気づくと、その瞬間に今まで見えていなかったものが次々と目の前にあらわれてきた。

降り注ぐ陽の光を求めて重なりをずらしながら高く低く互いの隙間へと広がっていく木々の枝葉はレース編みのような美しい模様を頭上と足もとに描き、風に吹かれるたびにその模様を変えていった。首を振るようにゆらゆらと伸びてくるつる草は、渦巻く先端を伸ばしてつかまるものを見つけては巻きついていき、またゆらゆらとつかまるものを探して伸びていった。すっくと立ち上がった太い茎に左右に分かれてつらなる丸まった小さなたくさんの葉は、まばたきをしているかのように閉じたり開いたりを繰り返した。木の幹に直接なったひょうたんのような丸みのある大きな木の実は、何かの信号をつたえているかのようにオレンジ色の明かりを様々なリズムで明滅させていた。足もとに咲いた小さな黄色い花々は、通りかかる者の気を引こうとするかのようにコホンコホンと咳払いのような愛らしい音を鳴らした。重そうに弓なりになった茎の先端に密集したたくさんの実がごろんと転がり落ちると、茎はその反動で勢いよく跳ね上がり、ばらばらになったたくさんの実は次々と開いて金属のような光沢のある細かなウロコで覆われた小さな動物が生まれだし、身体の半分はありそうな大きな口を開けて辺りの草をむしゃむしゃ食べながら四方八方に散っていった。綿飴のようなふわふわとした翅を持った昆虫の群れがくるくる回転しながら飛んでくると、枝と枝の間に織り広げられた星図を描いたようなクモの巣に向かっていった。すると、あるものははじかれ、あるものはからみとられ、あるものは突き抜けて、その向こうで透明な翅をピンと広げて真っ直ぐ飛んでいった。開いた傘のようにすべての方角に向かって大きく広げた背の高いシダのような葉の先端からみるみるあらわれでてきた水滴が水晶球になっていき、森の風景をひとつにして逆さに映し、ぐるりと虹色の輝きを回した。その下で網を広げるように群生するキノコの上に飛びのったうるんだ水色の大きな目をしたカエルが大きくのどをふくらませ、その近くのレコード盤のように何重にも筋が入った円形の葉の上ではエメラルドの殻をもったカタツムリが二対の触覚をタクトを振るように動かしながら筋にそって回り、落ちてきた水晶玉が葉にあたって跳ねるとその衝撃に葉が裏返しになり、カタツムリは表になった裏面に上って、今度は触覚と頭を激しく振りながら回っていった。ガタガタと音を立て、しゃくしゃの薄毛頭でしわだらけの地霊小人が空の水瓶をいくつも積んだリヤカーを引いてクライを追い越していった。地霊小人はクライの足が地面につくたびに大きく跳ねて何やらぶつぶつつぶやき、リヤカーに積まれたひとつだけ水が入った水瓶の中を泳ぐ一匹のメダカは、ゆらゆらと揺れる水の中で憧れの眼差しを空に向け、どこからかあらわれたアメンボが空の水瓶に飛び込むと、重くなったリヤカーに地霊小人は跳び上がり、頭をかきむしってぶつぶつつぶやきながら遠ざかっていった。釣鐘のような形をした花々のつらなりが風に揺れ、夢色の鳥たちが生まれていった。鳥たちは、翼を広げて長い尾羽を優雅に揺らしながら扇型に枝分かれした高い木の梢にとまり、美しい声でさえずりはじめた。すると、大きな虫取り網をかかげた幼いフォーンが勢いよく走ってきて、鳥たちをつかまえようと網を振り回した。鳥たちはいっせいに飛び立ってフォーンから網を取り上げ、フォーンは軽くなった腕を大きく振ってスキップしていった。

やわらかな雨が降り、過ぎていった。にぎやかだったルルたちはいつの間にか静かになっていて、三つのよれよれの三角帽子が歩くリズムに揺れていた。森は大きくゆったりと呼吸をしているように広がり、クライは大きく息を吸って森が奏でるリズムに自分の呼吸を合わせていった。すると、クライの目に映っていたものの輪郭が次第にぼやけていき、すべてが調和したひとつの音楽を奏ではじめた。クライは聞こえてきたその音に驚きながらも身体は抵抗することなく受け入れ、溶け合っていくのを感じた。そして、森が一層輝きを増して立ちあらわれてくるのを見ると、これまで見てきたすべてのものがその輝きの中に包まれ、クライは深く息を吐いた。

・・・僕がいた世界とは、まるで違う。僕は、ずっと・・・

「こんにちは！」

突然、木漏れ日が落ちてくるように秋色のワンピースを着た妖精が元気な明るい声とともに目の前に下りてきた。妖精はやわらかな下草に受けとめられてその反動で起き上がると、耳の下で内側に巻かれた黒髪を弾ませてとんっと立ち、驚いて足をとめたクライにアーモンド型の目を向けてにこりと微笑んだ。

「あたしは、メア。さあ、いきましょう」ドングリのような形をした大きな木の実を抱えて深い緑色の刺繍のあるポシェットを下げたメアは、六枚の翅をはばたかせて歩きだしていった。

クライはメアの勢いにつられて並んで歩きだし、前を向くと、いつの間にこんなに離れてしまったのか、ルルたちの背中が小さく見えていた。そして、メアの方を向くと、メアはふふふふっと笑って話しはじめた。

「何か心配なことでもあるの？　あたしが、あなたと歩いているってこと？　大丈夫よ。あの子たちは、わかっているわ。あの子たち以外のみんなもね。あたしは、メア。さっきもいったわね。でも、何度だっていいたいの。あのね、あなたが目を開けた時、あたしはすぐに気づいたのよ。あなたは、きっとまたここにくるってね。ううん。あなたは、ずっとここにいたんだわ。ふふふふっ。ここって、不思議な言葉よね。あたしは、ここが大好きよ。他にここって場所があるのかは知らないけれど。あたしね、青い花を探しているの。青い花ってことしか知らなくて、どんな名前なのかも知らないんだけれど。でもね、あたしにはわかるの。きっと、とってもすてきな花よ。世界を一変させてしまうほどのね。あたしは、メア。さあ、もっともっと歩いていきましょう。森が広がっていくのは、楽しいわ。こんなにドキドキするんだもの。ふふふふっ。あたしばっかり話しているわね。あなたも何か話してよ」

「かわいい名前だね」クライは、メアの早口だが明るく心地いいテンポに楽しさを感じた。

「そうでしょう。あたしも、とっても気に入っているの。この髪もこの服もこの目もみんなみんな気に入っているの。だって、あたしがあたしとしてここにいるなんて、それだけでとってもすてきなことでしょう？　それに、もしあたしがあなただったら、あたしはあなたに会えなかったわ。あたしは、あなたに会えて本当に嬉しいの。こうして、お話ができるんだもの。ほら、また森が広がったわ。青い花は、もう咲いたかしら？　それとも、今つぼみをつけた頃かしら？　あたしは、メアア。あなたの髪、とってもすてきね」

「ありがとう。みんなからは、よくからかわれていたけれどね。きみの探しているその青い花っていうのは、どんな花なんだろう？」

「あなたも、探しているものがあるでしょう？　それよ。あたしは、もう知っているの。でも、探しているの。今、おかしなことをいっているって思ったでしょう？　わかっているわ。でも、それが楽しいのよ。わかっているのに、わからないってことにしたの。それがどれだけ美しいことだかわかる？　あたしがいて、あなたがいて、青い花がここにあるってことが世界を変えるの。このポシェットに入っているものと同じね」

クライは、メアのポシェットに視線を向けた。メアは、ふふふっと笑うだけで何もいわなかった。そして、大きな木の実の方に視線を向けると、メアはまたふふふふっと笑って話しはじめた。

「これはね、届けるの。あなたが広げてくれた森に届けるのよ。楽しみよね。きっと、たくさんの人がきてくれるわ。そうしたら、また森が広がるわね。ふふふふっ。なんて楽しいんでしょう。ねえ、木が育つためには何が必要か知っている？　おかしな質問よね。こうして、ここにこの実があるのにね。でも、あなたには知ってほしいの。いいえ、あなたは知っているのよね。だから、ここへきたんだわ。ふふふふっ。あたしは、メア。青い花を探す者」

先を歩いていくルルルが、ちらりとこちらに振り向いた。

「あの子ったら、あたしたちのことが気になるみたいね。あんなに嬉しそうにあなたのもとへいったんだもの。ふふふふっ。もういきなさいですって。失礼しちゃうわ。でも、もっとたくさん出会いたいわよね。あたしがいつまでもあなたといたら出会えないわ。ききたいこともたくさんあるでしょう？　あたしの言葉じゃうまくつたえられないわ。もっとぴったりの言葉を使える子たちに出会わなくちゃね。それじゃ、いくわね。さようなら！」

メアは、クライの言葉を待つことなく六枚の翅を羽ばたかせて軽やかに飛び跳ねながらいってしまい、ルルルたちを追い越してその先へ見えなくなっていった。そして、入れ替わるようにルルたちの向こうから何か白いものが大きく弾みながらこちらに向かってくるのを見ると、それは紺色のベストとジャケットに白色の蝶ネクタイをつけた白ウサギで、何も描かれていない地球儀のようなものを小脇に抱え、ベストから下がる針のない羅針盤と懐中時計はあっちこっちに揺れ、ジャケットの内ポケットに手を入れては白い紙をまき散らしていた。そして、何かうたをうたっているようだったが、時々あまりにも大きく飛び跳ねて頭上に広がる木々の枝葉にガサッと大きな音を立てて全身が突っ込んでしまうので、うたは途切れ途切れに聞こえていた。

何だって？　　　　　が逃げだしたって？
そりゃ　大変だ
で　　　　はどっちへ逃げたのさ？
太陽の昇ってくる方さ
それじゃ　　　　はどうしているのさ？
月の沈む方へいったのさ
何だって？
それじゃ　　　　はついていったんだろうね？

ああ　　　　も　　　　もついていったさ
それじゃ　誰が残っているのさ？
あの　　　　だけさ
何だって？
それじゃ　　　　も逃げだしたのか？
いいや　　　　は丘の上で眠っている
そりゃ　大変だ
それじゃ　　　　が帰ってくる日に間に合わないぞ
まあ　いいさ　　　　が星を呼んだんだ
それなら　安心だ
これで　　　　は目を覚ますだろうね
ああ　　　　が目を覚ますんだ
流れとどまる時の中で　　　　は夢を見て
公転と自転の渦の中で　　　　は夢を描いて
ついに　　　　は逃げだしたんだ
何だって？　　　　が逃げだしたって？

そりゃ　大変だ
で　　　は・・・・・

ウサギはクライの横を通り過ぎ、そのうたはまたはじめに戻ったのかと思ったが、あいかわらず途切れ途切れに聞こえてくるので、それを確かめることはできなかった。クライはウサギがまき散らしていった白い紙を拾って立ちどまり、紙いっぱいに描かれたひとつの大きな長方形を見つめた。

「おまえは、どんな王国を創りたい？」

「王国？　そんなもの、僕は・・・。でも、もし・・・」

ルルルの声だったのかそうではなかったのか、問われた問いに答えようとしたクライの手の中で白い紙の端が風が吹いたわけでもないのに揺れ動いて見え、何が起きたのかとあらためて白い紙を見つめると、それは一転して白地図となって見え、外枠となった長方形に等間隔に点が打たれていき、点はメモリとなって対面する点と点を直線が繋いでマス目ができていき、ひとつ波打って静まった。そして、紙の中央にインクをたらしたようなシミがにじみでてくると、じわりじわりと白い部分を浸食していくように広がりながらうたが聞こえてきた。

もし　世界の形が　紙の上に書かれたら
おまえは　それを　手に入れたくなるだろう
見えるものは　すべて　自分のものにしたくなり
まだ記されない余白をも　自分の名で埋めたくなるだろう

だが　ここは　誰のものでもない
測ることのできない世界を　つかむことはできない
数えることのできない世界を　集めることはできない
支配することも　所有することもできないのなら
王は　どこに　あるべきなのか

もし　ここへ向かう道が　紙の上に書かれたら
おまえは　その道を通って　こようとするだろう
自分だけが知っていればいいと　隠し持ち
他の道が作られれば　すべて消し去ろうとするだろう

だが　ここは　場所ではない
いくことのできない世界を　記すことはできない
形のない世界を　描くことはできない
書くことも　しめすこともできないのなら
地図は　どこに　あるべきなのか

たくさんの羽音が騒がしく聞こえて顔を上げると、すっかり遠くなってしまったルルたちの向こうからバッタの大群がこちらに向かってくるのが見えた。バッタの群れはルルが持っている木箱の中の赤い果物には見向きもせず、白ウサギがまき散らしていった白い紙をむしゃむしゃ食べながらどんどん近づき、群れの中から一際大きな一匹のバッタがあらわれてクライの手にとまると、どこを見ているのかつかめない大きな目がついた大きな顔をじっとこちらに向けたまま大きなあごだけをせわしなく動かして、クライの手の中の地図をみるみる食べつくしていった。そして、どうしたらいいのかわからないまま動けずにいるクライにかまうことなく飛び立ち、クライの両側に分かれてその向こうでまたひとつになって通り過ぎていく群れの中に入って白ウサギの後を追っていった。

・・・僕は、何をしようとしているんだろう？

クライは空になった自分の手を見つめ、遠くで立ちどまってこちらを向いているルルとククとプププの視線に気づいて顔を上げると、小走りで向かっていった。

大きな風が舞い上がり、葉音が流れていった。クライがルルたちのもとにつくとルルルたちはすぐに走りだし、クライはひとつ息を吐いてその後についていった。

木々が開けて広場があらわれ、その中央に巨大な黒い塊がそびえ立っているのが見え、近づいていくにつれてそれはたくさんのアリたちが群がって動き回っている姿であることがわかり、ルルルが赤い果物が入った木箱を置いて口笛を一息吹くと、アリたちは雪崩が起きるようにいっせいに地面に下りていき、木箱を持ち上げてきれいに隊列を組んで去っていった。アリたちがいた場所にはつる草で編まれた巨大なバスケットが残され、その中からロープで繋がれた巨大なマッシュルームのようなクリーム色の丸いキノコがゆっくりと浮き上がってくると、それは気球となってあらわれた。その完璧な出来映えに感心していると、バスケットの縁から小さな高い声が上がり、こちらの注意を引こうと大きく飛び跳ねている一匹のアリがいた。

「やあやあ！　作っておいたよ。みんなでさ。どうだい？　うまくできただろう？

だからさ、お願いだよ。冒険の話を聞かせてよ。これにのってさ。どんな冒険をしてきたのかを話してよ。待っているからさ。みんなでさ。キリギリスは、うたってくれたよ。ぼくらの知らない世界のうたを！」

アリの言葉にかまうことなくクククとプププはバスケットの横で向かい合って互いの腕を組んでしゃがみ、ルルルはそこに足をかけてクククとプププが同時に立ち上がる勢いとともにバスケットの中にのり込んだ。すると、アリはその振動に驚いたのかそそくさとどこかにいってしまった。ルルルに続いてクライもクククとプププの力をかりて気球にのり込むと、クククとプププは手際よく地面と気球を繋いでいるロープを引き抜いていった。

「きみたちは、一緒にこないの？」

クライの問いに、クククとプププはゆっくりと上昇していく気球を見上げてそれぞれうなずいて答えた。クライは小さくなっていくクククとプププに大きく手を振ってお礼をいい、木々の高さを越えて上空の風をとらえ、広場から見えなくなった気球を見届けたクククとプププは、身体を反転して森の奥へと走っていった。森は大きく揺れて、静寂と活動の中へ二人を迎え入れた。

巨大なキノコを浮かべた気球は、やわらかな陽を受けて淡い光を反射しながらおだやかな風に運ばれていくままに進んでいった。眼下には青々とした森の木々が、それぞれの存在をしめすように一本一本が境界を持って広がっていた。

「わーっ、わーっ！　こりゃ、すごいぞ！　木があんなに小さいぞ。どこまでも続いているぞ。空がこんなに広いぞ。何もないのに、流れているぞ。すごいぞ、すごいぞ！」

突然、バスケットの縁から聞き覚えのある小さな高い声が上がり、ルルルのぎょろりとした大きな目が興奮した様子で飛び跳ねている一匹のアリをとらえた。

「戻ってきたのか？　まさか、他のやつらもつれてきたんじゃないだろうな？」

「ぼくだけさ。クライってやつがのるって聞いたんだ。それなら、ぼくがのってもいいだろう？　世界ってのは、もっともっと広いんだろう？　そうなんだろう？　ぼくだって、それを見てもいいだろう？　ぼくは、見たいんだ！　みんなは、このままでいいんだっていうけどさ」アリはルルルの言葉に振り向き、すぐにまた気球の外に視線を向けた。

「好きにしろ。おまえみたいなやつが、どこにでも時々でてくるんだな」ルルルは、クライの顔をちらりと見上げた。

「僕が、ここにきた最初の人間ってわけじゃないだろう?」クライは、両手を広げてルルルを見つめ返した。

「まーあな」ルルルは、よれよれの三角帽子をかぶり直して前を向いた。

気球の外を見つめていたアリは、ぴくぴく触覚を動かして身体いっぱいに世界を吸い込むように六本の肢を大きく開いて深呼吸をした。

「ぼくは、もういくよ」

「まだ何も起きてないと思うけれど・・・」クライは、アリの言葉に辺りを見わたした。

「もう、たくさん起きたさ。ぼくは、こうして森を見たんだ。空を感じて風を知ったんだ。それで、ぼくのいる場所がわかったのさ。ぼくの場所は、土の上と土の中。それは木の外側と内側で、森のずっとずっと奥深くなのさ。ぼくは、そこにいなくちゃ。そこがぼくで、ぼくらなんだから。みんなでひとつの大きな冒険をしているんだ。そうだろう? ぼくらも、その一部なのさ。大事なことは、はじめから足もとにあったんだ!」アリは、六本の肢をあちこちに動かして嬉しそうにキャハハハッと笑った。

「こいつ、翅があるぞ」ルルルはアリの身体をまじまじと見つめ、上体を大きく反らしてガハハハッと豪快に笑った。

「クライさん。あなたの勇気が、ぼくをつれだしてくれました。おかげで、こんなにすばらしい体験をすることができました。ありがとうございます」アリはすっきりとした声でクライの方に振り向くと、翅を広げて気球から飛び立った。

クライはその後を追うようにバスケットの縁から顔をだし、森の中に見えなくなっていくアリの姿を見送った。その間、アリは何かうたをうたっていたような気がしたが、それは風の中にあって聞くことができなかった。

森から大きな風が吹き上がり、クライの髪を揺らして押し上げられた気球はゆったりと上昇しながら風向きの変化とともに向きを変えていった。すると、前方にまだ遠く、森の木々をはるかに越えて太い棒状のものが一本垂直に立っているのが見え、近づいていくにつれてそれは木の枝や木片を組み上げて作られた建造物であることがわかり、その構造はランダムに見えながらも完璧なバランスと美しい模様を生みだしていた。そして、その頂上に何か動いているものがあり、木槌を打つ心地いいリズムとともにうたが聞こえてきた。

築こう築こう　我が家をここに
森に築かれたその家は　あなたを見送り　迎えます

だけど　忘れてくれるな　この家を
手入れをしなけりゃ　壊れてしまう

トンカントンカン　我らは　ここで
トンカントンカン　あなたの家を　守ります
トンカントンカン　この音が　聞こえたならば
トンカントンカン　森の鼓動も　聞こえましょう

最高の我が家を　お望みならば
どうぞ　わたしにおまかせを
丹精込めて　お作りします
連絡は　どうぞ　こちらまで

うたっていたのは、ずんぐりとした一匹のビーバーだった。そして、近づいてきた気球の気配に気づいたビーバーは作業の手をとめ、ひび割れたビン底のような部厚いレンズの眼鏡をかけた顔を上げた。

「やあ！　いい風だね！　調子は、どうだい？　おやおや、これまた大勢で！」ビーバーは、やけに大きな声でまるで遠くにいる人にするように大きく手を振った。

「おまえは、ここで何をしているんだ？」

ビーバーはすぐ近くでルルの声がしたことに不思議そうに辺りを見回し、鼻先に揺れる気球からたれ下がったロープの端が触れると、それをすばやくつかんで匂いをかいだ。「ん？　これは、何だ？　持ってきた覚えはないんだが。でも、まあ、これも使えるかもしれないな」ビーバーは手にしたロープを組み上げてきた木片と枝の間に打ち込み、顔を上げてまた大きな声で話しはじめた。「今、橋を架けているんだよ！　だけど、全然届かない。いくら作っても作っても、いっこうに向こう岸につかないんだ。まったく、難儀な仕事ですよ！」

「おまえ、自分のいる場所を間違えているぞ」ルルはその場に固定されたバスケットから身体をのりだし、ぎょろりとした大きな目でビーバーの顔をのぞき込んだ。

「ん？」ビーバーは、鼻先を上げて辺りの匂いを嗅いだ。「いい風だ。でも、確かに水の匂いはずいぶん遠いようだ・・・。そうだ、そうだ！　知っているかい？　川が失くなったらしいんだよ！　おっと、わたしがやったのではありませんよ。念のためいっておきますがね。それで、橋を作ってくれと頼まれてね。だから、こうしてわたしは・・・。はて、依頼主は誰だったかな？　いやいや、それはそうと、きみの声はこんなに近くに聞こえるのに、どうしていつまでもそんなに遠くにいるんだね？もっと近くで話そうじゃないか！　わたしも、ちょっと休憩しようと思っていたんでね。大勢でおこしとは、何とも嬉しいことじゃないか！」

「あの・・・。その眼鏡をはずしたらいいんじゃないでしょうか？」クライは、ビーバーがかけているひび割れた分厚いレンズの眼鏡を小さく指さした。

「ん？」ビーバーは自分の顔を触って眼鏡をつかまえると、すぐにはずして辺りを見回した。すぐ近くにビーバーの顔をのぞき込む二つの顔があり、頭上には雲ひとつないやわらかな空の広がりがあり、足もとには自分が作り上げてきたものが森の木々を越えて立ち上がっているのが見えた。「なんてこったい！」ビーバーは眼鏡を放り投げて慌てて下りていき、森の中に見えなくなっていった。

気球がびくんと震え、下へ下へと引っぱられていった。

「おいおい！　こいつを切ってからにしろ！」

自分が作っていたものをせっせと解体していたビーバーは、ルルルの声を聞いて急いで戻ってきた。

「すまない、すまない！　今すぐ切りますよ。わたしとしたことが、こんな場所に作っていたとは何ともお粗末なことで。そもそも、川が失くなったっていうのに橋を作れだなんて、おかしなことじゃないか」

「ちょっとお待ちください！」

頭上から声が聞こえ、大きな羽ばたきとともに細長い枝のような薄い赤色の二本の脚が伸びてきた。

「これは、これは。何かご用ですかな？」ビーバーは、降り立った一羽のコウノトリを見上げた。

「どうぞ、これはこのままで。ぜひ、私たちの家として使わせていただきたいのです。おゆずりいただけませんか？」コウノトリは、細長いくちばしをカタカタと鳴らしていった。

「こんな失敗作をですかい？」

「いいえ。あなたにとっては失敗作かもしれませんが、私たちにとってはちょうどいいのです」

「そうですか、そうですか。それでしたら、かまいませんよ。しかし、このままおわたしすることはできませんな。いえいえ、わたしのちょっとしたプライドってやつです。ぜひ、あなたがたの家をここに作らせてくださいな。お時間はいただきません。

すぐにやってしまいますから。その間に、どうぞパートナーの方のところにいってきてくださいな。お二人で戻ってこられる頃には完成させておきますから」ビーバーは、新たに舞い込んだ仕事の喜びに胸を張った。

「それはありがたい。では、さっそくいってまいります」

コウノトリとビーバーは丁寧にお辞儀をし合い、コウノトリはクライの方を向いて小さく会釈して飛び立っていき、気球をつないでいたロープを切ろうとしていたビーバーは、その手をとめてクライの方を向いた。

「おっと。あなたは、クライだね。あいさつが遅れてしまいましたね。ようこそ、ようこそ。なるほど、なるほど。いよいよですな」ビーバーは何度もうなずいてロープを切り、ゆったりと離れていくルルルとクライに手を振った。

「無駄にならなくてよかったね」クライは、小さくなっていくビーバーに手を振りながら隣にいるルルルにいった。

「あいつが空に向かって橋を作っていたのも、間違ってたってわけじゃないかもな」

ルルルは空を見上げ、その後を追うようにクライも空を見上げた。そして、あの向こうには何があるんだろうと見つめていると、気球を作る巨大なキノコが風に押されてクライの視界をふさぐように移動し、バスケットをつれてゆったりと回りながら高度を上げていった。眼下に広がる森の木々は、ひとつの大きな存在になったかのように一本一本の境界が見えなくなり、地平線の向こうから絶え間なくあらわれては背後の地平線の向こうへ見えなくなっていった。

クライの視界の端にひらひらと動くものがあらわれ、顔を向けると、橙色の翅に黒い縁取りと白い斑点のある一匹のオオカバマダラが気球と並ぶように飛んでいた。クライの瞳に映ったオオカバマダラは気球の前方に回ってバスケットの縁にとまり、クライが近づいても逃げることなくゆったりと翅を閉じたり開いたりを繰り返した。そして、そのリズムにクライの呼吸が同調していくと、おだやかな静けさが全身に広がっていき、世界の中にある自分の存在が大きく立ち上がってくるのを感じた。気球は森から上がってきた大きな風圧にゆったりと持ち上げられ、風とともにあらわれた数えきれないほどのオオカバマダラの群れに囲まれると、その羽ばたきからうたが聞こえてきた。

私たちは　世界を移動する
世界から世界へと　世界の中を移動する
逃げても　去っても　そこもまた世界の中

しがみつく手も　放した手も　そこにある

背中を押し　その手を取ったのは
チョウの羽ばたき　クジラの潮吹き
水平線を移動する　茜色の太陽
またたく星々は　海に落ち
白波を立てて　陸地を走る
昇る朝日は　背後に回り
沈む夕日が　瞳を照らす
木々は芽吹き　葉を落とし
大地は目覚めのために　眠りつく
オオカミが鳴き　カモメが横切る
満ちては欠け　闇よりあらわれる満月に
渦巻く銀河は　風を起こし
湧き上がる雲が　虹色の雨を呼ぶ
暗黒の太陽が　内なる瞳を開かせ

燃え上がる緑の太陽が　時を告げる
歩む道は　天と地のその狭間
帰る場所は　その奥に
最奥の場から　豊かな翼が伸び広がる

問いはなされた　世界が生まれたその時に
内に流れる水脈は　世界をたどる道しるべ
波打つ鼓動が　友を呼び
大いなる循環に　古の世界が甦る

その手を伸ばせば　すぐそこに
その手は　世界の中にあり
触れられることを　待っている

バスケットの縁にとまっていたオオカバマダラは力強く羽ばたいて飛び立ち、気球を越えて上昇していく群れの中に入っていった。群れは上空にかかりはじめた薄い雲のベールの向こうへ見えなくなっていき、誘われるようにバスケットから身体を伸ばしたクライは一陣の強い風にバスケットの中に戻され、気球は下降する風に引きずり込まれるようにどんどん高度を落としていった。そして、ゆったりと流れる風の層に受けとめられて安定し、ほっと息を吐いて下をのぞくと、辺りの風景は一変していた。

一面の広大な乾いた台地の広がりに足がすくむほどの深い渓谷が刻まれ、ゴールデンイエロー、アンバー、カーキー、テラコッタ、コチニールレッド、サーモンピンク、オールドローズ、アイボリー、バイオレット、チャコールグレイ、コバルトブルー・・・と、雄大な時の流れを記した鮮やかな地層がむきだしになっていた。そして、その谷底にはかつて大きな川が流れていたであろう乾いた川床が見えていた。

「僕らが生きた時代は、どんな色になるんだろう・・・」クライは、つぶやくようにいった。

渓谷から大きな風が吹き上がり、渦を巻いて気球をとらえ、気球は招き入れるように渓谷の中へ下りていった。

渓谷の中を進んでいく気球は、前方に物語をつむいでいくように乾いた川床をゆったりと歩く大きな陸ガメとその両岸に回転するたびにきらりと光を反射しているたくさんの回転扉があるのを見た。そして、その周りに空缶や空瓶、底のない靴や片方だけの靴下、穴の開いた傘や割れた植木鉢、鍵盤のないタイプライターや電球のない懐中電灯、脚の折れた椅子やタイヤのないミニカーのおもちゃなどガラクタと呼んでもいいようなものがたくさん散らばっていて、クライは、ビーバーがかけていた眼鏡や白ウサギが持っていたものはここから持ってきたのだろうかと思った。

回転扉がきらりと光り、何かがあらわれ、何かが消えた。

「あれは、何だ？　今、何か見えた。いや、見えなくなった」

クライの声が渓谷の中に反響して広がり、立ちどまった陸ガメが顔を上げてゆったりとまぶたを開けると、おだやかなあたたかい眼差しを気球に向けて何度かうなずき、のんびりとした声で話していった。

「あれは、猫。いいや、チェシャ猫。長靴をはいた猫。シュレディンガーの猫。名のない猫。あれは、猫。いいや、黒猫。白猫。トラ猫。三毛猫。あらゆる名を持っている」

また別の回転扉がきらりと光り、何かがあらわれ、何かが消えた。陸ガメは、また何度かうなずいて話していった。

「そなたは、クライ。いいや、クライ。クライ。クライ。そなたの名は、クライであるか？　あるいは、別の名を持っているのか、いないのか？　そなたは、いつからここにいる？　その名でなかったそなたは、どこにいた？」

　また別の回転扉がきらりと光り、何かがあらわれ、何かが消えた。陸ガメは、また何度かうなずいて話していった。

「ここは、ここ。あちらは、どこか？　そちらは、どこか？　あちらにいけばそこがここととなり、そちらにいけばそこがここととなる。ここは、どこか？　ここに名はあるのか、否か？　そなたは、ここを何と呼ぶ？」

　また回転扉がきらりと光り、何かが・・・。あらわれたのは、一匹のコヨーテだった。陸ガメはゆったりとまぶたを閉じて歩きだし、あらわれたコヨーテは、すました顔で回転扉とガラクタの間をすたすたと小走りで歩いていった。

「あれは？」

「静かにしろ！　ここは、あいつのテリトリーだ」ルルルはクライの声を制するようにいい、バスケットの縁からよれよれの三角帽子とぎょろりとした目だけをだしてコヨーテの動向を追った。

　また回転扉がきらりと光り、光り続けていた。何かがはさまってしまったようだった。コヨーテはそこに向かって駆けよっていき、回転扉に頭を突っ込んで、そこにあらわれたものをくわえて後ずさりしながら引きずりだしていった。金属でできたような凹凸のない白銀色の細長い円筒形の塊があらわれ、片側に埋め込まれた球形のライトが赤色の明かりを一定のリズムで明滅させていた。コヨーテは鼻先を近づけてその周りを回り、何か見つけたのか一瞬顔を引っこめて後ろに下がった。モーター音が上がり、小さな振動に円筒形の塊から球形のライトがごろりと転がり、ライトはクモのように細く折れ曲がった八本の足のようなものをだして立ち上がった。そして、辺りをせわしなく動き回りはじめ、時々とまってはその場で小さく屈伸し、球形の内部に赤色の数字や記号が次々とあらわれては流れていくと、足のようなものの一本を空に突き上げて静止し、赤色を全面に灯した。すると、回転扉の近くで横たわったままの円筒形の塊からジジジジッ、カカカカッと音が鳴り、それがおさまると、球形のライトはまたせわしなく動きだしていった。しばらくすると、球形のライトはふらふらと足取りがおぼつかなくなり、内部に流れていく数字と記号は赤いドットがぐるぐる回るだけになった。その様子を腰を下ろして見ていたコヨーテは後ろ脚を立てて駆けより、ためらいもなく前脚で踏みつけた。小さな火花と煙を上げて倒れたライトは八本の足をだらりと下げてコヨーテにくわえられ、軽々と回転扉に放り入れられた。回転扉はきらりと光って送り、コヨーテは横たわるだけになった空洞の円筒形の塊にはもう興味をしめすことなくすたすたと離れていった。

ふいに気球を作っている巨大な丸いキノコがぼよんっと揺れ、その振動がバスケットにつたわってきた。

「今度は、誰だ？」

ルルルが見上げると、キノコの表面をするすると滑ってあらわれた一匹の黄土色のサルがバスケットの縁に降り立った。サルは落ち着かない様子で辺りをきょろきょろ見回し、動くたびに握りしめた小さな袋から硬貨がこすれ合う音がした。

「おまえは、どこから落ちてきたんだ？」ルルルは、ぎょろりとした大きな目をサルに向けた。

サルは声がしたルルルの方を向き、首を傾げてキキッと声を上げた。

「きみは、しゃべれないの？　ここでは、みんなしゃべれるんだと思っていたのに」

サルは声がしたクライの方を向き、また首を傾げてキキッと声を上げた。

「おまえだって、おいらがきた時しゃべれなかったじゃないか」ルルルは、クライの方を向いて首を傾げた。

クライは返す言葉に詰まり、目の前で不安そうにしているサルを見て何かしてあげたい気持ちになったが、なぜだかわからない悲しさがクライの中を流れ、何をしてあげればいいのかわからなくなった。

どこからかタンポポの綿毛がひとつふわりふわりと飛んできた。綿毛はサルの鼻先をかすめ、耳もとをかすめ、その目に映ろうとするかのようにサルの周りを飛び続けた。サルはうっとうしそうに顔を振り、手を振り回して払いのけようとしたが、タンポポの綿毛はいっこうに離れようとせず、とうとういらだちをあらわにして鋭くとがった歯をむきだしたサルは、キーッと金切り声を上げてバスケットの縁を駆け回りはじめた。すると、その振動がバスケットを揺らし、ロープをつたって巨大なキノコをぼよんぼよんと揺らした。

「いつまでそうやっているつもりなんだ？　目が回りそうだぜ」

声をかけるルルにかまうことなく走り回り続けるサルのもとに空間を歪めるような重く鈍い風が吹きつけ、その力に抱きよせられるようにサルの頭がぐらりと揺れ、つれていかれるままに気球の後方に向かうと、身体を気球の外に向けてとまった。そして、渓谷のずっと向こうを一心に見つめるサルの視線を追うと、いつの間にあらわれたのか、それともはじめからあったのか、巨大な黒々としたものが中心をこちらに向けて、集中しなければわからないほどゆっくりゆっくりと渦を巻いていた。その黒は、明かりのもとで見る黒以上の黒で、そこに存在しているのかも不安になるほどの存在感を放ち、底知れない恐ろしさと同時に強烈に惹きつけられるものを感じたクライは、オルクの沼の底に見たものと同じものなのではないかと思った。

サルは二本の足ですっくと立ち上がり、大きく見開いた目で対面する黒い渦に向かってホーッと高く長い声を上げた。すると、それに応えるかのようにラッパの音が姿が見えないまま高々と吹き鳴らされ、その重厚な音の振動は支配的な緊張感を持って空間を激しく震わせ、同調するように震えだした黒い渦がぐるんと回転して膨れ上がるようにひと回り大きくなると、その中心部から黒い粒がいくつも吐きだされた。それは大きく翼を広げてこちらに向かってくるように見え、ムチのようにしならせて羽ばたくコウモリのような張りのある大きな翼の下にはひどくやせ細った赤黒い身体があり、やけに長く節くれ立った手足をだらりと下げ、前を向く小さな顔から向けられた落ちくぼんだ目は内側で赤々と燃える炎を見つめていた。そして、いよいよ気球に迫ろうかというところまでくると、次々と急降下して川岸に立つ回転扉に飛び込んでいき、回転扉はきらりと光って入ってきたものを受け入れると、ぶるっと震えて送った。

「おまえたちの世界も変わりはじめたぞ」

ルルルの言葉に、クライは自分の中に期待と希望が大きく立ちあらわれるのを感じたが、目の前を通り過ぎていった翼ある者たちの姿をどう受けとめればいいのかわからなかった。

バスケットの縁に立つサルは、ゆっくりと息を吐くようにまぶたを閉じて握りしめていた手を開き、熟した実が枝から落ちるように気球の外へ飛び降りた。クライは慌てて手を伸ばし、その手にサルの長い尾がくるりと巻きついて力が込められると、クライの身体は気球の外に大きくだされ、クライを支点にして逆さまになったサルが振り子のように渓谷の中を大きく揺れた。

「おまえは、どうするんだ？」ルルルは、助ける様子もなく両腕を頭の後ろで組んで声をかけた。

「僕は・・・。僕は、僕の望みを叶える。きみも、そうなんだろう？　だから、きみはここにきたんだ。本当は、聞こえているんだろう？　他の誰でもない、きみ自身の声が。わかるよ。わかるんだ。僕もそうだったから。だから、きみも・・・」

クライが言葉をいい終わる前に、サルはクライの手からするっと尾をほどいて谷底へ落ちていった。その後をタンポポの綿毛が追っていき、回転扉はきらりと光ってサルとタンポポの綿毛を受け入れ、送った。

「僕も、彼だったんだ・・・」バスケットの中に戻ったクライは腕に残るサルの重さをさすりながら息を吐き、バスケットの中に落とされた小さな袋を拾い上げた。

「あいつは、自分が誰なのかをすっかり忘れているんだ。忘れたってことさえな。だから、自分がどこにいるのかもわからないし、案内人の存在も見えないのさ。でも、まぁ、落ちることができただけでも上出来、上出来」ルルルはパチパチと手を叩き、クライが持っているものに目を向けた。「おまえは、それをどうするんだ?」

「きた場所に返すよ」

回転扉を見下ろして答えたクライの手の中で小さな袋がひとりでに動きだし、逃れようとするかのように気球の外に飛びだした。驚いて見つめるクライの視線の先で大きく口を広げた袋の中から何枚もの金貨が吹きだすと、空になった袋は力なく落ちていき、谷底に散らばるガラクタの中に横たわった。空中に浮かんだままの金貨はくるくると表と裏を返して大きく光ったかと思うと気球と同じか、それ以上の大きな黄金色のドラゴンとなってあらわれた。その迫力に思わず後ろに下がったクライにドラゴンは頭を前に突きだし、その鮮やかな紺碧色の目を細めた。そして、にやりと口角を上げて上体を起こすと、身体の倍はあろうかという張りのある大きな翼を広げ、気球に向かって大きく羽ばたいた。気球は放たれた風圧に大きく後ろに反り返り、バランスを取り戻そうと前後左右に大きく揺れながらコマのようにぐるりと回り、クライは倒れそうになる身体をバスケットの縁を強く握って耐えた。ドラゴンはうなずいたのか、それともただの動作だったのか、あごを引いて後ろに下がり、今度は引き締まった大きな太い尾を振り上げて、大鎌を振り下ろすかのように思い切り振った。気球は殴られたかのように突き落とされ、ドラゴンが振り上げる尾に、今度は蹴り上げられたかのように突き上がり、クライの身体はバスケットから離れて宙に浮き上がったかと思うとバスケットの中に落とされた。ドラゴンは立ち上がろうとするクライを見て首を左右に傾げ、再び大きく翼を広げると、何度も羽ばたいて気球を揺さぶり続けた。クライの身体はバスケットの中をあちこち動かされ、その間、ルルはクライをよけながらすべての動きに合わせて軽やかにステップを踏んでいた。

上空で起きていることを知っているのかいないのか、あいかわらず何食わぬ顔で谷底を歩いていたコヨーテは、突然何かに突かれたように走りだし、その先に黒い渦があった。そして、そのとらえどころのない煙のように漂う渦の際につくと、その端をくわえて後ずさりしながら引っ張りはじめ、渦にわずかなほころびができた瞬間大きく首を振って一気に引きよせると、そのまま渓谷を軽々と駆け上がって台地の縁をこちらに向かって走ってきた。回転を解かれた黒い渦は渓谷の上に暗幕を張るように広がっていき、気球の横を過ぎて走り抜けていくコヨーテにつれられて上空を完全に覆っていった。辺りは夜の暗さに包まれ、広がった渦に星々がまたたきはじめると、星々はとどまることなくあふれるように生まれだし、抱えきれなくなった黒い渦からやわらかな春の雨のように降り落ちていった。乾いた川床を歩いていた陸ガメは立ちどまって顔を上げ、閉じたままの目で何度かうなずいてまた歩きだしていった。

ドラゴンは羽ばたくのをやめ、クライは静まったバスケットの中から決然と立ち上がってドラゴンを見つめた。ドラゴンは目を細めてあごを引き、降り落ちてくる星々の中で全身を震わせると、カッと目を見開いて鋭い爪を立て、全身を覆う大きな黄金のウロコを一気に逆立たせた。すると、ウロコのひとつひとつにクライの姿が映り、ドラゴンのらんらんと燃える目がうたいはじめた。

黄金は　どこにあるのか
真の黄金は　どこに
誰に手にあるのか　その黄金は
誰にわかるのか　それが真の黄金だと
黄金を求める者は　道を失い
黄金を集める者は　目をつぶす

失くして恐れ　得て恐れ
死する者の　はかない夢

黄金は　どこにあるのか
真の黄金は　どこに
誰が手にするのか　その黄金を
誰にわかるのか　その真の使い方を

黄金は　生を得た者の　つきぬ夢
己の姿におののき　感喜する
黄金は　真の黄金と成り得るか
黄金もまた　世界に生まれしものならば

「私は、おまえに力を与えることができる。あらゆるものを支配する、万能の力だ。権力者さえこの力の前ではひれ伏し、その身をさしだす。おまえは、それを手に入れたくはないか？」ドラゴンは口を開き、鋭く並んだ歯を見せながら大きな鐘が鳴り響くような声をだした。

「いらない。おまえの強さは知っている。力を与えるといいながら、本当はおまえが力を奪っていることも。水をとめて、川を失くしたのはおまえなんだろう？」クライは、ドラゴンから目を離さずに答えた。

「ああ、そうだ。だが、それを望んだのはおまえたちだ。水を金に変えようと。それによって得られるものの方が、自分たちをもっと豊かにしてくれるとな」

「でも、僕はここにきた」

「そうだ。だからこそ、おまえに問う。おまえが手に入れたいものは、何だ？」ドラゴンは逆立たせたウロコを光らせ、クライの内側のさらに奥を探るように目を細めた。

「僕は、手に入れたいんじゃない。知りたいんだ」

「その知識を与えることも、私にはできるが？」

「嘘だ。おまえは、知識を与えることと引き換えに、僕の中にあった知識を奪うんだろう？　僕は、水を求める。水そのものが、すでに黄金だからだ。それは何にも変えられず、何をもうるおし育む力だ。おまえも、そこに帰れ！　おまえがあらわれたその場所に！」

　クライが放った言葉に、ドラゴンは怒ったのか笑ったのかわからない声を上げ、すっと上体を起こして後ろに下がった。川床に降り積もった星々がドラゴンと気球を照らし、空に顔を向けてぐーっと身体を伸ばしていくドラゴンに、上空を覆う星々が降り落ちた後の暗黒をたたえた黒い渦の広がりが波打ち、渓谷を押しつぶそうとするかのようにじりじりと下りてきた。圧縮されていく空気に気球を作っている巨大なキノコが歪みだし、クライは身体にかかる重さと息苦しさに顔を歪めたが、ドラゴンから目を離すことはしなかった。ドラゴンは顔をこちらに向けて何か言葉を発したのかそうではなかったのか、聞き取ることのできない音をもらし、あごを引いてめいっぱい広げた翼で身体をしならせ、大きく口を開いて一気にクライに向かって襲いかかっていった。クライはどうすることもできないまま迫ってくるドラゴンを見つめ、鼻先まで近づこうかというその瞬間、黒い渦にまばゆいばかりの巨大な光の輪が広がり、その中心部から放たれた光の粒が鳥のような豊かな翼を大きく伸び広げて一瞬のうちにドラゴンの首をつかんで引き戻し、その堂々とした端正な身体からかかげた剣で一息にドラゴンの心臓をつらぬいた。そして、クライに顔を向けてひとつうなずいた翼ある者は一瞬の内に飛び立ち、光の輪が閉じるのと同時にその姿も見えなくなった。

残されたドラゴンは力なくぐにゃりと折れ曲がってだらりと舌を下げ、それでもまだ自分の力を誇示するかのようにカッと目を見開くと、ウロコの内側から大きな光が

書　名				
お買上 書　店	都道 府県	市区 郡	書店名	書店
			ご購入日	年　　月　　日

本書をどこでお知りになりましたか?

1.書店店頭　2.知人にすすめられて　3.インターネット(サイト名　　　　)

4.DMハガキ　5.広告、記事を見て(新聞、雑誌名　　　　)

上の質問に関連して、ご購入の決め手となったのは?

1.タイトル　2.著者　3.内容　4.カバーデザイン　5.帯

その他ご自由にお書きください。

(　　　　)

本書についてのご意見、ご感想をお聞かせください。

①内容について

②カバー、タイトル、帯について

弊社Webサイトからもご意見、ご感想をお寄せいただけます。

ご協力ありがとうございました。

※お寄せいただいたご意見、ご感想は新聞広告等で匿名にて使わせていただくことがあります。

※お客様の個人情報は、小社からの連絡のみに使用します。社外に提供することは一切ありません。

■書籍のご注文は、お近くの書店または、ブックサービス(0120-29-9625)、セブンネットショッピング(http://7net.omni7.jp/)にお申し込み下さい。

郵便はがき

料金受取人払郵便

新宿局承認

2523

差出有効期間
2025年3月
31日まで
(切手不要)

160-8791

141

東京都新宿区新宿1－10－1

(株)文芸社

愛読者カード係 行

お名前《ふりがな》		明治 大正 昭和 平成	年生 歳
ご住所《ふりがな》	□□□-□□□□	性別	男・女
お電話番号	(書籍ご注文の際に必要です)	ご職業	
E-mail			
ご購読雑誌(複数可)		ご購読新聞	新聞

最近読んでおもしろかった本や今後、とりあげてほしいテーマをお教えください。

ご自分の研究成果や経験、お考え等を出版してみたいというお気持ちはありますか。

ある　ない　内容・テーマ(　　　　　)

現在完成した作品をお持ちですか。

ある　ない　ジャンル・原稿量(　　　　　)

放たれ、その光とともに蒸発するように消えていった。渓谷の中に入ってこようかというところまで下りてきていた黒い渦は浮き上がるように退きはじめ、次第に勢いを増してみるみる小さく巻き上がりながら高く高く上っていった。そして、ひとつの塊になって減速すると、ひと時の静止に、力を明けわたすようにすーっと地上に落ちてきた。その真下に、いつの間に戻ってきたのか、腰を下ろしたコヨーテが口を開けて待っていた。

「どうなったんだ？」クライは、ドラゴンが消えた辺りを呆然と見つめたままでいた。

「心配なのか？　まったく、おまえは変なやつだな。おまえが望んだことが起きただけだ」ルルルは肩をすくめて答えると、黒い渦があらわれた方とは反対側の渓谷の向こうに目を向けた。

明るくなった渓谷におだやかな風がゆらりと流れ、張りを戻したキノコに気球はその波にのって小さく揺れ、何かを待つような静けさが広がった。

「見ろ！　生まれるぞ！」

ルルルが声を上げて指さす渓谷のずっと向こうに視線を向けると、いくつもの角笛が高らかに吹かれ、その音をつれてあらわれたケンタウロスが台地の縁を駆けて、気球の横を通り過ぎていった。大砲と雷と獣の咆哮が同時に放たれたような音が轟きわたり、見つめる先の渓谷のずっと向こうから巨大な水が渓谷から跳ね上がろうかという勢いで逆巻きうねりながら押しよせてくるのが見えると、とどまることなく流れてくる水は谷底に降り積もった星々をのみ込み、回転扉とガラクタをのみ込み、川床をゆったりと歩いていた陸ガメを押し上げ、荒れる水面で一回転した陸ガメは海ガメに姿を変えて羽ばたくように水中を泳いでいき、気球は押しよせ吹き上がる大きな風圧と引き込もうとする力に揺られながら渓谷の上へ上がっていった。

渓谷を満たした水は、色鮮やかな地層を水中に沈めた大きな川となっておだやかに流れていき、きらきらと輝き返す水面にゆったりとした風が起き、立ち上がる霧が辺りを包んでいった。気球は渓谷を離れていき、遠くなっていく霧の中に束ねた枝を大事そうに抱えて歩いていくビーバーの姿が見え、つややかな黒曜石をくわえたコヨーテがにたにたしながら軽やかに歩いていく姿が見えた。

「世界からの贈り物・・・」

クライの言葉にルルルは何も応えず、疲れたのか、そもそも疲れるということがあるのか、バスケットの中で仰向けになって丸いお腹を上下に動かし、寝息のような音を立てはじめた。気球は、押し上げる風と引き上げる風に勢いを増してどんどん高度を上げていった。

何層にもなる風をジグザクと上がっていった気球は最上層を抜けてその上に立ち、頭上には高さのわからない青黒い広がりが見え、眼下には遠く一面の白い雲の広がりが円を成し、その境を鮮やかな青色のグラデーションが縁取っていた。何かがあらわれてくることもなく、進んでいるのかその場にとどまっているのかもわからなくなった気球の中で、ふと小さな声が聞こえた気がして振り向いたが、そこには同じ風景があるだけだった。再び聞こえた声に下をのぞくと、きれいなV字を作って飛んでいくわたり鳥の群れの姿があり、気球のはるか下を通り過ぎていく群れは、編隊を崩すことなく鮮やかな青色のグラデーションの向こうへ見えなくなっていった。

眼下の雲が渦を巻きはじめ、中心に台風の目のような穴が開くと、気球を作っている巨大なキノコがぶるっと震え、がばっと起き上がったルルがバスケットの縁から下をのぞいた。巨大なキノコは胞子を飛ばすかのように傘をばっと広げ、どんどんしぼんでいきながら高度を落としていった。そして、白い雲の渦にできた穴を抜けると、冷えた空気にちらちらと雪が舞い、眼下にすっかり葉を落とした木々が広がる森が見えてきた。気球は木々の切れ間を見つけて下りていき、降り積もったばかりの新雪に受けとめられながら静かに着陸した。すっかりしぼんだキノコは息を吐くように横たわり、それが合図だったかのように雪の下から小さな小さな生き物たちがぞろぞろでてくると、あっという間に気球に群がって小さく小さく分解していき、ルルルとクライだけを残して雪の下に消えていった。

上空高く、降り落ちる雪と雪の間に一羽の大きな鷲が翼を広げてゆったりと旋回しているのが見えた。鷲は一度大きく羽ばたいて去っていき、ルルルは鷲が飛んでいった方へ歩きだし、クライはその後についていった。

9

雪がやみ、深く降り積もった雪は辺りの音を吸収してあたたかな輝きを放ちながら広がった。辺り一帯に林立するすっかり葉を落とした木々は、白い空に向かって伸びる幹から放射状に伸びる枝がさらに枝分かれして、様々ないき先をしめしているかのようだった。クライは、鼻の奥に届く冷えた風に意識が研ぎ澄まされていくのを感じながら、先を歩いていくルルが残していく踏み跡に自分の足を置いて歩いていった。

ふいに音もなく下りてきた風に、枝に積もった雪がクライの目の前にぱらぱらと落ちてきた。立ちどまって見上げると、頭上の枝にとまった一羽のシロフクロウがじっとこちらを見つめていた。

「おまえは、ここで何をしている？」シロフクロウは、揺るぎのない落ちついたよく通る声できいた。

「知りたかったことを知るために、ここを歩いています」クライは突然の問いに驚きながらも、シロフクロウの真剣な眼差しにしっかりと答えた。

シロフクロウは何もいわず、翼をいっぱいに広げて飛び去っていった。何だったのかとルルの方を向くと、気づいているのかいないのか、その背中は立ちどまることなく先へと歩いていっていた。クライは置いていかれないようにと足早に向かい、ふいにばさばさと大きな音とともに下りてきた風に立ちどまって見上げると、その顔にどさっと雪の塊が落ちてきて、それを払ってもう一度見上げると、頭上の枝にとまった一羽のワタリガラスがじっとこちらを見つめていた。

「おまえが知りたいことは、何か？」ワタリガラスは、凛とした高さと深さのあるよく響く声できいた。

「この世界の仕組みと、僕らの存在について」

クライの答えにワタリガラスは何もいわず、翼をいっぱいに広げて飛び去っていった。何がはじまったのかとルルの方を向いたが、ルルはあいかわらず先へ先へと歩いていっていた。クライは追いつこうと急いで足を進め、前方からこちらに向かってリズムよく枝に積もった雪が落ちてくるのを見ると、それが長い尾で器用にバランスを取りながら軽やかに枝から枝へ飛び移ってくる赤茶けた色のサルであることに気づき、待ち受けるように足をとめたクライの頭上の枝についたサルは、二本の脚ですっくと立ち上がってじっとクライを見つめた。そして、クライが話しかけようと口を開いた瞬間、サルが言葉を発した。

「世界の望みは、何か？」

「僕も、それを知りたい」クライは、重心を持った端正な声で話すサルの様子に戸惑いながら答えた。

サルは何もいわず、背中を向けて、枝から枝へ飛び移りながらきた方へ去っていった。

「・・・何かのテストを受けているみたいだ」

「ただのじいさんのひまつぶしさ」

つぶやくようにいったクライの言葉に、ずっと先にいっていたはずのルルがすぐ隣で肩をすくめ、すぐにまた歩きだしていった。

大きな風が吹き抜け、起きた葉音と辺りの薄暗さに気づいて雪に足を取られて足もとばかりを向いていた視線を上げると、すっくと伸びた背の高い松の木々が茂る中を歩いていた。耳に届く音は一層静かになり、清浄な空気の広がりに、松の葉の濃い緑色が雪の白さを一層輝かせ、雪の白さが松の姿を一層美しく見せていた。遠雷の轟きに空を見上げると、高い木々の隙間から見える紫がかった空にいく筋もの光が走っていくのが見え、地響きを感じて振り向くと、まだ遠くではあったが雪煙を巻き上げながらこちらに向ってくる大きなものがあり、一陣の風に雪煙が吹き飛ばされると、白い息を吐きながら走ってくる雄々しくもあたたかな眼差しのバイソンの群れがあらわれた。群れは、立ちどまったルルとクライの前を立ちどまることなく横切っていき、立ち上る雪煙と白い息が視界をふさぎ、バイソンの足音からうたが聞こえてきた。

内なる暗闇に　うごめくもの
光の届かぬ深海に　きらめくもの
石に刻まれた　時の跡
変革の時を　待ちわびながら滅びた僕らは　ここに
大いなる呼びかけに　集結する

準備のできたきみが　我らに　問いかけた
僕は　どこにあって　どこにいく？
僕らは　どこにあって　どこに向かう？

きみを起こす　その力
きみを眠らせる　その力

きみは　きみであって　きみじゃない
うごめき　きらめく　瞳の中
世界を見つめるきみが　封じた力を　呼び戻す

大地の鼓動が　呼んでいる
青い星を旅立ち　海を呼び
森を育んだ　きみのうたを　待っている
悲しき時代さえ　喜びだった　その心
変革の時に　きみは　再びこの地に生まれ
震えながら　立ち上がる

準備のできたきみが　世界につたえる
僕は　ここにあって　すべてを成す
僕らは　ここに集い　世界へ踏みだす

僕らが繋いできた　古の約束

世界は　まばたきの内に　反転し
約束された大地が　あらわれる

バイソンの群れが去っていき、ルルルは目の前に残された雪煙とバイソンの白い息を取り込むように立ちはじめた霧の中を進んでいき、クライもその後についていった。すっかり見えなくなってしまった辺りの風景にふと見上げると、明るい空の広がりに遠く青い山並が見え、そこに一際高くそびえる険しい山があり、その山頂に陽があたっているのか、黄金色に輝いているのが見えた。そして、ゆったりと起き上がる霧に、山々と空は見えなくなっていった。

辺りの様子がわからないまま歩き続けていると、次第にあたたかさと明るさが広がっていき、どこからか子供の声が二つこちらに向かってくるのが聞こえてきた。そして、姿が見えないまま楽しそうな笑い声がルルルとクライの周りを駆け回り、小さな足音をつれて前方へ駆けていった。すると、まるで子供たちがつれてきたかのように一陣の大きな風が背後から吹き抜け、一気に開けた視界に、ラベンダー色の空と咲き誇るように輝き立つアネモネの花畑が広がった。その中央に円錐形の明るい青色の高い建物がそびえ立ち、その先端部分に笠をかぶったような雲がひとつ湧いていた。
花畑に足を踏み入れていくとふわりとした風が立ち上がり、揺れるアネモネの花々とともにうたが聞こえてきた。

ようこそ　ここへ
ブーフの館は　道を求める者に　扉を開きます
世界を廻る風が繋ぐうたが　この中で
降り注ぐ星々がつたえるうたが　この中で
読まれる時を　待っています

さあ　何でも　たずねてごらんなさい
ブーフの館が　あなたの歩む道を　照らします
世界を照らす太陽の陽がしめすしるしが　この中に
世界に灯すロウソクの火が導くしるしが　この中に
明かされる時を　待っています

あなたの問いは　私たちの答え
あなたの気づきは　私たちの可能性
これまでも　ともにあった私たち
これからも　ともに物語をつむいでいくでしょう

よくきてくれました
ブーフの館が　あなたの名を　記します
さあ　どうぞ　お入りなさい

うたが終わると、ルルルとクライの足は花畑の中央に見えた建物の前についていた。空と海と大地が溶け合ったようなターコイズでできたその建物は巨大な巻き貝のような形をして、その螺旋は空に向かって、あるいは大地に向かっているようで、建物の先端部分にかかった厚い雲の中では雷が起きているのか、いくつもの閃光が走っていくのが見えた。足もとから伸びる階段の先に深い夜を思わせる青黒い大きな両開きの扉があり、小さな足が走ってくる音が聞こえると、扉は内から外へ左右に分かれて開かれていき、扉を押してあらわれた背中にトンボの翅のある双子の盲の少年と聾の少女がルルとクライに丁寧にお辞儀をした。それに合わせてクライもお辞儀をして顔を上げると、少年と少女の間に地面に触れるほどゆったりとした深い青色の長衣を着た背の高いエルダーが立っていた。肩の高さほどの長いハシバミの杖を持ったエルダーは、三つ編みにした美しい銀色の長い髪を背中にたらし、よく日に焼けた顔には年を重ねたしるしが刻まれていたが、圧倒的な静けさと底知れないあたたかさを持った漆黒の瞳は、好奇心に満ちた若々しい輝きがあった。

「じゃあな」ルルはエルダーの方を向いて肩をすくめると、クライを置いてさっさとアネモネの花畑の方に走っていった。

　残されたクライはどうしたらいいのか迷ったが、建物の中に入っていくエルダーの大きな背中にどこか強い繋がりを感じ、階段を上がって建物の中に入っていった。その背後で双子の少年と少女が扉を閉めていき、外の明かりが完全に断たれると低い音と高い音が重なった鐘の音がひとつ鳴り、その響きが建物内部の広さをしめしていった。そして、響きが静まり落ちると宇宙の静けさと深海の暗闇に包まれ、それは建物の存在を超えて広がる果てのない奥行きをしめしながら開かれていった。小さな風の動きを感じて何も見えない暗闇を見回すと、やわらかなオレンジ色の明かりが床に灯り、建物の中央にそびえ立つ赤土の塑像が照らしだされた。首を後ろに反らさなくてはいけないほど大きなその塑像は、側面にバイソンの群れがつらなる円形の台座の上に四本の足をつけて空を見上げる陸ガメがいて、上方には大きく翼を広げた鷲が大地を見下ろし、その間にある大きな水の球体は内から外へ、外から内へと循環することでその形を保ち、フリュールの綿毛の中心にあったものとよく似ていた。そして、その球体を守っているのか、それとも締めつけているのか、一匹のヘビが絡みついていた。塑像の前に立つエルダーはかかげたハシバミの杖を下ろし、足もとに小さな円を描いた。すると、小さなつむじ風が起き、床をなでるように広がって螺旋状に建物の内側をなぞるように上っていくと、その後を追うように夕日のような、あるいは朝焼けのような明かりが灯っていき、建物の内側が膨大な量の本で埋めつくされた本棚であることとそこを廻っていく螺旋階段が照らしだされた。

「ようこそ、ブーフの館へ。私の名前は、ホーク。ここの管理人であり、語り部である。そして、この子らは沈黙と暗闇の聞き手であり、私の手伝いをしてくれている」

ホークはクライにあらためてあいさつし、ホークの両脇に立ってクライを見上げる双子の少年と少女は、背中のトンボの翅を小さく羽ばたかせて微笑んだ。

「ここは、どんな場所なんですか？」クライは、降り注いできそうな大量の本に圧倒されながら、そこに流れる大きな時の歩みとこの場に入ってきた者を静観しているかのような視線に身が引きしまるのと同時に深い信頼と心地よさを感じた。

「ここは、探求者のために開かれる。道を求める者に光を灯し、世界の声へ導く場。だが、その真の答えは自分で見つけねばならない」ホークはひとつうなずき、クライの言葉を待つことなく螺旋階段のはじまりと終わりの一段目へ歩いていった。

クライは、ホークの後について美しい木目が見えるマホガニーの階段を上がっていった。手すりには植物とも動物とも見える曲線的な彫刻が途切れることなく続き、階段の一段一段には図形とも文字とも見える直線的な彫刻が淡々と刻まれていた。隙間なく並べられたたくさんの本は様々な大きさと厚みがあり、色や素材も様々で、どんなことが書かれた本なのかとあちらこちらの背表紙に目を向けながら上がっていったが、そこに見えるのはクライの知らない言語やそもそもそれが文字なのかもわからないものばかりで、それでも何かつかめるものはないかと目を向けていると、ふいに一冊の本の背表紙に小さな光が走っていくのが見え、そこに視点を合わせると、クライに読める文字が浮かび上がるようにあらわれてきた。『黄金の大草原』。
・・・これは、ルルルが境界だといっていたあの草原のことだろうか？
他にも読めるものはないかと目を向けていると、また光が走り、視点を合わせると文字が浮かび上がってあらわれ、それに続くように他の本の背表紙にも次々と光が走って文字が浮かび上がってきた。『群青色の空に向かってそびえる塔』、『光の中のブランコ』、『赤い鼓動』、『雨が降り、過ぎていく』、『振り子の軌道』、『玉座の主』、『雲と霧』、『砂漠に落ちた赤い実』。

・・・これは、僕が見たものだろうか？

また光が走り、クライの視点が背表紙に浮かび上がってくる文字をとらえていった。『動きはじめた不動の地に落ちる彗星』、『茜色の空を見上げる双葉』、『ランタンを手に草原を走る足』、『語り手が住まう森』。

・・・これは、何だろう？　わからないけれど、知っているような気もする。

もっと情報が欲しいとホークを追い越す勢いで光を探しはじめると、光は沈黙し、あらわれてくることがなくなった。どうしたのかと本に手を伸ばして触れようとすると、ホークが立ちどまり、クライは慌てて手を引っ込めて足をとめた。

ホークは本棚の方を向き、ハシバミの杖で本棚を軽くノックした。すると、それに応えるように本棚から一冊の本がでてきてホークの手におさまり、ホークはそれを開くことなくクライにわたした。

受け取ったクライは、その厚みのあるしっかりとした大きな本の表紙に描かれた一輪のバラを見つめ、顔を上げると、ホークは本を開く動作をし、クライは視線を本に戻してページをめくっていった。様々な種類の植物の絵が描かれたページが続き、クライは図鑑や百科事典を読むのが好きだったので、ページをめくってはそこに描かれた植物の名前を次々にいっていった。そして、満足してホークの顔を見上げると、ホークは首を横に振っていた。

「もっとよく見てご覧。本当に、その名前だろうか」

ホークの声がページに吹かれ、ページに描かれた植物の絵がふっと消えてただぼんやりと明るいページが広がった。何が起きたのかとホークの顔を見たが、ホークはじっとそのページを見つめているだけだった。本に視線を戻すとひとりでにページがめくれ、これまで見たことのない美しい一輪の花が立ちあらわれた。そして、それはページ上に描かれているのではなく、奥行きをもった空間を持ってそこにあり、目の前に見えているのに果てしなく遠くにあるようにも感じ、顔を上げたクライにホークは話しはじめた。

「ここを歩んでいく者は、文字であればその文字の背後にあるものを、文字と文字の、文章と文章の間にあるものを読み取らなければならない。絵や図形であればそのシンボルの向こうにあるものを、描かれているものだけでなく描かれていないもの、その余白にも注意深くあらなければならない。一方向からだけでなくあらゆる方向から見わたし、それが一体どこからくるのかに目を向けなければならない。それを読むことができる者は、本当の世界を歩み、植物や鉱物、動物や昆虫、風や水や山の声を聞き、その真の名前を知ることができる。図鑑に書いてある名前は、真の名前ではないのだよ。さあ、この花は何という名前だろうか」

クライは目の前の花にもう一度視線を向け、顔を近づけて本を右に傾けたり左に傾けたり、上げたり下げたりしてみたが、花を構成している形や働きがわかるだけで何かをつかめたという感覚を得ることはできなかった。そして、今度は両手を伸ばし、少し距離を離してぼんやりとながめながら意識を集中してみようとひとつ息を吐いた。すると、花の体温がほんのり感じられ、その瞬間に花から放たれるかすかな振動がクライの身体をなでていき、その感覚に驚いたクライはあやうく本を落としそうになり、慌てて体勢を立て直してもう一度花に視線を向けた。しかし、花は変わらずただそこにあるだけで、名前を知ることはできなかった。

「だめです。僕にはわかりません。これ以上どうしたらいいのかもわかりません」

「焦ることはない。焦ると聞こえるものも聞こえなくなってしまう。きみは今、ほんの少しそれに触れることができた。それでいい。遅いとかはやいとかということは、ここでは問題ではないのだからね」ホークは、クライの言葉にうなずいて答えた。

花が消え、開いていたページも暗くなった。小さな羽音に顔を向けると、双子の少年と少女がトンボの翅を羽ばたかせてクライのもとに飛んできた。そして、その可愛らしい小さな両手をいっぱいに伸ばしてうなずき、クライが暗くなった本を見つめてもう一度少年と少女に顔を向けると、少年と少女は微笑み、クライは本を閉じてその手にわたした。双子の少年と少女は受け取った本を持って建物の中央に立つ大きな塑像へ向かい、鷲とカメの間でヘビが絡みつく循環する水の球体の中へ投げ入れた。すると、水の球体の内部にやわらかな明かりが灯り、湧き上がってきたたくさんの泡が沈んでいく本を包んでいくと、泡が消えていくのとともに本の姿も見えなくなっていった。ホークは何もいわずに螺旋階段を上がっていき、クライはずっと知りたかったことがここで知れるのかもしれないという期待が湧き上がり、ホークの大きな背中を見つめてその後についていった。

しばらくすると、ホークはまたふと立ちどまり、本棚の方を向いて杖で軽くノックした。すると、本棚からまた一冊の本がでてきてホークの手におさまり、ホークはそれを開くことなくクライにわたした。

受け取った本の表紙には渦巻き模様がひとつ描かれ、開いてみるとページの上に風が起き、クライの髪が揺れた。そして、遠く近く波の音が聞こえてくると、ゆったりと呼吸をしているかのように一定のリズムでページが波打ちはじめ、その端から一艘の手漕ぎボートがあらわれ、漕ぎ手のないままページからページへ進んでいった。ページがめくれ、吹き上がる突風に次々とページがめくれていった。そして、深く息を吐くようにページが開かれると、ページの上に大きな白い雲がひとつ浮かび上がり、風に吹かれて散り散りになると、羊雲となって風に吹かれるままに移動していった。

「きみが歩いてきた道に築かれたものは、今どうなっているだろうか」

「わかりません。それに、この世界に残せるようなものを僕は何も作れていません」

ホークの問いに、ため息まじりに答えたクライの息が羊雲を吹き消し、ページがめくれた。開かれたページに一陣の冷えた風が渦巻き、大きな積乱雲が湧き上がり、閃光と雷鳴に大量の雨を落として雲はみるみるしぼんで消えていった。ページの上には降り落ちた雨がたゆたい、本の中に吸い込まれていくように消えていった。ページがめくれ、遠く近く再び波の音が聞こえてくると、ページの端から一艘の大きな帆船があらわれ、甲板に人影はなく、起きた風をはらんだ帆がゆったりと立ち上がると、後を追うように吹いてくるやむことのない風にぴんと張り、船はページからページへ進んでいった。

「風は見えずともここにある。雲もまた絶えず姿を変えるがここにある。その風を感じ、雲を見るきみがここにいる。そして、そのきみを含めたすべての活動を見ている存在がここにある。きみは世界に、そして、きみ自身に何を求めているのだろうか。きみがきみとしてここにあるということがどれだけすばらしいことであったとしても、きみはそれ以上のことを望むのだろうか。何者かにならなくてはならず、何事かを成さなければならず、ただここにあるということの美しさを体験することよりも、人々からの称賛とはそれほど魅力的なものなのだろうか」

ホークの言葉にページがめくれ、開かれたページの上を一羽の白い鳥が大きく翼を広げて羽ばたいていった。ページの端からゆったりと太陽が昇り、陽に照らされてきらきらと輝き返す海面のステージがページの上に作られると、太陽の動きとともにステージが移動していき、ページの端へ沈んでいく太陽につれられていくようにステージが消えていくと、その後を追うように開いたページも暗くなっていった。クライは、近づいてきた双子の少年と少女に気づくと本を閉じてその手にわたし、少年と少女は本を持って塑像へ向かい、循環する水の球体の中へ投げ入れた。本は、球体に灯ったやわらかな明かりと湧き上がる泡に包まれて消えていった。

ホークはまた螺旋階段を上りはじめ、クライもその後についていった。そして、何か合図があるのか、それとも規則があるのか、しばらくしてまた立ちどまったホークは本棚の方を向いて杖で軽くノックし、でてきた本を開くことなくクライにわたした。

受け取った本の表紙には小さな点で輪を描いた図柄が描かれ、開いてみると、片方のページに閉じられた扉と窓のない部屋に置かれた長方形のテーブルの両側に分かれて座る同じような姿をした人々が描かれ、もう片方のページに開かれた扉と窓のある部屋に置かれた丸いテーブルを囲んで座る様々な姿をした人々が描かれていた。

「彼らは、生じた問題について話し合いをしている。こちらには同世代の同じ環境の中で育った男性ばかりが集まっている。一方こちらには男性、女性、若者、老人がいて、育った環境も様々なようだ。扉の外には子供たちの姿もあり、窓の向こうには風に揺れる木々の姿も見える。机の上にはたくさんの書物があり、先人たちもいるようだ。さて、きみならどちらの者たちとともに歩みたいと思うだろうか」

ホークの言葉に本に描かれた人々が動きだし、話し声が聞こえてきた。長方形のテーブルがあるページでは誰かが意見をいいはじめるといい終わる前から他の人が口をだし、さらに他の人が口をだしていき、その言葉は自分にとっての目先の損得や相手を負かすことばかりで自分たち以外の存在に対する意識は感じられず、その余白のない単純で乱暴な言葉が繰り返されるだけの議論は、何について話し合っているのかもわからなくなっていた。突然、ひとりが勇ましく立ち上がり、大きな声を上げた。

「我々は、何としても勝たなければならないのです！　我々の目的は、勝つことのみであります。そのための犠牲は、しかたのないことでありましょう。いや、むしろそれは誇りとなり、英雄として未来永劫たたえられることでしょう。我々が行うことは、常にまったく正しいのでありますから！」すると、他の人たちは、「そうだ！　そうだ！」と同じリズムで机を叩きはじめ、全員がいっせいに立ち上がって拳をかかげると、さっきまでの騒がしさから一転して意見がひとつにまとまった。そこには強力な熱気と決断力を感じたが、同時に暴力的な遮断と短絡的な弱さを感じた。もう片方の丸いテーブルがあるページを見ると、そこでは誰かが話しはじめると他の人はその人が話し終わるまで静かに聞いていて、その言葉は高い視点とともにあり、その意識は自分たちの生きている時代のことだけでなく何代も先の人々のことにも向けられ、熱く語る人はいても声を荒げたり妨げたりする人はなく、それぞれの意見が一段落つくごとにひとりひとりが自分自身で考える時間が与えられていた。どこから発せられたのか、小さくも鮮明な声が聞こえた。「この地にある我々は何を生みだし、育み、去っていけるのでしょうか。我々に与えられたこの力は、どのように使っていけばいいのでしょうか」すると、ひとりひとりが静かに考えはじめ、次第に意見が交わされていき、新たな問いが発せられると、再び考える時間が与えられ、意見が交わされていった。彼らの話し合いは決定にいたるまで時間がかかるだろうと、あるいは最終的な決定にはどこまでもいたらないのかもしれないと思われたが、厚みのある豊かな時間と深く高い理想に向けられた情熱は、確かな中心を持った強さを感じた。

「僕は、こっちの人たちを選びます」

クライは、丸いテーブルを囲う人々に視線を向けた。すると、本の中から聞こえていた声がピタリとやみ、長方形のテーブルで息を荒くしていた人々がもう片方のページにいる人々の方を向いた。すると、自分たちとはまったく違う光景に愕然とした表情を見せ、中にはあざ笑う人もいたが、次第に口をつぐみ、全員が黙ってうつむいた。そして、静かに座り直してどうしたらいいのかと互いの顔を見合い、ぎこちなくもそれぞれの話に耳を傾けて意見を交わし合うことをはじめていき、閉じていた扉を開けて自分たち以外の人々にも席を与えると、人々とともに入ってきた風が部屋の中を吹きわたっていった。丸いテーブルを囲んでいた人々は、そんな彼らの様子を静かに見つめていた。そして、次第に顔を輝かせると、起きたことについて話し合っていった。クライは、その光景に何か美しい音を聞いたような気がした。開いていたページ全体が明るくなり、その光の中に人々の姿が見えなくなっていくと、まったく違って見えていた二つの光景はひとつの輝きとなってクライの顔を照らした。

「光の中にいて、どうして真の光を見つけられるだろうか。闇の中にいて、どうして真の闇を見つけられるだろうか。何かを理解しようとするならば、同じ場所にいて、同じものを見ているだけではわからない。ひとりの言葉だけでなく、いろいろな人の言葉に耳を傾ける必要がある。そうでなければ、十分に理解できたとはいえないであろう。我々は光か闇か、正しいか正しくないかということを決めるためにここにいるのではないのだよ」

ホークの言葉に、クライを照らす光は虹色に揺らめいて渦を巻いて消えていき、暗くなったページが広がった。クライは本を閉じ、近づいてきた双子の少年と少女にわたした。少年と少女は塑像へ向かい、水の球体へ本を投げ入れ、本はやわらかな明かりと泡に包まれて消えていった。

「あの・・・。ここにある本は、僕が今まで読んできた本とまるで違います。形は本の形をしているけれど、どうやって読めばいいんですか？　僕は、読んでいるんですか？　いや、そもそもこれは本なんですか？」

階段を上がっていたホークはクライの問いに振り返り、クライのところまで下りて話しはじめた。

「きみが読んできた本とここにある本は、本当に違っているだろうか。世界はひとつの本であり、無数の世界を抱える図書館であるともいえないだろうか。外側に見える世界と内側に広がる世界とを繋ぐ扉であり、ひとりひとりがひとりひとりの物語を生きているともいえるだろう。見るもの聞くもの触れるもの感じるものすべてがひとりひとりを語り、つむがれていくその様々な物語が重なり響き合うことで、ひとりひとりの物語はさらに厚みのあるものとなっていく。物語を絵画を見るように読む時、絵画を物語を読むように見る時、それはあらたな奥行きを持って立ちあらわれるだろう。だが、特別な方法も特定の方法もない。ただそれを受け取る目と耳と心を開いて向き合えばいいのだよ」

「でも、ここには文字が・・・」

「文字は、今ここで生まれている。そして、それを読む者が、今ここに我々とともにいる。世界にあらわれるすべてのものに名前をつけ、世界の事象を言葉にし、書き記す者。その者とは、一体誰なのであろうか・・・」

ホークは言葉を置いて顔を上げ、どこを見るでもなく視線を動かしていくと、背中を向けて螺旋階段を上がっていった。クライはホークが見ていたものを見ようと同じ場所に視線を向けてみたが、そこに何かが見えてくることはなく、答えがつかめないまま階段を上がっていった。

しばらくすると、ホークはまた立ちどまり、杖で本棚をノックしてでてきた本を開くことなくクライにわたした。

受け取った本の表紙に描かれていたのは、大きな円の中にひとりの人間のシルエットとその身体の中心から何本もの線が放射状に放たれている様子で、開いてみると片方のページに太陽がぎらぎらと照りつける乾燥した砂漠の絵が描かれ、もう片方のページにゴーゴーと吹雪がうなる極寒の凍てついた大地が描かれていた。砂漠の方にひとりの人間があらわれた。その人はだらだら汗をかき、ふらふらした足取りでどこを見るでもなくただ暑さと喉の渇きをいらだち叫びながらもう片方のページへ歩いていった。そして、凍てついた大地の方へいくと、今度はぎゅっと身体を固く縮めてガタガタ震えながらどこを見るでもなくただ寒さと飢えをいらだち叫びながら歩いていった。砂漠の方にもうひとり人間があらわれた。その人は辺りの様子をじっくり観察しながら確かな足取りで歩いていき、暑さや喉の渇きをいらだち叫ぶこともなく、凍てついた大地の方へいっても同じように辺りの様子をよく観察しながら寒さや飢えをいらだち叫ぶことなく歩いていった。

「さて、何が見えただろうか」

「二人とも身体つきは同じように見えるのに、まるで違っています。後からきた人は、何か特別な能力を持っていたんでしょうか？」ホークの問いに、クライは答えてきいた。

「いいや。どちらも、きみと同じ身体を持つものだ。だが、世界のとらえ方が違うのだ。暑い寒いといらだち叫んでいた者は、自分のいる環境に対して抵抗するばかりでいる。だが、きみたちの世界に暑さ寒さがあるのはあたり前のことであり、風も吹かず雨も降らず、ずっと一定であることはない。そうであるのに、そうであることに不満を持ち、抗おうとするばかりに自分で自分を苦しめている。後にあらわれた者はどうだったであろう。彼も同じように暑さ寒さを感じている。だが、彼はその時々の環境にしっかりと目を向け、受け入れ、変化するそのひとつひとつに美しさを見いだし、学ぼうとしている。そこにいらだちはなく、そうすることによって、その時々に自分がいくべき場所、とるべき行動を見極めることができるのだ。彼は、本物の自然の中で生きているのだよ」

「でも、すべてを奪ってしまうような大きな自然災害が起きた場合はどうですか？　それでも、慌てることなく冷静でいられるでしょうか？　たくさんのものを失っても、自然を憎まずにいられるでしょうか？」クライは、顔を上げてきいた。

「まず、自然災害とは何なのだろうか。我々には我々の暮らす場所があるというのに、我々はそれ以上を求め、自然が成そうとしていることをとめようともしている。それによって、自然のごくあたり前の営みが災害と呼ばれ、被害という感情を持つようになったのではないだろうか。そして、なぜ大きな災害が起きるのかと考えたことはあるだろうか。それだけの理由があるのだよ。我々に、そのすべてを知ることはできないがね。我々は、我々の属する環境の規則の中でしか物事を考えることができない。我々自身がその環境の構成要素でできているために、たとえそれ以上のことを感知できたとしても、それをつたえることは難しい。言葉や数字、色や形もまた我々に属し、それ以外のものを我々はまだ使うことができない。だが、よく見てご覧。台風は、海を大きくかき混ぜることによって高くなった表層部の温度を下げ、深い場所まで酸素を届けることで多様な生物が住む豊かな海を生みだしている。山火事は、うっそうとした森を焼くことで陰っていた場所に陽が入り、焼かれた草木は新たな草木を呼び覚まし、成長する栄養となり、様々な植物が入れ替わりながら多様な生物を育む豊かな森を生みだしている。風が起きる。雨が降る。地震が起きる。火山が噴火する。彗星が落ちる。それらは、ただ壊しているだけなのだろうか。変化していくほんの一部分だけを見ていては、均衡を保つということがわからない。創ることと壊すこと、そこに境をつけ、見分けることなどできるだろうか。世界は、生命で満ちている。すべては、呼吸をするように生きている。我々もまたそうであろう。そうであるのに、我々は我々の都合だけを見て自然をコントロールしようとし、我々が生き残るためだけの世界を手に入れようとしている。そして、それができると思っている者が手にするものは、つきることのない不安と孤独と不自由だ」

ホークの言葉にページがめくれ、厳重に閉ざされたシェルターがあらわれた。その中には大量の食料や日用品のストックに埋もれるように座る宇宙服のようなスーツを着た人間がひとりいて、その手には拳銃と小さなタブレットが握られ、タブレットに絶え間なく流れてくるデータを何も見逃すまいと食い入るように見つめていた。その意識は常にここではない地点に向けられ、そこに対する不安と欠乏感に満ちた落ち着きのないおびえた表情をしていた。タブレットが震え、『新発売！』を告げる文字がせわしなく明滅した。すると、すぐに購入のボタンをタップし、宅配ボックスに商品が届くと、今まで着ていたスーツを脱ぎ捨てて届いたばかりの最新のスーツに急いで着替え、ほっとした表情を見せた。しかし、すぐにまた新たな不安が押しよせたのか、さっきよりも一層身体を縮ませて強く手を握りしめ、大量のストックを点検しはじめた。天井につけられたスピーカーからサイレンが鳴り、『速報！』を告げる赤いライトが灯ってぐるぐると明かりを回した。すると、壁一面につけられたつけっぱなしのテレビモニターの前に急いで駆けつけ、届いたばかりの悲劇的なニュース映像にかじりつき、口の端でにやりと笑った。ページがめくれ、風が吹き抜ける開けた空と大地があらわれた。その中をひとりの人間が歩いてきて、その姿は軽装で多くのものを持っているように見えなかったが、それらはその人にとてもよく似合った色や形が選ばれていて、その人をより美しく見せていた。落ち着いたおだやかな顔と堂々とした足取りは深い呼吸とともにあり、何かに呼びとめられたのか、ふと立ちどまって曇りのない真っ直ぐな眼差しで辺りを見わたすと、木々や風の声に耳を澄まし、自分の内側に意識を向けてうなずき、再び歩きだしていった。突然、鳥たちがいっせいに飛び立ち、大地が激しく揺れはじめた。立ちどまったその人の背中を大きな風が押し、押されるままにその場を離れると、背後で大地が大きく裂けて崩れ落ち、その中に厳重に閉ざされたシェルターが転がっていくのが見えた。

「彼は、知っているんですね。本当の強さと豊かさがどこにあるのかを。余るほどたくさんの物を持っていなくても、彼にはたくさんの学びと知恵があって、それが彼自身を支えて守っているんだ。それに、世界自身も彼に手をさし伸べている。そうか。僕ら自身がそもそも自然なんだから、自然に対して不安を感じる必要なんかなくて、どう生きればいいのかを知っているはずなんだ」クライはこみ上げてくる感動と大きな力に本を持つ手に力を込めた。

「ああ。自然は、私たちになんと多くのことを教えてくれているのだろうか。我々は、それを学ぶことで自分自身を知り、その学びによって、我々は世界をさらに豊かにしていく力となることができるのだ。ここにあらわれた彼は、たとえ死を前にしても恐れることなく受け入れるだろう。彼は決して孤独ではなく、安全とは何か、自由とは何かを知り、本当の生の中で生きているのだからね」ホークは、ページの向こうへ歩いていく人を愛おしそうに見つめた。

ページが暗くなり、本を閉じたクライは、近づいてきた双子の少年と少女にその本をわたした。少年と少女は水の球体へ向かい、その中に本を投げ入れた。本は、水の球体の中に灯った明かりと湧きだした泡に包まれて消えていった。

ホークとクライは螺旋階段を上っていき、しばらくして立ちどまったホークは杖で本棚をノックし、でてきた本を開くことなくクライにわたした。

受け取った本の表紙には人間の全身骨格がひとつ描かれ、開いてみると、まるでカタログのように正面をこちらに向けて並ぶたくさんの人間が描かれていて、それは肌の色、目の色、髪の色、性別、体格が違う人々であり、地位や職業、国や民族によって違う服を着た人々だった。

「さて、彼らはどう見えるだろうか」

ホークの声に描かれた人々が動きはじめ、描かれていなかった人々もぞろぞろとあらわれてページの中を歩き回っていった。そして、なごやかな様子で笑顔や握手が交わされながら外見が同じ人同士が集まりはじめると、あちらこちらにいくつものグループができていき、それぞれのグループをしめす名前と旗がかかげられていった。するると、自分たちの旗を他のグループの旗よりも高くかかげようとするグループがあらわれ、さらに高くかかげようとするグループが、かかげられた旗を無理やり下ろそうとするグループがあらわれ、自分たちとは別のグループの存在を非難しはじめた。自分たちこそがすばらしく正しいのだから、おまえたちは間違っている。排除されるべきであり、それが嫌ならば自分たちに従えと同じ言葉が飛び交い、互いに受け入れられないとなると、今度は暴力による争いがはじまった。ページがめくれ、あちらでは王様が民衆を引きずり、こちらでは民衆が王様を引きずり、男性が女性を閉じ込め、女性が男性を振り回し、髪を切られる人があれば自ら髪を切る人があり、爆弾を抱えて走っていく人があればその人を射殺する人があり、多数であることが正しいとする人々があれば少数であることが特別だとする人々があった。ページがめくれ、それぞれがかかげていた旗はビリビリに引き裂かれて地面に落ち、なおも争い続ける人々によって踏まれて蹴られて入り混じり、ほこりと泥にまみれてどれがどれなのかわからなくなり、人々が着ていた服もビリビリに破れて裸同然になった身体についた血は、自分の血なのか他人の血なのかわからず、地面に積み上げられていく息絶えた人々は、誰が誰なのかもわからなくなっていた。

「どうして、こうなってしまうんだろう。見た目や考え方がどれだけ違っても、対面した時に取る行動はみんな同じなんだ。相手を知ろうとする前から全部突き放して、攻撃して失くしてしまえばいいだなんて、それで自分たちの方が優れているだなんて、どうしていえるんだろう・・・」クライは、眉をひそめて人々を見つめた。

「彼らもまた不安なのだろう。ひとりでいるということが、恐くて不安なのだよ。多数の中にいれば攻撃されることはないと、自分を受け入れてくれる者たちの中にいれば自分が存在する理由があると思えるのだろう。それが脅かされるとなれば、必死に守ろうとするのもわからなくはない。彼らは、自分たちの存在を正統なものだと主張するために自分たちとは違う存在を作りだし、それを敵とすることで、さらに自分たちの存在を存続させようとしている。そして、自分と共通するものを受け入れるだけで互いの違いをどうやって尊重し合えるかということに目を向けることをしない彼らは、そのことによって、自分自身を知るという機会をも失くしているのだ。人種、国、職業、性別、身体的特徴、生まれた時代の違いが善悪や優劣を決めるのではない。その人自身の考え方や行動の仕方を見れば、問題はそこにあるということに気づくだろう。ほら、よく見てご覧。彼らの中にも争いに加わらない者たちがいる。彼らはどこにも属さず、自分の信念の上に立っている。彼らは、ひとりでいることを恐れない。真実は真実であり、それ以上でも以下でもないことを知っている。争う必要のないところにそれはあり、それをどの口がいったのかということは問題ではないことを知っている。自分の思考や行動に注意深くありなさい。それは思い込みによるものではないのか、ただ流されているだけではないのか、ただ恐れているだけではないのか、と。そして、それは何のためなのかと自分自身に問うてみるのだ。そうすれば、おのずとそれは見えてこよう。さあ、まだ何も身につけていないみずみずしい小さき者の目で見てご覧。すべての彼らの中に、最も純粋なものは見えないだろうか」

クライは、ホークの言葉のままに人々を見つめた。すると、目にしているものの輪郭が次第にぼやけていき、入れ替わるように人々の内側から広大な静寂とそこに流れる美しい音が聞こえはじめた。そして、自分の内側でも同じ音が鳴っていることに気づくと、それはひとつの音楽を奏でながら大きな波となってすべてを繋いで満たしていった。

「僕らは、こんなに美しい音の中にいるんだ。すべては完璧で、正さなきゃいけないものなんてないんだ。それなのに、どうして僕らはいつも物事を複雑にしてしまうんだろう・・・」

「複雑にすることで、何かを成している気になっているのだよ。人間は、常に欠乏感を抱いている。そのために、何かをしなければならないと考えるのだろう。それでいて、楽をすることを選ぶ。世界を遠ざけ、自分自身を遠ざける道をな」ホークは、クライの言葉に声を落として答えた。

「でも、この音をみんなが聞くことができれば・・・」

「ああ。もっと深いところで互いを理解できるようになり、互いの違いにも美しさを見いだすことができるだろう。そして、それは人間たちの中だけでなく、動物たち、植物たち、星々の中にも見いだすことができれば、世界はもっと豊かに美しく輝きたいだすだろう。だが、その音はすでに鳴っている。いついかなる時でも鳴り続けているのだ」

「・・・どうして、僕らはそれを聞くことができないんですか?」

「生きるということは、本当に不思議だ。我々は、再び真の純粋さに立ち戻らなければならない。我々は完全でありながら不完全であることを知り、その信頼が、我々を次の段階へと押し上げるだろう。だが、我々はそこからどう生きればいいのか。世界のすべてを知ることができない我々が、なぜ今もまだここにいるのだろうか・・・」

自問自答のようなホークのどこかさみしそうな声が建物の中に広がっていき、ホークは背中を向けて螺旋階段を上がっていった。開いていたページが暗くなり、聞こえていた音も聞こえなくなった。クライは本を閉じ、近づいてきた双子の少年と少女の手にわたしてホークの後についていった。少年と少女は受け取った本を塑像の中心で循環する水の球体の中へ投げ入れ、本はやわらかな明かりと泡に包まれて消えていった。

螺旋階段を上がっていくホークとクライは、その後もホークが立ちどまり、杖で本棚をノックしてでてきた本を開くことなくクライにわたし、クライはそれを開いてそこに描かれていることや描かれていないことをホークとともに話し合うことを繰り返していった。ホークの言葉はひとつひとつが新たな視点をしめし、それに応えていくクライは、自分の中にあった疑問や違和感が生き生きと開かれていくことを体験した。

しばらくして、ふと立ちどまったホークはまた杖で本棚をノックしてでてきた本を開くことなくクライにわたし、クライは、つる草が絡み合いながら車輪の形を作る美しい装飾がほどこされた表紙を見つめてページを開き、正十字がひとつ大きく描かれているのを見た。

「さて、これがしめすものは何だろうか」

「東西南北。春夏秋冬。土水風火の四大元素もあらわしているでしょうか」

「そして、調和のとれている状態をあらわしている。だが、それだけではない」

ホークの問いに答えたクライに、ホークが言葉をたしてしめすと、描かれた正十字がページの上に並行して浮かび上がった。そして、縦と横の二つの直線が直角に交わる一点に一本の直線が垂直につらぬいていき、平面だった図形は立体となり、空間が生まれた。

「東西南北の四つの方角に天と地が加わり、合わせて六つの方角ができた。さて、きみはこの中心に立つ。そこから何が見えるだろうか」

ホークの問いにクライは三つの直線が交わる一点を見つめ、そこに自分が立っていることを想像した。すると、その瞬間に身体の内側から大きな風が吹き上がり、自分を出発点としてどこまでも広がる地平に向かって自分の存在がどんどん広がっていきながら、自分自身が動物になり、植物になり、空に海に大地に雨になって駆けていくのが見え、開かれた頭頂部から巨大なエネルギーが身体の内部をつらぬいていくと、自分の視点が高く深く伸び上がりながら自分自身が大きな光となっていくのが見えた。

図形がぶるっと震え、クライの意識が目の前の図形に戻ると、図形は正十字をつらぬく直線が軸となってコマのように回転しはじめた。そして、四方をしめした線の先端から隣の先端へ向かって線が伸びていき、全体が繋がって正十字を内包する円ができた。その姿にクライがうなずくと、軸が大きく傾いて揺れはじめ、図形はジャイロスコープのように回転していき、円は残像を固定しながらぐるりと反転して球体を作り、その姿にうなずいたクライに軸は回転をとめ、球体は軸とともに消え去り、円環だけが残った。

「我々は、この円を回っている。はじまりと終わりを繰り返し、いくものは帰り、また旅立っていく。我々は、この円の中にいる。一切のものは互いに関係し合い、たったひとりの思考や行動も、遠く離れたどこかで起きた出来事も、世界に落とされたその一粒は、世界中に影響を与えていく。関係のないものなど一切なく、時間や距離による隔たりというものもない」

ホークの言葉に円環がゆっくりと回転しはじめ、その回転に合わせて円環から糸がつむぎだされるように一本の線が螺旋状に伸びていった。

「そうか！　循環と成長が一緒にあればいいんだ。円を描くように世界を見て考えて行動する人たちと、直線を引くように世界を見て考えて行動する人たちのどっちが正しいとか正しくないとかじゃなくて、合わせて進んでくことができれば、僕らはもっと生き生きと、もっともっと大きな力とともに生きていけるんだ！」クライは目の前にしめされた大きな希望に目を輝かせたが、視点が上がったことで見えた光景に、ふと疑問が浮かんだ。「でも、僕らはこの図形の中にいるからそれを見ることができない。でも、僕は今それを見ている。ここは、どこなんだろう・・・。この図形の外にあるこの空間は、何をあらわしているんでしょうか？　これはいつからここにあって、これも変わっていくことがあるんでしょうか？」

顔を上げたクライにホークは一瞬驚いたような表情を見せ、まぶたを閉じてゆっくり開き、深い眼差しをクライに向けた。開いていたページが暗くなり、図形も消え、何もない空間がホークとクライの間に広がった。クライはその空間をしばらく見つめて本を閉じ、近づいてきた双子の少年と少女に本をわたした。少年と少女は建物の中央に立つ塑像へ向かい、その中央で循環する大きな水の球体の中へ投げ入れた。沈んでいく本は、水の球体の中に灯ったやわらかな明かりと湧き上がる泡に包まれて消えていった。

クライは、これまで繰り返してきたようにホークの後について階段を上がろうとした。しかし、ホークはこちらを向いたままでいて、どうしたのかと思っていると、双子の少年と少女が一冊の本を持ってクライのもとに近づいてきた。

「どうして、これがここに・・・」

クライは、その画用紙の束を紐でとめただけの小さな手作りの本を驚きとともに受け取り、興味深そうにのぞくホークと少年と少女の視線の中でページを開いた。

重く甘い風がページから起き上がり、クライの髪を揺らした。どこまでも続く青々とした草原がみずみずしい空の下で気持ちよさそうに揺れ、その中を歩いていくクライが草原の中に見え隠れするよれよれの三角帽子を見つけると、その瞬間、三角帽子は弾むように走りだし、後を追っていくと、ナナカマドの赤い実とつる草がひとつの輪を描くように小さなリースが作られていった。その向こうにロウソクのようにそびえ立つ塔があらわれ、激しく降り落ちる雨に打たれて崩れ落ちていく塔は瓦礫となって積み上がり、湧き上がるようにあらわれた黄金色の無数の粒に包まれて、獣をかたどったような巨大な岩山が砂漠の中にあらわれた。岩山は真っ暗な洞窟を開け、頬をなでるやわらかな風にうながされるままに入っていくと、外にあった光は背後に遠く消え去り、見えていた時よりも近くに感じる光とともに進んでいくと、何も見えない暗闇の中で何かがうごめき、目の前に大きく立ちあらわれたかと思うと抱きしめられ、溶け合うように消え去った。前方に小さく明かりが灯り、その中に一輪の花が咲いていた。おだやかな風に揺れる花は存在することのかすかな振動をつたえ、その振動がクライに触れると、はっとして顔を上げた。
目の前には静かにうなずくホークと笑顔でトンボの翅を羽ばたかせている少年と少女がいた。そして、ホークは顔を上げてハシバミの杖を力強くかかげ、何が起きるのかと辺りを見回したクライは、その時はじめて自分たちが建物のずいぶん高いところまで上ってきていたことに気づいた。

アネモネの花畑に大きな風が吹きわたり、揺れるアネモネの花々の中で仰向けに寝転んでいたルルルががばっと起き上がった。そして、短くたくましい裸足の足を広げてぎょろりとした目で辺りを見回すと、よれよれの三角帽子を揺らす風に小さく飛び跳ねて駆けだしていった。

「どうして、ルルルはもっとはやく僕のところにきてくれなかったんですか？　もっとはやくここにくることができれば、僕は・・・。いや、僕はまだここで学びたいです」クライは別れの時がきたことを悟り、杖を下ろしたホークを見上げてきいた。
「経験と学びが必要だったのだよ。きみがきちんと理解できる状態になるまで、必要な期間があったのだ。たとえどんなにはやく知ったとしても、きみはそれに気づくことができなかっただろうし、理解するというところまでいけなかったであろう。学びは、あらゆるものの中にある。これからも、純粋な目と耳と心でありなさい。それがきみを導き守り、世界もまた応えてくれるだろう。私もきみからたくさんのことを学んだ。ありがとう」ホークはクライの肩に大きな手を置いてうなずくと、長衣の袖から立派な鷲の羽根をだしてクライの髪にさした。

クライは認められたような嬉しさを感じ、暗がりの中にあって見ることのできない天井を見上げるホークの視線を追った。すると、クライの手の中で小さな本がうずき、みるみる細かい砂になって指と指の間から流れ落ちていった。そして、残った一粒がすーっとクライの手から離れて天井へ向かっていくと、小さな振動に巻き貝のような形をした建物がゆっくりと回転しはじめ、閉じていた天井が開かれていった。砂粒はその向こうへ見えなくなり、さし込む一筋の光がクライの額を照らし、鮮やかな黄色に色づいたイチョウの葉がひらひらと舞い降りてきた。大きく開かれていく天井に鮮やかな黄色い輝きが広がっていくと、そこに一艘のボートがあらわれ、二本のオールを後ろ向きで漕いでやってくるルルが顔をだした。小さな羽音に振り向くと、ハシバミの杖を持った双子の少年と少女が笑顔とともにそれをクライにさしだしていた。

驚きと戸惑いにホークの方を見ると、ホークは笑顔とともにうなずき、クライは誇らしい気持ちを持ってそれを受け取った。そして、可愛らしい手をいっぱいに伸ばす少年と少女の手に手を伸ばし、その小さくとも頼りがいのある手につれられてルルのもとに向かっていった。

黄色い輝きを抜けてボートの中に降り立ったクライに、少年と少女は手を離して一面に広がるイチョウの葉の湖に開いた深い青色の穴の中に降りていった。そして、こちらに振り返って手を振り、その奥に螺旋階段を下りていくホークの背中が見えた。クライはお礼をいって大きく手を振り、ルルがオールを漕ぎだすのと同時に開いていた穴はイチョウの葉に包まれていくように見えなくなっていった。クライはボートの内側を向いて杖を抱くように握って座り、大きな学びを得た充実感に深く息を吐いた。

10

どこまでもおだやかに広がるイチョウの葉の湖はぐるりと水平線を描き、明るい静けさの中で、ルルルが漕ぐオールのきしむ音とイチョウの葉がすれ合う音だけが踊るように聞こえていた。

「どうして、一緒にこなかったんだ？」クライはハシバミの杖を大事にボートの中に置いて、対面するルルルにきいた。

「おいらたちが、あそこに入ることはないさ」ルルルは、肩をすくめて答えた。

「じゃ、ホークは・・・」

「じいさんは、おまえと同じだからな」

「じいさんなんていうなよ。それに、ホークが僕と同じ人間だっていうのか？　僕らなんかより、ずっと賢くておだやかであたたかくて・・・」クライはホークのどこかさみしげな声と表情を見たことを思いだし、言葉を閉じていった。

「わかったか？　それに、おまえはじいさんがすごいやつだと思ったみたいだけれど、一緒にいたあの小さいやつらの方がずっとすごいんだ。暗闇の色を見て、沈黙の音を聞くことができるのはあいつらなのさ。見えるからこそ見えなくなる、聞こえるからこそ聞こえなくなる。おまえたちの得意なことだろう？　だから、じいさんにはあいつらが必要なんだ。おまえは、いいかげん自分の力に気づいたらどうなんだ？　おまえは、ここでどれだけの存在を見たんだ？　おまえがおいらたちを見なければ、おれたちは粒々のままだ」

「粒々？」

ルルルの言葉に首を傾げるクライの髪を大きな風が揺らしていき、イチョウの葉が舞い上がって渦を巻いて移動した。ルルルは、片方のオールを大きく漕いでボートの向きを変えて進んでいった。

「何が見える？」

ルルルの問いに、クライは何をいっているのかつかめなかったが、後ろ向きで漕いでいくルルルの肩越しの向こうに見えるイチョウの葉の湖が描く水平線が揺らいで見え、その陽炎か蜃気楼のように見えるものに意識を向けると、それはみるみる形を成していき、頭に灰色の厚い雲をつれた巨人がのっしのっしと歩いている姿になった。巨人は交互に足を前にだしているようだったが前進していく様子はなく、その場で足踏みをしているようだった。その肩に翼のある小さな人が座り、立ち上がって伸ばした単眼鏡を片目にあてると、明るい小麦色の短い髪が起きた風に揺れ、豊かな翼が背後に伸び広がった。そして、何を見ているんだろうと思った瞬間、小さな人は単眼鏡から目を離してクライに顔を向け、その黄金色の目と目が合うと、輝く瞳の奥に抜けるような青い空が広がり、ひとつの大きな白い雲がゆったりと流れていくのが見えた。小さな人はまばたきをし、クライの髪が揺れると、巨人は身体の向きを変えて小さな人をのせたまま水平線の向こうへ歩いていった。

「あれは・・・」

「何が見える？」ルルルは、また片方のオールを大きく漕いでボートの向きを変えてきいた。

クライがルルルの方を向くと、その肩越しの向こうに広がる水平線がまた揺らいでいるのが見え、そこに意識が向くと、「ヤーッ！」と声が上がり、揺らぎの中から一頭の赤毛の馬が勢いよく駆けだしてきた。長いたてがみをなびかせて駆けてくる馬の背中に一匹のキタリスがのり、高く上げた両手に大きな糸玉を持ち、糸玉から伸びる糸が背後に遠くなっていく水平線の揺らぎの中に繋がっていた。そして、どんどん小さくなっていく糸玉に気づいたキタリスは、くるっと身体を反転して後ろを向き、ふさふさした大きな尻尾を振った。

「誰かのものを取ったって、何にもならないぞ！　冒険は、自分でするものだ！」

キタリスは伸びていく糸玉の糸の先に向かって大きく声をかけ、小さくなった糸玉を思い切り引っ張った。すると、揺らぎの中から離された糸の先端が高く上がり、器用に糸玉を回すキタリスによって巻き取られていった。そして、あっという間にボートに迫って通り過ぎていく馬の背中から、はじまりの大きさに戻った糸玉がクライに投げわたされた。

「お届け物だよ！　きみからきみにだ！」

反射的に受け取った糸玉とキタリスの言葉に振り向いたクライに、キタリスは小さな手を振ってふさふさの尻尾を振り、馬とともに去っていった。クライは、何が起きたのかも、これが何なのかもきけなかったと、手の中の何色にも染色されていない荒くもやわらかい糸玉を見つめた。

「何が見える？」

ルルルの声に顔を上げたクライの視線と意識が思わずまたルルルの肩越しの向こうに揺らぐ水平線に向くと、水平線上を横切っていく二つの大きな輪があらわれ、それはくるりと向きを変えてうたとともに向かってきた。

0時発の列車は　まもなくホームに　到着いたします
お荷物を持ってのご乗車は　できません
どうぞ　そのまま　お集まりください

0時着の列車が　まもなくホームに　到着いたします
お迎えの方は　お集まりください
どうぞ　盛大な拍手の　ご準備を

中央広場でご見学中のみなさま　まもなく列車が参ります
お書きになったご要望は　こちらで回収いたします
どうぞ　創造の瞬間を　ご覧くださいませ

日没と日の出の間で働く我らは
日の出と日没の間で働くみなさまを　全力でお支えしております
どうぞ　存分にご活躍くださいませ
それが　我らの喜びと励みとなっております

ようこそ　世界の中心へ
我らは　世界の外縁と内縁を走ります

ボートに向かってきたのはやけに大きな車輪の自転車で、二つの車輪の間の小さなサドルに座る仕立てのいい燕尾服を着て頭に大きなシルクハットをかぶったネズミは、きれいに整えた髭の先端をカールさせた顔を真っ直ぐ前に向けてしゃんと背筋を伸ばし、よく磨かれた革靴でせかせかとペダルを漕いでいた。シルクハットのつばにはぐるりと線路がひかれ、小さな機関車がもくもくと煙を吐きながら走り続けていた。そして、ハンドルの向きを変えてボートの横に並ぶと、ネズミは白い手袋をはめた小さな手でシルクハットを少し上げてあいさつした。

「これはこれは、クライさん。お目にかかれて光栄です。旅を楽しまれておりますかな?」

「あ、はい。とても」クライは、やけに丁寧なネズミの様子に慌てて持っていた糸玉を置いて腰を上げようとした。

「いえいえ、どうぞそのまま、座ったままで結構ですよ。それはよかった。わたくしどもも、あなたがここへこられていると聞いてとても嬉しく思っておるのです。何もかも順調に進んでいるようですな。結構、結構。して、わたくしに何かご用でしたかな？」

「いえ、そんな。僕は、ただこの大きな車輪が見えて・・・。すみません。わざわざきていただいてしまって」

「おやおや、そうでしたか。お気になさることではありませんよ。むしろ、わたくしを見つけていただいて感謝しております。あなたの物語にわたくしを登場させていただけるとは、実に喜ばしいことですからな。すてきな時間でした。では、ごきげんよう」ネズミはシルクハットを少し上げ、ハンドルの向きを変えてせかせかとペダルを漕いでボートから離れていった。

遠ざかっていく自転車を見つめていると、ネズミがかぶるシルクハットのつばの上で走り続ける機関車の窓が開き、まるで別れを惜しむかのように白いハンカチが振られて手放された。ひらひらと揺れながらどんどん大きくなって近づいてきたハンカチは、両手を広げたよりも大きくなって空中できれいにたたまれ、ボートの中におさまった。

「何が見える？」

ルルルの問いに顔を上げようとしたクライは、自分が視線を向けただけでまた何かがはじまってしまうのかと急いでまぶたを閉じてその目を両手で覆った。

「何が見える?」

ルルルの問いに、クライはまぶたの裏に見える暗闇を見つめたまま首を振った。

「ずっと、そうしているつもりなのか?」

「だって、視線を向けただけで何かがあらわれてくるなんて、どうしたらいいのかわからないじゃないか!」

「わからないだって? おまえは、今までもずっとそうしてきたじゃないか」

クライはルルルの姿が見えなくても、ぎょろりとした目をこちらに向けて肩をすくめているのだろうと思った。

沈黙が落ち、ルルルが漕ぐオールのきしむ音とイチョウの葉がすれ合う音だけが聞こえるようになり、ふいに何の音も聞こえなくなった。耳を澄ましても聞こえてくるものはなく、暗闇を見つめる目は次第に自分がどこにいるのかわからなくなる感覚に襲われはじめ、あまりの不安にクライはまぶたを薄く開け、覆っていた両手の指と指の間を少し開いてその隙間から辺りの様子をうかがった。正面にボートを漕ぐ手をとめたルルルの姿があり、そのよれよれの三角帽子が風に揺れ、こちらに向かって口を動かしていた。

「聞こえない！　何をいっているんだ？」クライは、両手で目を覆ったまままきいた。

ルルルは肩をすくめ、二本のオールをボートの中に入れて立ち上がった。そして、一本のオールをボートのクラッチにわたし、ボートの中に転がっている糸玉を手に取ってその糸でオールとクラッチを固定していき、ボートの中におさまった大きなハンカチを広げてその一辺の端と端をもう一本のオールの端と端に結びつけ、ボートの中に置かれたハシバミの杖を手に持った。

「ちょっと待て！　おまえは、それで何をしようとしているんだ？」クライは、慌てて目を覆っていた手を離してルルルがしようとしていることを制した。

「これ以外に、ここに収まるものがここにあるのか？」ルルルは、杖を持ったままイチョウの葉の湖を見わたした。

「でも、これはもっと別の、もっと大事な時のために・・・」

「今以上に必要になる時がくるのか？」

「それは・・・」クライは、自分の髪とルルルのよれよれの三角帽子を揺らす風がどんどん強くなってきていることを感じながらも、他に方法はないかと杖を見つめたまま考えを廻らせた。

「おまえは、これで魔法が使えるとでも思っているのか？　これは、ただの棒だ。ここに魔法があるんじゃない。そうだろう？」

ルルルは、クライの答えを待つことなくハシバミの杖をオールの中央に垂直になるように置いて糸で固定していった。そして、てきぱきと作業を進めて出来上がったものを立ち上げると、待っていたとばかりに一陣の大きな風が起き、風をはらんだハンカチが空に張りつくようにピンと張り、ボートは舳先を上げてぐんと大きく前進してぐんぐんスピードを上げて進んでいった。すると、いくつもの明るい笑い声が上がり、辺りを見回すと、イチョウの葉と葉の間から三角形の背びれがあちらこちらからあらわれ、丸い頭ととがった口と愛らしい目が見えた。

「イルカだ！　でも、ここは湖のはずじゃ・・・」クライは興奮した声を上げてボートから身体をのりだし、前後左右を入れ替わりながらボートの周りを一緒に泳いでいくイルカたちを見つめた。

「ここは、森だ。おまえが見ていた世界をいちいちあてはめるんじゃないぜ。物事は見た通りじゃないんだ。ひとつのものは同時にたくさんの面を持っているし、何層にもなっているんだ。おまえが、いくつものおまえであるのと同じようにな」ルルルは、今にもイルカたちのもとに飛び込んでいきそうなクライに向かっていった。

ボートは、勢いを増す風にさらにスピードを上げてイチョウの葉の湖の上を弾むように進んでいった。イルカたちはまた笑い声を上げ、舞い上がるイチョウの葉の上に弧を描いて次々とジャンプしていった。クライはそのただ今この瞬間にあるものすべてを楽しんでいる姿に立ち上がり、イルカたちと一緒にうたうように両手を広げた。

ふいに風がやみ、イルカたちは吸い込まれるように深く深く潜っていった。すっかりしぼんだハンカチに、ボートはぽつんとその場に残されるように浮かび、どうしたのかと辺りを見わたしていると、遠く水平線の向こうから勢いよく大きな水柱が上がり、そこから青灰色の大きな塊がゆったりと浮かび上がってくるのを見ると、それはゆったりと沈んでいき、立ち上がった大きな尾ひれが深く深く潜っていった。

「・・・クジラだったね。何か起きるんだろうか？」

「ああ。おでましってとこだな」

ルルルはクライの問いに答えて上空を見上げ、ボートはクジラが起こした波の訪れに揺れて静まった。

上空はるか遠く、燃えるような青い光があらわれ、放射状に七つに分かれて広がった。その風圧に、見上げるルルルのよれよれの三角帽子とクライの髪が揺れ、空間の上昇と拡大にイチョウの葉がふわりと舞い上がった。七つの光は小さく震えて白い輝きへと変わっていき、うたとともにボートを囲うように垂直に下りてきた。

この地に降り立った　あなたたちはいった
いつの日か訪れる　再会の時までのひと時に
私たちを　忘れてしまうけれど
再び立ち上がるその時に　私たちを思いだすからと

この空にとどまった　私たちはいった
いつの日か訪れる　再会の時までのひと時に
あなたたちから　見えなくなってしまうけれど
再び廻るその時に　あなたたちのもとへ降り立つと

誇り高き兄弟姉妹たちよ
星々の記憶が天より下り　地より上がる時
あらゆるすべての時代のあなたと私たちが　集います

あらゆるすべての呼び声が　この時をさし
集いし丘に向けられた　眼差しは
あらゆるすべての誇り高き兄弟姉妹たちを　繋げます

さあ　時はきました
今ここに　あなたたちと私たちが　姿をあらわし
守り続けてきた約束を　果たします

七つの光は、イチョウの葉の湖に触れると反転してあたたかな黄金をまとった七つの光の柱となって上空に伸び上がっていった。クライはその光の圧倒的な壮麗さに目を奪われ、自分の身体がボートを離れて上昇していることにも気づかなかった。

「よく来てくれましたね、クライ」七つの光の柱は、清々しくも重厚なあたたかさを持ったやわらかな光を言葉とともにクライに送った。

「どうして、ここで出会うみんな、僕のことを知っているんですか？」クライは送られた光にはっとして、自分の身体がボートがすっかり見えなくなるほど高く上がっていることに気づいて驚きながらも、この光の前ではどんなごまかしも通用しないだろうという緊張感とともに自分がどうであろうとも変わることはないという強大な安心感を感じて息を吐いた。

七つの光の柱はクライの問いを吸収するように小さく光を内側に入れ、やわらかな光を送りながら答えていった。

「あなたのことを知らないものなどいませんよ。ですが、あなただけが特別なのではありません。私たちは、すべてのものたちのことを知っています。さあ、クライ。他にも私たちにたずねたいことがありますね？」

クライはブーフの館でしめされなかったことをここできけばいいのだと感じ、ひとつうなずいて話していった。

「ここにも、宗教というものはあるんでしょうか？　僕は、特定の宗教や信仰を持っていません。でも、何も信じていないってわけじゃないんです。いや、信じているっていうのとも違うんです。信じるってことは、疑っているっていうことでもあるから。だから、どう表現したらいいのかわからないけれど、それは特定の言葉や形であらわせるものじゃなくて、消えたり新しく生まれたりするものでもなくて、ただそれがあるっていう感覚が、僕の中に確かにあるっていうことだけなんです。僕がいっていることは、おかしなことでしょうか？」

七つの光の柱は小さく光を内側に入れ、やわらかな光を送りながら答えていった。

「ここには宗教という言葉はありません。ええ、あなたがいっていること、たずねたいことはわかっています。しかし、宗教というものの本質は何でしょう。私たちが生きることと宗教というものを分けることはできるでしょうか。私たちが生きるその一日一日、考え行動するそのひとつひとつが学びであり確認であり、自身が成長していく中でそれは見いだされていくのです。ですから、特定の時間や場所だけで行われることではありませんし、特定の生き方や特定の人のいうことを守らなければ得られないというものでもありません。それぞれの考え方や生き方が尊重され、それぞれがそれぞれであるということが、恵みであり祝福なのです。そして、私たちもひとつの存在をとても愛していますが、それはひとつという言葉以上のものであり、かつまた存在するという概念の枠をも超えています。それはこの世界にあらわれるあらゆるものと区別できるものではありませんし、一部の者だけが得られ、所有できるものでもありません。それはすでにここにあり、誰もがすでにそれなのです」

「だとしたら、どうして僕たちは特別な建物を建てたり、特別なシンボルを作ったり、生き方まで限定しているんでしょうか？」

「人間には見えないことがたくさんあるのです。しかし、知っているのです。ですから、私たちは離れ離れになったことなどないのですが、その繋がりが断たれてしまったと思い、そのために、目に見える形や言葉を作ることで繋がりを作り、私たちを感じようとしているのかもしれません。ですが、その作りだした物それ自体がそうだとすることは違います。それを超越した向こうの世界を、それがあらわれた源に目を向けなければいけません。それは作りだした物の中だけに閉じ込めておけるものではありませんし、あなたたちはよく天を仰ぎますが、そこにだけいるわけでもありません。私たちを特別なものとして崇め、自分たちは取るに足りない者だとしてしまっては、世界はますます小さなものとなり、あなたたち自身も固く閉ざされたものになってしまいます。ひとつ例をあげましょう。あなたは道を歩いている時、ふと目にとまった石を拾ったとします。その石はとても美しく魅力的で、あなたはひと目で気に入りました。辺りを見回しても同じような石はひとつもなく、あなたは、これは自分だけに与えられた特別に神聖な石なのだと思い大切にします。誰にもわたすまいと、鍵をかけて隠してしまうかもしれません。あるいは、この特別な石を拾った私は特別に優れた者なのだと高らかに声を上げるかもしれません。しかし、その石はどこからきたのでしょう。あなたがその石を神聖だと感じたのであれば、その石があった場所も神聖であり、そこへ続く道も大地もその上に広がる空も神聖なのではないでしょうか。さらに、その惑星、それを育む宇宙にも同じ神聖さがあるのではないでしょうか。あなたが拾った石は、そこにあります。私たちもみな、そこにいるのです。そして、その神聖さは葉の一葉に、雨の一粒に、一匹の動物に、ひとりの人間の中にあり、植物の信号、動物の咆哮、海のうねり、人間の言葉にあり、世界にあらわれるすべてのものの間にもあるのです。確かに、特別なエネルギーを宿し発する場所や物質はあります。しかし、それはそれぞれがそれぞれの役割を果たすために様々なエネルギー体となってあらわれたということであり、その物質やその場所、あるいは見つけたその人だけが特別に優れているということではありませんし、それ以外のものは劣っているということでもありません。上にも下にも、右にも左にも、西にも東にも北にも南にも、どんな色や形にも、陽のあたる場所だけでなく陰っている場所にも、それぞれに神聖な役割と同じ美しさがあり、あなたたちが不平等だと見る事柄のその奥に真の平等を見いだす時、あなたたちは、あなたたちの真の姿を見るでしょう」

クライは、自分が感じていたことや考えていたことが、どんどん言葉になってしめされながら鮮やかな映像となってあらわれてくることに感動し、半ばぼーっとしながら七つの光の柱を見つめていた。

「これまで、このような問いを誰にも問うたことはなかったのですか？」

「はい。誰にきいたらいいのかもわかりませんでした。みんないつも忙しそうにしているし、ちょっときいてみても、そんなことあらためて考えることじゃないって相手にしてもらえなかったり、とても嫌な顔をして離れていく人もいました。それで、きくのをやめたんです。僕の問いは、きいてはいけないものだったんでしょうか?」クライは、七つの光の柱の問いに息を吸い、小さくうなずいて答えた。

「ここにはきいてはいけないものなどありません。問いがあるということは、とても素晴らしいことです。この世界をあらたに考える機会が生まれますし、別の視点を与えることによって、世界のあらたな面を見ることができるようになるのです。ここへきてからは、どうだったのでしょうか。あなたの問いは、まったく受け入れられませんでしたか?」

「いいえ。というより、僕から質問をしなくても、みんな僕が何を知りたいのかをもう知っているみたいに、それぞれがただそうあるだけで、たくさんのことを教えてくれました。いや、もともと僕の中にあったものを見つけてもらったといった方が正しいかもしれません」

「それは、ここで出会ったものたちだけだったのでしょうか」

七つの光の柱の問いにクライは一瞬戸惑ったが、真っ直ぐ向けられた光にクライの記憶が巻き戻され、あらたな視点とともに再生していくと、今まで見えていなかったものが次々としめされていき、その的確な出来事のあり様に、驚きとともに感動が湧き上がって大きく目を開いて顔を上げた。

「そうか。彼らは、彼らのやり方で僕に教えてくれていたんだ。彼らが彼らであることで、僕が何を考えているのか、何を感じてるのかがわかるようにしてくれていたんだ」

「ええ。彼ら自身にその意識はないですが、そうなのです。ですから、ひとりひとりの違いは、本当に素晴らしいのです。そして、彼らもまた、あなたから多くのことを学んだことでしょう」

「あの・・・。ここは、どこなんですか？　ルルは、森だといいます。でも、その森とは何なんですか？　ここにくることを望んだのは僕なんだといわれても、うまくつかめないんです。いや、わかっているんです。そう。わかっているから、知りたいんです。僕は、ここで何をしたらいいんでしょうか？　僕の力は、世界を壊します。だから、迷うんです。僕は、どうしたら・・・」クライは、自分の中で渦巻いているものに確かな方向をしめしてほしいと思った。

「あなたがあなた本来の力を使う時、それは成されるままに成されることです。世界とともに使われるその力は、世界が成しているのです。心配する必要はありません。みなここにいて、それを成しているのですから。あなたは、あなたとしてただあればいいのです。あなたは、それをずっと学んできました。それでいいのです。さて、このことということ、そして、ここで何をすればいいのかという問いは、根源的であり、誰もが忘れてしまいがちな問いです。私たちは、今再びここに立ち戻る時を迎えました。ここという言葉を発した時、あなたは何を感じましたか?」

クライは、七つの光の柱にしめされるままに自分の中でここという言葉を発し、そこにすべての意識を向けた。すると、目の前に見えていた七つの光の柱がある風景が一気に遠ざかり、入れ替わるようにブーフの館で体験した六つの方角の中心に立った時の感覚が甦り、オオカバマダラの羽ばたきと森の呼吸に同調した時の感覚に包まれ、その中心から、ふっと小高い丘が立ちあらわれた。そして、ここはどこなのかと問うてみると、ふっと丘が消え去り、天も地も時間も何もない世界の中にいた。どこを見たらいいのかわからないままここはどこなのかと問うてみると、何かがうごめき、それは外側でありながら内側であり、その強大な力が鼓動して波紋が広がると、その軽やかでありながら重心のある深遠なエネルギーがクライに触れ、その衝撃にも似た振動に大きな感動がこみ上げ、自分だとしていたものがどんどんはがれ落ちて果ても底もない満ちた世界に落ちていくのを感じた。しかし、それは同時に自分であることを完全に失ってしまうのではないかという強烈な恐れであり、その恐怖に意識が向いた瞬間、クライは呼吸をすることが苦しくなり、はやまる鼓動に自分であることを取り戻そうと身体をあちこちに動かして、助けを求めるように声を発した。

「僕は・・。ここは・・・。いや、これは何ですか？　僕は、どうなってしまうんですか？　僕がここで、ここは僕を・・・。ああ、僕が消えていきます！」

「あなたは、ここにあります。私たちも、ここにあります。恐れることはありません。あなたが、ここなのです。ひとつ深呼吸をしましょう。あなたが回復します。さて、あなたがこれまでしてきた問い、それはどこからきたのでしょう？」

クライは、遠く近く聞こえる言葉に手を伸ばすように深呼吸をし、目の前に七つの光の柱のある風景が戻ってくるのを見るのと、それと同時に自分がクライであることの感覚を取り戻してほっと息を吐いた。そして、問われた問いを自分自身に問うてみた。すると、問いはどこにもあたることなくクライの内側を廻るだけで答えがあらわれてくることはなく、どうしてそうなってしまうのかと問うてみても、問いは問いとして返ってくるだけだった。そして、問いそのものに意識を向けて見つめると、それがくるりとこちらを向いてクライがそれになり、あらゆるすべての問いが開かれていった。そして、そこにしめされた答えに次第におかしさがこみ上げ、声を立てて笑いはじめた。

「どうしたのでしょう？」

七つの光の柱は一緒に笑っているかのように明るい光を小刻みに震わせ、クライは何度もうなずいて息を整え、答えていった。

「そうか。そうだったんだ。僕がずっと知りたいと思っていたものは特別なものなんかじゃなくて、特別なんじゃないかっていう思い込みが、それを見えなくさせていたんだ。はじめから、いや、はじまりもない前からここにあるものを自分で遠ざけて、その周りを探し回っていただけなんだ。すべての問いが、ここからはじまってここに帰っていく。僕らはその間で、世界の創造をともにしながらそれを体験しているんだ。僕は自分の居場所を求めていたけれど、それはどこでもないここだったんだ。なんて大きいんだろう。いや、大きいなんて言葉も追いつかないくらいだ。それに、僕を包んでくれるほど近くにある。いや、近いなんて距離もなくて、僕がそれなんだ。恐れたのは、僕が僕でなくなることだったけれど、僕はそれを超えて存在しているんだ。・・・でも、この少し寂しい感覚は何なんだろう。いや、これは僕を通した感情だ。ここには何もない。でも、あるんだ。・・・ここって、何なんだろう？　またさっきの問いに戻ってしまいました。いつか、それは僕らに明かしてくれるでしょうか？　そうしてくれたら、僕らは知らないということに恐れることも惑わされることもないし、生き方そのものが変わりますよね？」

「それはおもしろい問いですね。しかし、明かさないということに大いなる愛があり、あなたたちがあなたたちとしてここに存在することの意義があるのではないでしょうか。そしてまた、それ自身がそれを知りたいのかもしれません」

「それじゃ、僕らはここで何をすれば・・・」

クライの問いに七つの光の柱は微笑み、やわらかな光を大きくしながらクライの正面に並んでいった。そして、ひとつの巨大な柱となって一気に光を放出すると、真っ暗な世界が映しだされた。


沈黙する漆黒の暗闇に、青い星がひとつ灯った。その振動に暗闇が震え、あちらこちらで星々が生まれていった。色とりどりにまたたく満天の星空が天を覆い、いくつもの流れ星が降り注ぎ、空気を震わせながら燃え落ちていくと、大地に衝撃を走らせて、爆風と爆音が時の声をつたえていった。

生れたばかりのむきだしの大地に、赤々と燃える小さな火がちらちらと揺れていた。

どこからかひとりまたひとりと人間があらわれ、火を囲み、大地を踏み鳴らしながら輪を描いて踊りはじめた。空が明るくなりはじめ、大きな光を放ちながら悠然とあらわれてきた太陽は、形作られた世界を照らしていき、熱くなっていく大地から立ち上る水蒸気が、踊り続ける人々の上に雲を作っていった。

一陣の冷えた風が大きく吹きわたり、湧き上がる厚い雲に閃光が走ると、轟く雷鳴にどっと雨が降り落ちた。熱く乾いた大地は雨を吸い込み、いくつものクレーターが雨水をためていった。雲が割れ、雨がやみ、燦々と降り注ぐ陽に照らされた大地のあちらこちらから小さな草木が初々しく顔をだすと、青々とした豊かな森となって赤々と燃える小さな火を囲んで踊り続ける人々に木陰を作っていった。人々は太鼓を叩き、笛を吹き、絵を描いてうたいはじめた。大きくなっていく火に、草木の間から様々な昆虫たちがあらわれ、様々な動物たちがあらわれ、上空を様々な鳥たちが旋回し、うたい踊る人々の内側に子供たちが色鮮やかに踊りうたいはじめ、森の向こうに満ちた海でクジラが潮を吹き、様々な魚たちとともに泳いでいった。

重い風が空を引きずるように移動していき、赤く染まる空に向かっていく本もの黒煙が立ち上っていった。油と血の匂いが大地を覆い、凪いだ風に動くものはなく、空を覆っていく黒煙は太陽をさえぎり、焼けただれた大地は暗闇に落ちていった。

廻り廻る太陽と星々が遠ざかり、すべてが氷に閉ざされた。次第に弱まっていく惑星の自転に、ちらちらと燃え続ける赤々とした小さな火は、時を待つかのようにその火を保ち続けた。

映しだされた世界が、クライに向かってゆっくりゆっくりと迫ってきた。クライは、その表面に漂う霧のような揺らめきにそっと手を伸ばし、手を繋ごうとするかのようにふわりと伸びてきたその揺らめきに触れた瞬間、クライは草木の生い茂る薄暗い森の中に立っていた。そして、伸ばした手をそのままに呆然と立ちつくすクライの視線の先に、赤々と燃える小さな火を灯したランタンを持ったエルフがこちらを向いていた。

「アルス！」

クライの発した声に、アルスは辺りが一段明るくなる微笑みでうなずいて応えた。

「さあ、こっちだ。いこう」緋色のマントを羽織ったアルスは背中を向けて歩きだし、マントの中央にメアのポシェットに見たものと同じ刺繍がこちらを向いた。

「あの・・・。ルルは、どこにいったんでしょうか？」クライは、再会の嬉しさに小走りでアルスのもとに向かいながらきいた。

「あの子なら、この先で待っているよ」

アルスは小さな鈴が鳴るように笑って答え、クライは前にも同じことをいったのを思いだして小さく笑った。

アルスとともに歩いていく森は静かで薄暗く、太い幹をかまえた木々が間隔を大きく取って立ち、堂々と枝葉を広げた重なりからわずかに落ちてくる木漏れ日が、地面を覆うように茂るやわらかな下草に道をしめすように落ちていた。

「僕も、この森に住んでもいいですか？　僕は、ここにきてやっと仲間だって思える感覚を持つことができたんです。だから・・・」クライは、少し前を歩くアルスのとがった耳を見つめながらきいた。

「それはできないよ。きみは、帰らなくちゃ」アルスは、真っ直ぐ前を向いたまま答えた。

「でも、ホークはここにいます。僕には無理だってことですか？」

「そうじゃないよ。あの子は、おもしろい子でね。ずいぶん研究熱心で、あらゆることを知りたがっていた。そして、気づいたんだ」

「何をですか？」

「きみは、帰らなくちゃ。あの子もね」アルスは微笑み、もう一度同じ言葉をいった。

「・・・。僕は、みんなが夢中になっていることに夢中になれなかったんです。どこにいっても誰に会っても同じ世界を見ているように感じられなくて、僕は誰とも世界を共有できなかったんです」

「それはきみが先頭をいく人だからさ。きみの視点から見た彼らは、不思議でいっぱいだ。理解できないことも、理解されないこともたくさんあっただろうね。でも、きみはそれがわかっていたはずだ。それでいいんだとね」アルスは、小さく振り向いてうなずいた。

「・・・。僕に、何ができたんでしょうか？　みんないつも同じことを繰り返しているだけで、外見も言葉も行動も、同じになることがいいことみたいにみんなで同じ人になろうとしているんです。何かが起きても、本当に大事なことには目を向けないで、ただ近くにいる人がしていることをなぞるだけで、結局またみんなが同じになっていくんです。そこに僕が入っていく隙間なんかなくて、こじ開けようとしても、お互いに傷つくだけでした」

「僕らは、同じだ。でも、彼らが目指している同じであることとは違う。そして、大いなる繰り返しとともにある。きみたちは今、大きなサイクルを終えて戻ってこようとしている。でも、その先頭にいるきみが見ている光景を多くの人は見ることができなんだ。だから、多くの賛同を得られないのは当然だし、きみが不満をためてしまったのは、きみがきみの力を充分に発揮する術をまだ身につけていなかったからさ。それに、同じ世界の風景を見ていると思っている彼らも、ひとりひとりがひとりひとりの世界を見ているんだ。丁寧に互いの話を聞いてみれば、その違いの大きさに驚くかもしれない。この森だってそうだ。くる人によって、森は多様に変化する。この僕もね。今、僕の姿はどんな風に見えているだろうか?」アルスはランタンをかかげてアルス自身を照らし、その明かりはクライを照らし、森を照らし、アルスはランタンを下げて話を続けた。

「同じであることが重要で、互いの言動ばかり気にしている彼らも、ふとひとりで窓の向こうに視線を送った瞬間に、世界が一変することもあるんだ。僕らは、そこにいる。教えられた世界と教えられる前の世界の狭間にね。きみは、その狭間がどれだけ大きな世界に繋がっているのかを知っているね。彼らの中にも自分の感覚に自信が持てなかったり、ただ仲間外れにされるのが恐くて、多くの人が夢中になっていることに夢中になっているふりをしているだけの人もいたんじゃないかな。もしかしたら、多くの人がそうなのかもしれない。どうやって生きたらいいのかわからないから、これまで続けてきた世界の形をみんなで見続けようとしているだけなのかもしれない。でも、きみには見えている。きみたちがいこうとしている世界がね。僕らは、きみにもう一度立ち上がってほしいんだ。きみが立ち上がることで、きみと同じ意志をもった人たちの目に、きみのように悩んでいた人たちの目にその姿が映るようになる。その時立ち上がる大きな風をきみは望んでいたはずだ。森も、それを待っている。ほら、森のざわめきが聞こえるだろう？」

クライは、辺りを見わたした。すると、森そのものが急にこちらを向いたのを感じ、その大きさもわからないほど深遠で細胞を震わせる大きな視線に全身に緊張が走り、足をとめた。

「さあ、歩き続けるんだ」

クライは透き通るアルスの声に手を引かれるように歩きだし、歩いていくリズムに自分のリズムを取り戻していくと、深い呼吸に緊張がやわらぎ、森は大きく開かれていった。

「・・・でも、僕は、ホークみたいにはできません」

「ホークと同じことをすればいいとはいっていないよ。きみは、きみのままでいいんだ。それに、きみがきみを知った時、それしかないとわかったはずだよ。大丈夫。きみは、ずっといい顔になっている。以前と同じにはならないさ。それに、きみたちの世界も変わりはじめている。きみが上げた声は、今も広がり続けているんだ。先頭をいくのは恐いかもしれない。お手本がないのだから、どうすればいいのかを自分で考えて決断して行動していかなければいけないからね。でも、僕らがいるし、きみにそれができるから、きみはきみとして生まれてきたんだ。だから、きみの深い部分ではどうしたらいいのかをちゃんとわかっているということを認めてほしいし、何より、先頭をいくことを望んだのはきみなんだ。その時のきみの勇敢さに、僕らがどれだけ驚いて歓声を上げたのかをきみが忘れてしまっていることが本当に残念だよ。たとえ、その必要があったとしてもね」

大きな風が起き、アルスのマントとクライの髪が揺れ、降り注ぐ葉音が全身を包んで流れていった。アルスは歩いていく方向を変え、クライは瞳の奥になつかしさを感じる記憶が遠く甦るのを感じ、そのあたたかさに自分の胸に手をあててひとつ息を吐き、その後についていった。

しばらくすると、ぽつりぽつりと空間から生み落とされるように木霊たちがあらわれ、一陣の風に吹かれて枝葉の間でくるくる回りながら言葉になる前の音の中で楽しそうに声を上げて集まってきた。そして、アルスとクライが踏みだす足の上にのったり、足と足の間を通ったり、肩にのったり腕にぶら下がったり、アルスが持っているランタンの中に灯る火をのぞいたり、クライの髪にさした鷲の羽根をながめたりして、時々集まっては意見を交わして歓声を上げた。アルスは、木霊たちに何かするでもなくおだやかに微笑みながら歩き続け、クライもそのまま好きなようにさせた。

ゆったりとした風に、やわらかな下草が波打つように揺れ、ふわりと舞い上がった木霊たちは、アルスの耳もとで何かささやいてそのまま消えていった。そして、歩き続けるアルスとクライの前方に緑の葉を豊かに茂らせた立派な楓の木があらわれると、近づいていくにつれて下草が後退していき、楓の葉がみるみる紅葉して燃えるような輝きを放ってはらはらと落ちていき、その幹の横を過ぎていく頃にはすっかり落ちた葉が地面を覆って色あせ、背後にした時には一面の朽ちた落ち葉の上に黒々とした倒木があちらこちらに横たわり、ひんやりとした湿った空気に辺りは一段と暗く静かになり、独得な腐敗臭が立ち込めはじめた。

「何が起きたんですか？　まるで、森が死んでいくみたいです」

「本当に、そうだろうか。よく見てご覧。この木は、死んでしまったように見えるかもしれない。でも、それが森全体の死に繋がっているだろうか？」アルスは、戸惑うクライをつれて大きく割れた倒木の前で立ちどまり、その割れ目にやさしく触れるようにいった。

クライはアルスの隣にしゃがみ、その木に顔を近づけて観察した。すると、ある場所では粘菌がはいだし、ある場所では小さな甲虫たちが動き回り、ある場所ではキノコが生えているのを見つけた。足もとに目を向けると、重なり合う落ち葉の中に葉脈だけが残った葉を見つけ、その美しさに感動しながら落ち葉をかき分けてると、すっかり形を失くした葉のふわふわとした層からミミズが顔をだし、網目状に大きく広がる菌類の姿があった。そして、そのさらに下からいくつもの団粒構造を持つしっかりとした土があらわれた。そこに掌をあてると肉眼では見えないたくさんの生き物たちの息づかいを感じ、その奥に大きな水の流れと巨大なネットワークが見え、さらにその奥深くから計り知れない宇宙の記憶がつたわってきた。髪を揺らす風に顔を上げると、少し離れた別の倒木に小さな木漏れ日が落ち、その陽を受けて小さな若木が芽吹いた。

「大いなる繰り返し・・・。僕らはこの輪の中に入れないものばかり作って、何になろうとしているんだろう。自然であることは、そんなに難しいことなんだろうか・・・。自然は、まだ僕らを必要としてくれているでしょうか？」クライは問いとともに隣を向いたが、そこにアルスの姿はなく、土に触れる自分の手に視線を戻すとそこに木霊がぽつりとあらわれ、その小さな手を重ねてそのまま消えていった。「僕らの世界とこの世界は、とても近くにあるんだ」

「ああ。まばたきの内に僕らはいる。そして、きみたちが作りだしたものもまた、この世界の一部だ。すべてが大いなる存在を宿している」

アルスの声が聞こえて顔を上げると、すぐ隣にアルスの姿があり、そうは思えないという顔をしたクライにアルスはうなずいて微笑んだ。クライは立ち上がり、死の静けさと新たな生の活動に満ちる森を見わたした。そして、その完璧な循環を崩さないように歩きだしたアルスの後についていった。

辺りは次第に明るいあたたかさが広がっていき、大きくなっていく木漏れ日は地面を覆っていく苔を照らし、若々しいやわらかな下草が立ち上がってくると、あちらこちらで芽吹いた若木が大きく成長して枝葉を伸ばし、吹き抜けていくさわやかな風に新緑の葉が揺れ、そのまばゆい金緑色の香りと真っ直ぐに突き抜けるエネルギーが全身を包んで流れていくと、クライはアルスを抜いてぐんぐん先へ歩いていった。

「何だか、とても元気そうだね」アルスは、クライの背中を見つめながら嬉しそうに声をかけた。

「はい。とても気持ちがいいです」クライは、目の前にどこまでも明るく広がっていく森を見つめながら答えた。

「きみが発するそのエネルギーが、森をさらに生き生きとさせるんだよ」

クライは、アルスの言葉を身体いっぱいに吸い込むように両手を広げて深呼吸をした。そして、ふとよぎった心配に立ちどまり、アルスがくるのを待った。

「でも、大丈夫でしょうか？　僕の世界には本当に乱暴な人たちもいるんです。この世界を傷つけたくありません。それに、多くの人は何も知らないんです。知らないままに、彼らは・・・」

「世界は傷ついたりしないよ」アルスはクライの言葉にたくさんの小さな鈴の音が鳴るような笑い声を立て、クライに歩くようにうながした。「確かに、彼らは強く見えるかもしれない。でも、その力は自らをも滅ぼしてしまう力でもあるんだ。それが彼らの成すことであっても、それに同調する必要はないし、それは強さとは違うんだ。そして、この時がくることは、みんなわかっているんだ。きみがわからなくてもわかっていたようにね。だから、たとえたくさんの別れを迎えることになっても悲しむ必要はないし、彼らをどうにかして変えなければいけないと力む必要はないんだ」

「この森は、どうなるんですか？」

「それは、きみたち次第だ。きみたちが、この森にくる。ここで体験したことを持ってきみたちの世界に帰っていく。そうすることで、僕たちときみたちの世界はより豊かですばらしい世界になっていくんだ。だから、帰ることが大事なんだよ。そして、それをきみたちがこれからも大事にしようと思うなら、森は消えることはないさ。きみがいく道は、きみたちの多くの先人たちが歩いてきた道だ。その道は、まだここにある。それに、ほら。きみは、もうこんなにやさしく森を歩けるようになったじゃないか」

クライは、自分の足に視線を向けた。その踏みだされていく裸足の足は、確かなリズムの内に世界との繋がりをしめして森を歩いていた。クライは少し照れながらも嬉しくなり、自信を取り戻していくように顔を上げ、その耳もとに小さな風が起きて顔を向けると、一羽のスズメがクライの肩にとまった。そして、励ましているのか、小さく跳ねて飛び立つと、その先の枝にとまっていた数羽のスズメの中に入って鳴き交わし、飛び立っていった。すると、辺り一帯から大きな葉音が立ち上がり、今までどこに隠れていたのかと思われるほどたくさんの様々な色形をした鳥たちがいっせいに翼を広げて飛び立ち、大きな風を起こしながらスズメたちの後を追っていった。

太い幹をかまえて深く根を下ろした木々は青々とした枝葉を広げて落ちつき、起きた風に葉音が流れていくと、アルスは歩いていく方向を変えた。その後についていくクライは辺りが開け、小高い丘のあらわれに、その頂上からこちらに向かって手を振るアルスとそろいの緋色のマントを羽織ったルルルを見た。

丘を上がり、アルスは頂上に積まれた小さな石積みの上にランタンを置き、その奥に建てられた円錐形のテントとの間で眉間にしわをよせてうんうんうなりながら竪琴の調弦をしているルルルの隣に座ると、それを受け取って少し手直しをした。

「あー。やっぱり、おいらのこの手じゃ難しいぜ」ルルルは、自分のごつくて大きな手を自分の顔の前に広げた。

「でも、きみのその手はあのテントを立派に建てたじゃないか。それに、ドラムだって奏でることができる。僕にはできないことだ」

アルスの言葉に、ルルルはぎょろりとした目をさらに大きくして自分の手をはじめて見たかのようにじっと見つめると、「おー」と声を上げ、そばに置かれた円筒形のドラムをタタンッと叩いてガハハハッと豪快に笑った。

クライはルルルの隣に座り、話をしているルルルとアルスを交互に見てその外見や仕草や話し方の違いに目がいったが、それを超えた繋がりと共通の場があることが見えてくると、そこに自分もいるのだということが胸を打ち、大きな嬉しさが広がった。

そして、いつの間にか話をやめてクライを見つめているルルとアルスの視線に気づくと、互いの存在を見つめ合った一瞬の沈黙に、ルルとアルスとクライは同時に笑い声を上げた。

一陣の風が丘の上を力強く吹き抜け、アルスとルルの緋色のマントが大きくはためき、クライの髪が揺れた。アルスとルルは口をつぐんで静寂をまとい、クライは何がはじまるのかと辺りを見回した。

凪いだ風にマントが下がり、静寂が落ちて場が整うと、アルスとルルはそっとうたいはじめた。それは文字に記されることのない〈聖なる風のうた〉で、クライは教えられたことのないこのうたをどうして知っているのだろうと思ったが、うたが空間を制するように圧倒的な力を放ちはじめると、問う必要のないことなのだとわかった。うたが終わると、アルスは竪琴を奏ではじめた。とどこおることのない透き通った水の音のようなその音は、クライの身体の中を抵抗なく流れながら満たしていった。ルルがドラムを叩きはじめた。絶え間なく繰り返される大地の鼓動のような力強いその音は、クライの身体の細胞を呼び覚ましながら共鳴していった。笛の音が聞こえて振り向くと、テントの後ろからそろいの緋色のマントを羽織ったププが縦笛を吹きながらあらわれた。空と大地とその間に生きるすべての存在を繋いでいく風のようなロマンチックなその音は、クライの耳をより親密に世界の声に近づけながら開いていった。鈴の音が聞こえ、プププの後ろに続いて奇妙なかっこうをしたクククが大地を踏みしめるようなステップを踏みながら両手を上げたり下げたりしてあらわれた。クククは両頬に渦巻きを描き、そろいの緋色のマントには色とりどりのたくさんの羽根がつけられ、鈴がついた足は鋭い鉤爪のある黒い毛むくじゃらのブーツをはき、頭には先が二股に分かれた派手な水玉模様の帽子をかぶり、首から下げた丸い鏡はクククの動きに揺れながら丘の上に降り注ぐ陽を反射し、丘の上に集ったものたちの姿を映し、丘を囲う森の木々を映した。プププは笛を吹きながらランタンが置かれた石積みの周りを大きく回りはじめ、その後をついていくクククは、前に進んでは後ろに戻ったり、片足でぴょんぴょん跳ねたり、逆立ちをしたり、笑いながら泣いたり、怒りながらやさしくなったりして、その姿は厳かな雰囲気の中で滑稽に見えたが、演奏の深まりとともにその存在が世界の中に大きく立ちあらわれて見えてきた。プププはクククを残してアルスの隣に座り、横笛を手にして世界に橋を架けるようにひとつひとつの音を開放しながら吹いていった。ルルルは片面ドラムとスティックを持って立ち上がり、ドラムを空にかかげて新たに生まれる鼓動を知らせるように大きくひとつ打ち鳴らした。すると、クククはマントの裾を持って鳥のように大きく羽ばたき、跳ねるように踊りながらブーツについた鉤爪で絵とも文字とも見える模様を途切れることなく描いてランタンの回りを回っていった。アルスは天に向かって矢を放つように大きく弦を弾き、うたいはじめた。

東の風よ
汝はここに　闇を遠ざけ　光をもたらす
若き目覚めは　強くも危うい
我らとともに　世界を歩まん

ルルルがドラムをひとつ打ち、ククク は大きく羽ばたいた。すると、石積みの上のランタンの中で赤々と燃える火がぐらりと揺れて明るい緑色に勢いよく燃え上がった。ププププは長い一息を笛に吹き込み、アルスは大きく弦を弾いた。

南の風よ
汝はここに　光を強め　形を作る
高まる力は　強くももろい

我らを隠せど　見続けよ

ルルルがドラムをひとつ打ち、ククククは大きく羽ばたいた。ランタンの中の火はぐらりと揺れて輝かしい黄色に燃え上がり、プププは長い一息を笛に吹き込み、アルスは大きく弦を弾いた。

西の風よ
汝はここに　光を弱め　実りを受ける
静まる力は　弱くも明るい
我らの学びを　書き記せ

ルルルがドラムをひとつ打ち、ククククは大きく羽ばたいた。ランタンの中の火はぐらりと揺れてあたたかなオレンジ色に燃え上がり、プププは長い一息を笛に吹き込み、アルスは大きく弦を弾いた。

北の風よ

汝はここに　闇を降ろし　世界に還す
老いたその目は　弱くも深い
我らとともに　世界へ還る

ルルルがドラムをひとつ打ち、ククク は大きく羽ばたいた。ランタンの中の火はぐらりと揺れて澄んだ青色に燃え上がり、プププは長さの違う七本の筒がひとつに束ねられた笛を持って長い一息を吹き込んだ。いくつもの音の重なりがひとつの内に放たれ、アルスがすべての弦をかき鳴らすと、放たれる音のひとつひとつがひとつひとつに繋がり、ルルルが細かいリズムを打ち続けていくと、そのひとつひとつがひとつの土台を築いていった。ククク は鳴りやむことのない音の中で姿勢を低くして地面すれすれに両手を広げ、その足はランタンの周りを回りながら描いていった模様のはじまりと終わりの空白の場にあり、自分自身を軸としてその場でコマのように回りはじめた。そして、高まる終焉に向けて、うたは大きくうたい上げられていった。

すべての内に宿り　世界を廻る　大いなる風よ
我らはここに　この者を迎えた

世界の望みは　この者とともにあり
あらゆるすべての風をまとって　今ここに立ち上がる
つたえよ　ともに今この時に集いし者たちに

時は　きた
道は　開かれ
時のはじまりに交わした約束が　果たされると

ククククはルルルの大きなひと打ちに空に向かって大きく伸び上がり、ルルルとププとアルスは大きなひと声を放った。すると、ランタンの中の火がぶるぶる震えてランタンから吹きでようかという勢いでまばゆいばかりの純白に燃え上がり、その勢いのままふっと消え、一呼吸ほどの透明な暗黒を見せた後、情熱に満ちた赤々とした火が立ち上がり、その輝きをとどめた。そして、ランタンの上に集まった熱に小さな風が渦巻きはじめると、風は次第に大きくなりながら丘の上に広がっていき、ルルルたちのマントをゆったりと持ち上げながらクライの髪を揺らして丘を下り、森の中に入っていった。

　葉音が遠く去っていき、広がる静けさにルルルたちのマントがゆったりと下がりはじめ、遠くかすかに立ち上がる葉音を聞くと、あらゆるすべての方角から大きな風が森の木々を揺らして丘に向かい、一気に駆け上がってルルルたちのマントをひるがえし、石積みの周りに描かれた模様を読み取るように回っていくと、石積みとランタンを回って一直線に上空へ向かっていった。風はその先で四方に分かれて空を駆けていき、開かれていく静けさにルルルたちのマントがゆったりと下りて地面につき、深く吐かれた息とともにそれは終わった。ククはその場に大の字になって倒れて胸とお腹を大きく上下に動かし、ルルルとプププが駆けよってククを担ぎ上げると、軽やかなかけ声とともに丘を下りていった。アルスはクライの方を向いてひとつうなずいて立ち上がり、テントの中に入るようにと手振りでつたえた。

　テントは六本の長い樫の棒を束ねた一端を空に向け、もう一端を地面に広げて立たせ、そこに麻で編み上げた布を巻いて作られていた。クライは入口の布をめくって中に入り、中央に掘られた小さなくぼみを回って入口を正面にした奥に座った。テントの中は木陰の中にいるような明るさで、見上げると、頭頂部に開けられた隙間から薄青い空が小さく見えていた。入口の布がめくられ、ランタンを持って入ってきたアルスが入口を背にして座り、おもむろにランタンの中から赤々と燃える火をすくってくぼみの中に移した。すると、くぼみの底に敷かれたホワイトセージから甘くさわやかな香りがテントの中に広がり、立ち上る煙は頭頂部の隙間へと上っていった。そして、アルスはクライにこのままここにいるようにと手振りでつたえてでていった。

ひとりになったクライは、今度は何がはじまるのかと待ちかまえたが、辺りはしんと静まりかえるばかりで何も起こらず、赤々と燃える小さな火にセージがはぜる音と立ち上る煙がかすかに揺れるのが見えるだけだった。次第に不安を感じて立ち上がろうとすると、煙がゆったりと大きく揺れてテントの中をぐるりと回り、クライの耳にうたが聞こえてきた。それはアルスやルルルたちの声ではなく、その言葉もクライにはわからない言語のようだったが、大地をはうような低い響きと同時に大空を舞うように朗々とうたわれるそのうたは、郷愁に触れるようなあたたかな喜びと同時に背負ってきた歴史の深い悲しみがあり、クライはまぶたを閉じてそのうたに耳を開いた。うたは時々長い間が空けられ、その間が訪れるたびに宙に浮かび上がるような感覚になり、クライの意識が踊る暗闇と完全なる静寂の中をいったりきたりしていると、強さとやさしさを持った勇壮な美しい裸足の足が踏みだされ、丘を上ってくるのが見えた。

突然、雨音がテントを叩いて走り抜けていった。はっとしてまぶたを開けると、いつの間にか終わっていたうたに気づくのと同時に勢いよく入口の布が上がり、よく日に焼けた子供が転がるように入ってきた。子供は、驚いた表情で見つめるクライにかまうことなくそのみずみずしい目を真っ直ぐクライに向けて口を開いた。

「どうして、にんげんはぼうりょくがすきなの？」

急に投げられた真っ直ぐな問いに息が詰まり、すぐに答えられずにいるクライに、子供はまた口を開いた。

「どうして、ほかのひとよりうえにたちたいの？　どうして、ほかのひとよりおおくもちたいの？　どうして、ほかのひとをうらやましがるの？　どうして、ちがっちゃいけないの？　どうして、なかよくできないの？　ちからをもって、どういうこと？　かしこくなるって、どういうこと？　いいひとになるって、どういうこと？　せかいにてきはいるの？　どうして、せかいをしんらいできないの？」

すぐに答えたい気持ちと同時にどうしたらうまく答えられるだろうかという考えがクライの言葉を詰まらせ、子供はまた口を開いた。

「でぐちは、どこ？」

「きみが、入ってきたところ・・・」

ようやく答えられたクライは、自分がいった言葉が自分の耳に届くのと同時に大きていった。

足音が遠く聞こえなくなり、一陣の風がテントを大きく揺らして吹き抜けていくと、テントの外から小さな咳ばらいが聞こえ、入口の布が上がって赤土色の肌をした太陽の匂いがする青年が入ってきた。青年はすぐにその場に座り、そのみずみずしい目をクライに向けてうなずくと、腰に下げた小さな袋から米と麦とトウモロコシの粉を手に取って空中に弧を描くようにふわっとまいた。粉はくぼみの中へ落ちていき、赤々と燃え続ける小さな火は粉を食べるように包んでいきながらその後を追うように生まれてくる灰の中に静まっていき、立ち上っていた煙は繋がりを解かれて頭上の隙間からすべて外へでていった。青年は小瓶を取りだし、軽く振って中に入った透明な液体がきらりと黄金色にきらめいて消えていくのを見せると、小瓶の栓を抜いて液体をすべてくぼみの中に注いだ。ジュッと音が立って水蒸気が上がり、青年がそこにやさしくも確かな息を吹きかけると、開かれた灰の中から水晶玉のような小さな球体があらわれ、青年はそれを手に取ってクライにさしだした。クライは、まだ熱いんじゃないかと恐る恐る触ってみたが、それはすっかり冷えて固まっていて、赤々とした火がそのまま透明な球体の中に入ったかのように灯っていた。青年はクライからそれを受け取り、首から下げた小さな巾着に入れてもう一度クライにわたし、テントの外にでるようにとうなずいてでていった。

クライは巾着を首に下げ、青年の後に続いてテントの外にでていった。しかし、そこは明るい霧にすっかり包まれていて青年の姿も誰の姿も見えず、テントの姿も見えなくなっていった。そして、小さな風に霧が移動するのを見ると、霧の中から裸足の足が踏みだされ、その後に続いてひとりまたひとりと足が踏みだされていき、クライの前に様々な先住民の人々があらわれた。その中にさっきの青年の姿もあり、クライは人々からつたわってくる確かな中心を共有した深くて高いたたずまいと悠久の時を超えた強い繋がりに胸が熱くなった。長老と思われる、美しいビーズがいくつも連なった首飾りをした年老いてはいるが若々しさのある凛とした人物が一歩歩みでて、何かの文様が記されているのかそうではないのか、傷跡のある小さな石を見せた。そして、それを足もとに置くと、クライの胸もとに下げられた小さな巾着を指さし、その指を天に向け、地に向け、自分の胸に向け、クライとの間に大きな輪をひとつ描いてうなずいた。クライは、全身にあたたかな血が力強く流れていくのを感じ、絶え間なく打ち続ける豊かな鼓動がたくされた約束の先端に立つことの恐れをみなが理解し、守っていることをつたえ、その純粋な思いがクライを包んで大きく湧き上がってくる感動に震える身体で人々を見つめると、人々はやわらかな表情でクライを見つめ、抱擁と握手をするように微笑みうなずいた。

頭上高く、カモメが一声鳴いた。見上げると、薄らいでいく霧の向こうに澄んだ青い空の広がりが見えてきた。オオカミの遠吠えが聞こえて地上に視線を戻すと、すっかり晴れた霧に先住民の人々の姿がなく、ルルルがひとり立っていた。向かい合うルルとクライの間に大きな風が吹き抜け、ルルルのよれよれの三角帽子とクライの髪が揺れ、遠く近くやさしく包み込むようなゆったりとした女性のうた声が聞こえはじめると、ルルルとクライはその声にはっとして、一気に丘を下っていった。

愛しい子らよ
忘れられた過去が　蘇り
語られた未来が　目の前に
閉ざされた本が　再び開かれます

愛しい子らよ
さあ　その足で　ここへきて

あなたの物語を　聞かせてちょうだい
大海原に身体をあずけ
大空を飛び　深海を泳ぐ
あなたとあなたたちの物語

ここまで　ともに歩んできたものたちが
これから　ともに歩んでいくものたちが
あなたのうたを　待っています
愛しい愛しい　あなたと私たちのうたを　待っています

夢見た世界は　ここにあり
あなたの手に　触れられることを　待っています

森を疾走するルルとクライに歓声が上がり、あちらこちらから生み落とされるようにあらわれた木霊たちがいっせいに駆けよってくると、先導するように前を駆けていき、さえぎることなく開かれていく森に、足は休むことなく走り続け、次第に強くなってくる鼻に届く匂いと耳に届く音が胸を高鳴らせ、前方の草木の隙間にきらきらと輝く光が鋭さを増して強くなってくるのを見ると、木霊たちはいっせいに背後に退き、起き上がる大きな風とともにルルルとクライの背中を一気に押した。

ルルルとクライは真正面から放たれるように広がった大きな光に包まれ、のみ込もうとするかのような風と音がどっと押しよせた。

「海だ！」

ルルルとクライは大地の終わりを告げるような切り立った崖の縁に立ち、目の前には雲ひとつない高く澄んだ青い空とゆったりと呼吸をしているように波打つ青い海が大きく広がり、はるか向こうで水平線を描いていた。海面近くを泳ぐ一頭のジュゴンを見つけると、ジュゴンは小さく頭をだして海に溶けていくように深く深く潜っていった。

11

「ここで、森は終わりなのか？」

「森に終わりがあるのか？　ここは、どこでもないんだぜ」ルルルは、クライの問いに肩をすくめた。

「そうですよ、クライ」

やわらかな風がそっと頬をなで、辺りをやさしく包み込むようなゆったりとした豊かな声が背後から聞こえた。振り向くと、豊かな森を背にして淡い水色のサマードレスを着た赤い巻き毛にそばかすのある女の子がひとり立ち、ルルルとクライに向けて昇る朝日に小さな花が咲くように微笑むと、ルルルはぎょろりとした目をさらに大きくして顔を真っ赤にし、慌ててよれよれの三角帽子を取って胸にあて、深々とお辞儀をした。

「この子は、誰なんだ？」

「誰でもない！　グランド・マザーだ！」ルルルは、何をいってるんだとばかりにクライをにらみつけた。

「・・・」

「あら、もっと別の姿の方がよかったかしら？　それとも、もっと荘厳な演出で登場した方がよかったかしら？」グランド・マザーと呼ばれた女の子は、夏の木漏れ日がまたたくような可愛らしい声で笑った。

ルルルは胸もとにつけていたブローチをはずし、グランド・マザーの前に歩みでてそれをわたした。グランド・マザーはお礼をいって受け取ると、すぐに胸もとにつけた。すると、降り注ぐ陽にブローチの赤い実がくるりと明かりを回してガーネットの輝きに変わり、すっとクライに目を向けたグランド・マザーの瑠璃色の目と目が合うと、クライはそのすべてを受け入れ包み込むような深いあたたかさに自分を形作っていたものがみるみる溶けて何者でもなくなっていくのを感じ、そのあまりの心地よさと強烈ななつかしさに深く息を吐いた。そして、森から立ち上がる大きな風がクライの髪を揺らして吹き抜けると、クライは大きく息を吸って再び自分が形作られていくのを感じ、うなずき微笑むグランド・マザーに深々とお辞儀をした。

「本当によくきてくれました。ルルル。あなたもまた」

グランド・マザーの言葉と視線に、ルルルはピクリと動いてよれよれの三角帽子を真っ赤な顔にはりつけ、ひとりでもごもご何かをいいながら海の方を向いた。その動きに引かれるようにクライも海に顔を向けると、海から大きな風が立ち上がり、風はクライの髪を揺らしてグランド・マザーのサマードレスの裾をひるがえし、すっかりもとに戻ったようにかぶり直したルルのよれよれの三角帽子を揺らしていった。

グランド・マザーは、ルルとクライと並んで崖の縁に立ち、視線を海に向けてまぶたを閉じた。そして、静寂の中でひとつうなずいてまぶたを開けると、おだやかに波打っていた海は動きをとめ、深呼吸するようにゆったりと盛り上がって沈み、再びおだやかに波打っていった。

「私たちの話を聞きたい者たちがいるようです」

グランド・マザーの言葉にクライは辺りを見わたしたが、何かがあらわれてくることはなく、グランド・マザーの視線を追って海の中を見てみると、そこに大きな影が揺らぎはじめ、次第に形を成していった。それはどこかの都市のようで、高さのそろったビル群が定規をあてたように区画分けされた中にいく本も建ち並び、その間を人や物資をのせた運転手のいないカプセル型ののり物がいき交っていた。上空に浮ぶひとつの巨大なライトは一点にとどまったままささえとした明かりを降り注ぎ、色といえるような色彩はなく、ビルの中はどうなっているのだろうと視線を向けると、窓の外で起きていることなど必要ないというように隙間のない無機質な外壁で覆われたビルの中が見えてきた。

薄暗い部屋の中にいくつものモニターが縦に横にずらりと並び、その前に剃り上げた頭とそれぞれの番号が記された同じ腕章をつけた背丈も顔つきも同じような人々が立ち並び、モニターから放たれる光を浴びながらその画面を見つめていた。モニターには常に右側からデータが送られ、様々に分類されたカテゴリーのファイルに迷いなく振り分けられていき、あてはまらないものがあらわれると、保留されることも新しいカテゴリーが作られることもなくすぐに消去され、それにもあてはまらない問題が発生すると、すぐに決定と実行が自動で成され、人々はその様子をただ目で追っていた。

「あいつらは、何をしているんだ？」

「仕事をしているつもりなんじゃないかな」ルルルの問いに、クライは固い声で答えた。

「あんまり楽しそうじゃないな」

「彼らにとっての仕事は、楽しいとか楽しくないってことじゃないんだ。重要なのは仕事の後にどれだけの対価をもらえるかっていうことで、それが彼らにとって豊かであることの指標で、それを得られなければ生きていけないシステムを作ったんだ。だから、身体がぼろぼろになっても、心がかさかさになってもやめられないし、おかしなことだと思っても、今までやってきたことを壊すことの方が彼らにとっては恐いことで、新しいことをやろうとするには大きな体力と精神力が必要だから、そんな大変な思いをするなら、今のまま目を閉じて耳をふさいで何も考えないようにして、みんながやっていることに合わせていればいいやって、その方が楽だからって・・・」

突然、思考を奪うような強烈なサイレンの音が都市の中にけたたましく鳴り響き、高圧的な大きな声が降り注いだ。

「あそこに、誰がいるのか？」クライは都市の上空に浮かぶ巨大なライトがぐるりと眼球を動かすような動きをしたように見えて視線を向けたが、ライトはすでに何事もないようにさえざえとした明かりを降り注ぎ、それを確かめることはできなかった。

バタバタバタッと足音が聞こえてビルの中に視線を戻すと、部屋の中のモニターがすべて真っ暗になっていた。人々は一際大きなメインモニターの前に集まり、その前にたくさんのボタンがあらわれると、そのひとつに明かりがつき、それを押すと明かりが消えて別のボタンに明かりがつき、それを押すと明かりが消えて別のボタンに明かりがつき、人々は一心不乱にその明かりを追いかけていった。そして、ボタンの明かりがすべて消えて人々が手を放すと、小さなうなりが上がってすべてのモニターが再び明るくなり、今度は左側からデータが送られはじめ、すべてが変更されたカテゴリーのファイルにどんどん振り分けられていき、人々はそれぞれのモニターの前に戻ってその様子を見つめた。その光景は、整然として効率的で無駄がないように見えたが、今にも爆発してしまいそうな張りつめた緊張感を内包していた。

「どうして、あの声に従ってしまうんだろう？　あの声に、力なんてないんだ。世界を支配しているのは、あの声じゃない。あの声を生みだし、力を明けわたし、力を与えているのは自分たちなんだ」クライは、ため息交じりに言葉を吐いて人々を見つめた。

海面が波立ったのか、海の中に見える都市がぐらりと揺らいで見え、すぐに静まった。

ビルの中に小さく足音が聞こえて視線を向けると、モニターを見つめている人々の中からモニターから目をはずし、虚ろな目で海面を見つめるように顔を上げる人々があらわれた。すると、小さなざわめきが起き、あれはどこからの指示なのかと戸惑う表情を見せる人々があらわれたが、すぐに部屋の扉が開いて同じ剃り上げた頭と腕章をつけた背丈も顔つきも同じような別の番号が記された人々があらわれて補充されると、何事も起きていないかのようにモニターに向き直った。

「さあ、クライ。あなたの体験したこと、そして、学んだことを話してください」グランド・マザーは、クライの方を向いた。

「話すって、僕の何を話したら・・・」

「あなたが見たこと、聞いたこと、考えたこと、感じたことをそのまま話せばいいのです」グランド・マザーは、困ったような表情になったクライにあたたかな微笑みでうなずいた。

　クライは、人々に視線を向けた。しかし、うまく話せるだろうかという不安と緊張が上がってきてのどを詰まらせ、深呼吸をしてもそれを解くことはできず、言葉を発することをためらった。それでも、これまでに交わしたいくつもの言葉を思いだし、ここにいるという確かな力に意識を向けると、それがクライを支えながらうながしているることを感じ、不安も緊張もそのまま受け入れて話していった。

「僕は、この都市と似た場所にいたことがあります。世界に対しても、自分に対しても、目を閉じて耳をふさいでいる人たちの中にいました。彼らは自分が何を望んでいるのかではなく、自分がいる環境や社会が望んでいる人になろうとしていました。そうすることがいい人で、いい人生なのだからと。でも、それは僕にとって違和感のあるものでした。どうして、そんなに無理をする必要があるんだろうと。どうして、自分を作り変えなきゃいけないんだろうと。でも、僕はみんなから離れることも嫌でした。みんなのことが気になったし、心配でもあったんです。それで、僕もみんながしていることをして過ごしました。でも、僕は苦しいままでした。自分が望んでいることや感じていることと違うことを選ぶたびに怪我をしたり、人を傷つけたりしてしまうことが起きて、自分を傷つけるようになったんです。そして、僕はみんなから離れることを決めました。やっぱり、これは正しい生き方じゃないと。それは、僕自身を守ることでもありました。でも、ふと思ったんです。正しくあろうとして彼らを否定する僕は、何なんだろうって。彼らは、僕を否定しました。でも、僕も彼らを否定したんです。僕が彼らの中に見た悪や闇が、僕の中にもあったんです。その気づきが、僕を恐れさせました。僕が僕だと思っていた僕は偽物で、本当はすごく醜いやつなんじゃないかと。それに耐えられなくなった僕は、その僕を僕から引き離しました。これさえ失くなればいいんだと。でも、そうした後も、僕は満たされませんでした。僕は、そこから前に進めなくなったんです。その闇はよりはっきりと僕の前に強くあらわれるようになって、僕の内側から上がってくる声も大きくなって、僕はすべての扉を閉じました。でも、ここにきて気づくことができました。闇は、光の一部であると。そして、その闇は、僕にたくさんのことを教えてくれました。僕に足りなかったのは、勇気です。僕の中にはじめからあった、自分の足で世界の中に立って、世界を生きていく力がすでにあるということに目を向けられなかったことです」

再び都市の中にけたたましくサイレンが鳴り響き、大きな声が降り注いだ。ビルの中ではモニターがまたいっせいに暗くなり、メインモニターの前に駆けつけた人々の前にたくさんのボタンがでてくると、他の考えが入り込む隙間を与えさせないかのように次々とボタンが点灯していき、人々は息つく間もなくそれを追いかけていった。しかし、それと同時にモニターから目をはずして海面を見つめるように顔を上げる人の数も増えていき、部屋の扉が開いてもそこに補充される人の姿はなく、ビルの中にあった秩序は大きく乱れていった。

「さあ、続けましょう。あなたたちが、この世界に作りだしたものについて教えてください」

グランド・マザーの言葉にうなずいたクライは、自分の中からとどこおることなくあらわれてくる言葉に驚きながらも、そこにはこれまで押し殺していたものが解放されていく喜びがあった。

「彼らは、いや、僕らは、自分たちの安全と自由を確保するためのルールをたくさん作りました。そして、それによってたくさんの罪ができ、罰ができていきました。でも、そもそも世界に問題はなくて、問題があると思っているその発想が世界と僕ら自身を歪んだものにしてしまい、それを正そうとする方法が作られただけなんです。だから、正さなくちゃいけないのは作られたルールから外れた人ではなく、ひとりひとりのあり方と社会のあり方を見直せばいいんです。どうして、彼はそういう行動をとったのだろうと。何が、彼をその行動に駆り立てたのだろうと。不都合なことが起きるたびにただそれを正せばいいとするルールを作るだけでは、問題そのものを知ろうとする前から否定して、ルールから外れた人をただ罰して追放すればいいというのでは何の解決にもならず、それはそこから学ぶ機会を失うだけじゃなく、よりよい世界を築いていくきっかけをも失うことにもなります。縛って囲ったら、そこから逃げだしたくなります。禁止されればされるほど、それをしたくなります。否定されればされるほど、自分を責めたり、相手や社会を憎むようになります。そして、ルールばかりになるとルールに従っているかどうかだけで判断するようになり、世界の存在も僕たちの存在もただの文字と数字になってしまい、互いの交流は失くなっていくでしょう。画一的な世界は一見秩序があって平和に見えるかもしれないけれど、そこにはとても不自然で暴力的な力が働いています。安全と自由は、束縛や管理によって得られるものではないはずです」

「ルルルは、どう思いますか？」

グランド・マザーに声をかけられたルルルは背筋をピンと張り、その場で小さく飛び跳ねて答えていった。

「ルールは、必要だ。でも、それはこの世界を生きるための自然なルールだけだ。おいらは、不自然に作られたルールを見つけたらどんどん壊していくんだ。誰かが作った考えに縛られるなんてごめんだし、そんなの全然楽しくないさ。だから、おいらはどんどんぶっ壊していくんだ。生きろ！　生きろ！　生きろ！　ってな。そうすると、囲っていた壁が壊れて、そこにまた陽がさして、風が吹き抜けるんだ。おいらは、その匂いが大好きさ。多くなり過ぎたものは、その重さで自らつぶれていくんだ。つぶれる前に壊してしまえ！　声が聞こえる隙間を開けろ！　おいらたちの声が聞こえるだろう？」

「私は、世界を大きく揺らす悪戯っ子も大好きですよ」グランド・マザーは、愛おしそうにルルルを見つめて微笑んだ。

ルルルはぎょろりとした大きな目をさらに大きくして輝かせると、「おー」と声にならない声をもらし、クライは大きくうなずいて海を見つめた。

「そうだ。植物も動物も昆虫も鉱物も山も川も海も風も僕の目で見ることのできないものも全部この世界のルールの中にあるのに、僕らだけがそこからはずれて、僕らだけが生きるためだけのルールを作っていったんだ。でも、それはとても不自然なことだから息苦しくなるし、繋がりを感じられなくなってしまうんだ。でも、世界はここにある。今でも僕らとともにここにあるんだ。僕らは、いつまで目をそむけたままでいるつもりなんだろう？　こんなにみんな傷ついているのに、それさえも見えないんだろうか。それとも、みんなはこれをまだ続けたいんだろうか・・・。僕らは、この先どうなっていくんでしょうか？」クライは、グランド・マザーの方を向いた。

「あなたたちは、特別です。でも、それはあなたたちが考える特別とは違います。あなたたちの行ういいことも悪いことも、大いなる創造者の前では同じです。世界は、すべてを受け入れます。あなたたちが、本当に望むことをしてください。それが、あなたたちに与えられた力です。しかし、その本当の願いを知る者はどれだけいるでしょう。それを忘れてしまうことでさえ、あなたたちが望んだことであったとしても・・・」グランド・マザーは、遠くを見るように答えた。

「あいつらは、何をしているんだ？」

ルルルの声に、別の区画に建つ外見に大きな違いは見られないビルに視線を向けると、その中が見えてきた。薄暗い部屋に全身を包むような形の椅子が等間隔にいくつも並べられ、目と耳と頭部を覆うヘルメットをかぶった人々が身体をあずけるように深く座っていた。部屋の壁は一枚の大きなスクリーンとなって人々がかぶるヘルメットに映る映像と同じものが映しだされ、それは色のない都市とは対照的なさえた極彩色で描かれた様々な構造物がひしめき合い、パッケージ化された単純な自然の風景が繰り返される世界で、人間とも動物とも機械とも判別がつかない姿で描かれた大勢のモノたちが、部屋の中で座っているだけの人々とは対照的に活発に動き回っていた。その光景は、くつろぎとにぎやかさを楽しんでいるように見えたが、たったひとつの小さな欠落ですべてが崩壊してしまいそうな危うさとむなしさが漂っていた。

「休暇を楽しんでいるつもりなんじゃないかな」クライは、再び固い声で答えた。

「あそこは、どこなんだ？」ルルルは、スクリーンに映る世界にぎょろりとした目を向けた。

「遊び場だよ。どこにも繋がっていない遊び場さ。彼らは世界の中でどうやって遊んだらいいのか、どうやって休んだらいいのかがわからないんだ。だから、これが遊びなんだよって、こうやって休んだらいいんだよっていう視点と方法を教えてあげなければ動けないし、すでに出来上がっているものをなぞることで、それを満たした気になっているんだ。それが、もともと自分の中にあったはずの感性や想像力や回復力を失わせていることにも気づかずに・・・」

クライの言葉をさえぎるように再び都市の中にサイレンがけたたましく鳴り響き、大きな声が降り注いだ。そして、再び巨大なライトが何かを探すようにぐるぐると眼球を回すような動きをしたように見えたが、それはすぐにおさまり、確かめることはできなかった。

ガタガタガタッと振動する音が聞こえてビルの中に視線を戻すと、人々がかぶるヘルメットに送られてくる信号に、人々の頭と身体が自分の意志とは別の力に震わされていた。そして、スクリーンに映しだされていた世界がさらに鋭さを増した形と色彩に変わり、動き回っていたモノたちはよりスリルのある動きをしはじめた。

「さあ、続けましょう」

グランド・マザーの声に、クライはひとつうなずいて話していった。

「僕らは、幸福で優れた生き方のリストを作りました。幸福な人生とはこういうもので、そのためにはこれをしなければいけない、これをこれくらいの年齢までにこれくらい持っていなくてはいけないとしました。そして、それによって不幸な人ができ、見下される人ができていきました。リストを達成した人はまだ達成していない人にその方法を教えようとし、リストを達成しようとする人は達成した人の指示に従い、提供する物を買い集めました。彼らは、その人を本当に救いたくてそうするんでしょうか？　それとも、自分が幸せになるためのリストを埋めるためや自分がやってきたことを正当化するためにそうしているんでしょうか？　この生き方が違うのなら、自分は不幸で劣っていることになってしまうと。そんな彼らから自分の幸福を得ようとする人たちは、自分にとっての幸せに目を向けるのではなく、その人と自分を比べてそこにあてはまらない自分を不幸で劣っている人だとしています。そうやって、お互いがお互いを必要として、そこから抜けだせなくなっています。でも、リストにあてはまらないというだけで、どうしてその人が不幸だといえるんでしょうか？　そのリストは誰のために、何のために作られたもので、それ以外の生き方を選ぶ人たちを非難することで彼らが得ている幸せとは、幸福で優れたものなんでしょうか？　もし、たったひとつの幸福で優れた生き方があるとしたら、それはただ自分自身を生きることで、それに気づくことができれば、不幸も劣等感も自分で作りだしたもので、自分で自分の邪魔をしていたんだという気づきとともにそこにしめされる答えに満たされるはずです」

海面が波立ったのか、また海の中の都市が一瞬ぐらりと揺らいで見え、すぐに静まった。

ビルの中に小さく足音が聞こえて視線を向けると、椅子に身体をあずけて座っている人々の中からヘルメットをはずして椅子から立ち上がり、虚ろな目で海面を見つめるように顔を上げる人々があらわれた。すると、スクリーンに映しだされていた世界がぷつりと消え、再び映しだされた世界には動き回っていたモノたちの数が減り、あちらこちらに何も描かれない部分ができていた。残っているモノたちは見たことのない風景に戸惑ったような動きを見せたが、すぐに新しいアイテムが投入されると、何も起きていないかのようにいっせいにそれを追いかけていった。

「どうして、僕らは自分以外のものに目を奪われてしまうんだろう・・・。自分がしていることに気づいて、それを認めることができれば気づくはずなんだ。自分に対しての無関心が、すべてのものを傷つけているんだと。でも、それはひとりひとりが自分で気づいてやっていかなければいけないことで、そのためには自分で自分に還らなければいけないんだ」クライは、人々を見つめながら自分自身を見つめていた。

「ええ。自分自身に還ること、そこにはとても大きな力と癒しがあり、ひとりであるということの壮大な扉が開かれます。そして、それは孤独になるということではありません。大勢の中にいても、孤独を感じる人がいます。孤独を感じている人たち同士が集まってもその孤独は消えず、導いてくれる人に出会っても、やはり孤独のままなのです。孤独とは、自分だけを見てほしいというばかりで世界そのものを見ようとしない時に起こるものです。ですから、自分自身に向かうことなく他者を求めているばかりではその孤独は消えません。しかし、探求者は知ります。自分自身に向かうことを選んだその人は、みなからも導いてくれた人からも離れる時がきたことを知り、これまでやっていたことに対して空しさを感じたり、買いそろえた物や教わったテクニックを捨てる人もいるでしょう。ひとりになったその人は、もう孤独ではありません。開かれた扉の向こうで全世界と溶け合ったその人は真の孤独を知り、私と私たちを知ったのです。そして、その人はみなの前に再び戻り、ただそれを生きることで、みなにつたえていくでしょう。それはすべての源であり、すべてを超越しています。それに支えは必要ありませんし、秘密にすることもできません。それを商品にして売り買いをしたり、多くだした人には多く、少なくだした人には少しだけということもできません。みながすでにそれであり、ひとりとしてこの世界にあるのです。世界から切り離された孤独な人というものはなく、彼らもそうであり、それを学んでいるのです。見守ってあげましょう」グランド・マザーは、おだやかにうなずいて人々を見つめた。

「はい。そんな彼らを批判することで、僕もすっかりその愚かさに浸っていたんです。

僕も彼らと同じで、何も見えていなかったんです。いや、見えていたことさえ見えないふりをしていたんです」

「あなたは、迷子になりたいといいました。そして、見事に迷子になりました。辛く苦しいこともあったでしょう。でも、あなたはここへ還ってきました。あなたが立派に迷子になったからこそ、こうしてたくさんの物語をたずさえてこれたのではないですか?」グランド・マザーは、言葉を落としてうつむくクライに顔を向けた。

「そうかもしれません。僕は、世界を知りたかったんです。・・・そうか。僕らにとって悪や闇を体験することは喜びでもあるんだ。でも、それにひたることなくそれを超えることを目指すこともできるし、悪や闇を否定して、単に悲しみや苦しみをさけて楽になることだけを求めていては本当の喜びを知ることもできないし、世界を知ることからどんどん遠ざかってしまうんだ。今の僕には見えます。すべての根底にある美しさが。そうだ。僕は、世界を変えたかったんじゃない。救いたかったからでもない。世界を見せたかった。世界は、きみなんだっていいたかった。世界を見るために、きみがあるんだって。きみが、世界をどう見るかなんだって」顔を上げたクライに起きた風が髪を揺らし、大きく渦を巻いて海上を吹きわたっていった。

都市の中に再びサイレンが鳴り響き、大きな声が降り注いだ。ビルの中では人々がかぶるヘルメットに強烈なストロボの明滅が放たれ、人々は身動きもせずその光に釘付けになっていた。しかし、それと同時にヘルメットをはずして椅子から立ち上がり、海面を見つめるように顔を上げる人々も増えていき、スクリーンに映しだされた世界はそのたびにぷつりと消えて再び映しだされるまでの時間が長くなり、単純な形と明暗しか作ることができなくなった。活発に動き回っていたモノたちはただのドットとなって動かなくなり、ビルの中にあったくつろぎと楽しさは急速に衰えていった。

「あなたは、黄金色の草原でまるで生まれたばかりの子のように泣きましたね。それはどうしてでしょう?」グランド・マザーは、クライの顔をのぞき込むようにきいた。

「僕にもわかりません。ずっと恐くて目を向けることを拒んでいたものが本当は恐れる必要なんかなくて、それが僕をここに導いたんだとわかった瞬間に、大きな感動が僕をまるごと抱きしめたんです。僕が僕を取り戻したことで閉ざしていた僕の望みが大きく開かれて、そのあまりの幸福な安心感に、僕はただただ大きく泣いていました。僕に、それをとめることはできませんでした」クライは、少し照れながら答えた。

「それはあなたの心と身体の声です。あなたが否定することも押さえつけることもせず、ただあなた自身を世界にゆだねたことによってすべてが本来あるべき場所におさまり、それぞれがそれぞれの力を発揮できるようになったのです。あなたの心と身体は、喜びと祝福をうたっていたのですよ。では、どうして、七つの光の前であんなに大笑いをしたのでしょう？」

「それも、安心と開放感からだったと思います。自分でした問いを自分自身に問いかけているうちに、僕の外側に見ていた世界が遠のくのと同時に僕の内側にあった世界が拡大していって、果てしなく広がりながら落ちていく空間に、僕が僕としていたものがどんどん失くなっていったんです。それはすごく恐い感覚で、どうなってしまうんだろうと思ったけれど、どこからどこまでが僕なのかわからなくなった僕は、それが僕を存在させる場であるのと同時に僕の中にある場でもあることに気づいて、それはただそこにあってすべてを見ていました。僕は、自分で勝手にすごいものや体験を想像して、それを探すことで、はじめからあったものの周りをただぐるぐる回っていたんです。それが、何だかおかしくなって・・・」

ふいに静寂が落ち、都市の中に視線を向けると、それぞれのビルの中で、それまで自分たちがしていたことから離れて海面を見つめるように顔を上げる人々の数がさらに増えていて、次々とその目を閉じていった。

「彼らは、何をしているんですか？」

「あなたが見たものを見ようと、聞いた音を聞こうとしているのです」グランド・マザーは、戸惑いの表情を見せるクライに答えた。

ルルルはぎょろりとした目を大きくして、「おー」と感心したような声を上げ、腰に手をあててひとつうなずいた。「人間は、しゃべり過ぎなんだ。口を開けて声にだすだけじゃなくて、口を閉じても自分の中であーだこーだごちゃごちゃしゃべっている。自分がべらべらしゃべっていたら相手の話も聞こえないし、相手だって話す気もなくなるさ。自分に対してだってそうだ。聞こうって時には、黙らなくちゃな。作り上げた自分が引っ込めば、本当の自分が話しだすんだ。誰かの言葉を繰り返すだけじゃ、誰かの言葉を批判するだけじゃ、自分の本当の言葉を聞くことはできないのさ。壊すのが恐いのか？　それとも、壊れるのが恐いのか？　誕生の前に死があることを思いだせ！　おまえがおまえになるだけだ！　自分の言葉を取り戻せ！」

「そうだ。失うのは自分の思い込みで作り上げてきたものだけなんだから、恐れる必要なんかないんだ。そこには生も死もない。死は別のところにあって、生はそれを含んだすべてなんだ。僕らは、ただ生きることを選べばいい。生き残るためじゃなくて、ただ生きることを」クライは、大きくうなずいて人々を見つめた。

グランド・マザーは嬉しそうにルルルとクライを見つめ、再び視線を海に向けて話していった。

「そうです。恐れることはありません。かつて、あなたたちはそれを知っていました。そして、人間の生と死の美しいサイクルを知っていたのです。しかし、いつしか死は恐れるものとなり、向き合うことを避けるようになり、あるいは死によって安らぎが得られるとして、今では生の輝きされも薄れてしまっています。死は、すべての終わりではありません。安楽へ向かうものでもありません。それも、人間が作りだしたものです。死は次の生への変化のひとつにすぎず、ひとりの人間の一生の中でもいくつもの生と死を繰り返しています。死を受け入れた時、その人は本当の生を知り、それを生きはじめるのです。そして、それは肉体の死を選ばなくても、特定の時期や何かを成し得た時を待たなくても、今成せることなのです。クライ。あなたは、多くの死を見てきましたね」

「はい。誰かが作った生き方だけを信じて生きてきた人が、次第に顔をゆがめて暴力をふるうようになり、自分の生き方を選んだ人が、他者から認められないからと自ら生きることを終わらせ、世界のあり様をつたえようとした人がそれを理解できない人々によって殺される姿を見ました。彼らが生きるためにしていることは、生きること自体をどんどん苦しいものにしているだけで、その苦しさから逃れるために死が生を超えて、死ぬことが自分が生きるための唯一のことになっていたんです。自分で自分を殺して、自分たちで自分たちを殺して、どうして生きていけるだなんていえるんだろう・・・」クライは、息苦しさに大きく息を吸って吐いた。

「あれは、何だ？」

ルルルの声に都市の中の別の区画に視線を向けると、そこは避けられているのか、隠されているのか、それとも守っているのか、辺りのビル群とは異質の高い壁で囲われた石造りの大きな円形劇場があった。劇場はところどころで崩れ、舞台の上にはどんな劇が演じられていたのかガス灯がひとつ忘れられたように立ち、舞台袖の奥の地下へ下りる階段の数段先は影に落ちて見えなかった。クライが舞台に視線を戻すと、ぽっとガス灯にオレンジ色の明かりが灯った。すると、まるで注意をそらさせるかのようにこれまでより一層けたたましくサイレンが鳴り響き、荒々しい大きな声が張り上げられた。

声にかまうことなくクライが劇場を見つめ続けていると、タッタタッタッタッタッと愛らしい足音が舞台袖の地下へ下りる階段から聞こえてきた。そして、影の中から子供がひとり駆け上がってくると、そのまま舞台の上にでていき、明かりが灯るガス灯の下に立って客席を向いた。すると、その後に続くようにたくさんの子供たちが地下の階段を駆け上がってあらわれ、その後から青年たちが、大人たちが、老人たちが続いて舞台の上にでていった。人々の姿は顔立ちから髪型、服装までが自分の存在をそれぞれ表現していて、都市の中にいる人々とはずいぶん違って見えた。

「そういえば、この都市に子供とお年寄りの姿がありませんでした。別のビルにいるんでしょうか？」

「いいえ。彼らが必要とした世界では老人たちは不要とされ、子供たちは生まれる前から社会の中で都合のいい姿になるように作られていきました。そして、大人たちは年を取ることにおびえるようになり、年齢が達する前に自ら命を絶ち、子供たちは自分の存在に戸惑い、育つことに絶望し、ついに生まれてくることもなくなっていったのです」グランド・マザーは、クライの言葉に視線を落として答えた。

「そんな・・・。僕たちは、この世界を経験するために必要なものをそれぞれ持って生まれてくるんだ。別々の存在として生まれてくるんだから、全員が同じになるために直さなきゃいけないなんておかしなことだし、それぞれにそれぞれの夢があって、目標があって、達成するために必要な期間もそれぞれで、それを邪魔する権利なんてないんだ。それに、この都市には人間と機械しかない。機械のために人間が動いていて、提案も決定も外から与えられたものにただ従っているだけだ。この環境で何か新しいものを生みだそうとしても、自分が本来持っていた力を失くしている彼らには想像することも難しいだろうし、機械が壊れてしまったら、自己再生の力を失くしている彼らには自分たちで立て直すことも難しい。一体、誰のための世界なんだろう・・・」

「そこで、おいらの出番ってわけだ。おまえたちとおいらたちで、おまえたちとおいらたちの世界をもっとおもしろい世界にしていくんだ。聞こえているんだろう？　見えているんだろう？　森にいこうぜ！　そこはもう楽しくないって、気づいているんだろう？」ルルルはクライの言葉を受けて大きく胸を張り、上体を反らせてガハハハッと豪快に笑った。

円形劇場からざわめきが聞こえ、舞台に立った人々が互いの顔を見合わせてはにかみながらも興奮した様子で目を輝かせた。そして、決心したようにうなずき合うと、真っ直ぐ顔を上げてうたいはじめた。

森と森の間で　回転扉が回りだす
動物たちが　駆けていく
エルフたちが　駆けていく
海と海の間で　回転扉が回りだす

魚たちが　泳いでいく
人魚たちが　泳いでいく
空と空の間で　回転扉が回りだす
大きな雲が　流れていく
天使の羽根が　舞い上がる
宇宙と宇宙の間で　回転扉が回りだす
色とりどりの星々が　輝きだす
透明な暗闇が　呼吸する
世界と世界の間で　回転扉が回りだす
僕らの声が　世界を創る
僕らのうたが　世界を震わせる

回転扉が　消えるのは
生きることを　選んだ時
僕らが　僕らを知るために
回転扉は　作られた

「彼らは、一体・・・」クライは、頬を赤らめながら高らかにうたう人々の姿に感動しながら自分の内側が大きく揺さぶられ、胸が高鳴るのを感じた。

「あなたと同じ大いなる無を知り、青い言葉を使う者。緑の太陽に照らされ、世界とともに世界をうたい、育み、見る者たちです。クライ。あなたの眼差しが、彼らに再び明かりを灯しました」

グランド・マザーのあたたかな声が海面をなで、世界に広がる風がクライの髪と劇場にいる人々の髪を揺らしていった。人々は軽やかに舞台を下りて円形劇場を囲う壁に触れ、都市の中へでていった。

「あそこに扉が・・・。あの扉は、ずっと開いていたんですか？」

「ええ。誰もがいつでも、あの場所へいくことも、でていくこともできるのですが、いつの日からか、ある者たちはいくことをやめ、ある者たちは閉じこもってしまったのです」グランド・マザーは、隙間なく建てられているように見えていた壁を見つめるクライの問いに答えた。

劇場をでていった人々は、隊列を組むわけでもなくそれぞれがそれぞれに分かれて都市の中を歩いていき、互いの姿が見えなくなっていきながらも、声を合わせてうたいはじめた。

碧い海に　青い星が　溶け込んで
ジュゴンの鼓動が　なつかしい場所を教えて　消えた
赤い大地に　満天の星々が　またたいて
バイソンの足跡が　進む道をしめして　消えた
深緑の森を　流星群が　降り落ちて
僕らの眼差しの先で　天使が生まれて　消えた
純白の水平線から　銀河の渦が立ち上り
鯨の呼吸が　光と闇を並べて　食べた
輝く霧に　流れる川が　空へと上り
虹色の砂漠を　一頭の象がいく
瑠璃色の記憶が　僕らを繋げ
歩み続ける　僕らの後に
黄金の太陽が　昇りくる

太陽が照らす　生命は
太陽を照らすものの　夢

僕が僕を　知るために
物語は　つづられる
これまでも　今も　これからも

一陣の冷えた風が、人々のうたに応えるかのようにピューッと音を立てて吹きわたっていった。雲ひとつなかった青い空に厚い雲が湧き上がり、辺りはあっという間に暗がりの中に落ち、吹き荒れる風に海は大波を立ててうねりだし、閃光と雷鳴の轟きに大量の雨がどっと降り落ちてきた。激しく海面を打ちつける雨に水煙が上がり、海と空がひとつになったかのような光景に、海の中に見えていた都市は見えなくなった。そして、崖の縁に立つクライたちの前にそびえる雨柱にどこかの風景が映しだされていき、風に揺れる青々とした草原を軽やかに走っていく少年の姿が見えてきた。

「あれは、僕・・・?」

少年は、足をとめて振り返った。辺りを見わたし、吹き抜ける風が少年の髪を揺らすと、うながされるようにまた走りだしていった。燦々と降り注ぐ太陽の下で楽しそうに走り続ける少年の鼓動は大地とともにあり、息づかいは生命をうたい、疑うことを知らず、すべてを信頼するように両手を広げてまぶたを閉じた。少年が転んだ。草原は少年を受けとめ、仰向けになってまぶたを開けた少年の目に宇宙を透かすほど高く澄んだ青い空が広がり、その間を一筋の細い雲が音もなく横切っていった。風向きが変わり、鈍くかすみはじめた空に鉄と油の匂いが混じりはじめると、少年は上体を起こして辺りを見わたした。ドスン、ドスンと大地が揺れ、顔を向けると、草原を分断していくように見上げても足りないほどの高い壁が隙間なく建てられていくのが見えた。脳を激しく揺さぶるような不快な音に振り向くと、規則正しい動作を繰り返して草原を刈り取っていく巨大な鎌が近づいてきていた。恐れおののいた少年が身体を震わせて悲鳴を上げようとしたその瞬間、大きな手が少年の口をふさぎ、身体を持ち上げてつれ去った。

生気のないいくつもの同じ目が、同じ歩幅で都市の中を移動していた。フードを目深にかぶったひとりの少年が、気配を消すように背中を丸めて影の中を歩いていき、歩いて、歩いて、歩いて、歩いて、見上げても足りないほどの高い壁の前にきた。小さな風が起き、足もとに視線を向けると、舗装された無機質な地面の上にタンポポの綿毛が横たわっているのを見つけた。手を伸ばすと、タンポポの綿毛は逃げるように、あるいは誘導するようにふわりと舞い上がり、壁をつたって高く高く上がっていった。その後を追って顔を上げた少年のフードが背中に落ち、伸ばした手の隙間から燦々と降り注ぐまばゆい太陽の陽が少年の顔を照らした。立ち上がる大きな風が少年を髪を揺らし、辺りを見回すと、はじめから壁などなかったかのように抜けるような青い空が頭上高く広がり、青々とした草原がどこまでも続いていた。

少年は、裸足になって駆けだした。走って、走って、走って、走って、前方に見えてきた小高い丘を駆け上がり、頂上に着くと両手を広げて大きく息を吸い、まぶたを閉じてゆっくりと息を吐いていった。全身に大きなあたたかさがしみわたり、そのあまりの大きな存在に意識が遠のきながら近づいていくと、耳に聞こえてくるものは内から上がってくるものとなり、肌に感じる感覚はここに存在するすべてのものと溶け合い、どこまでも広がっていく自我は蒸発していくように消えていき、迎え入れるように大きく開かれた明るい暗闇が流入してくると、しめされた自己の中心は自己を内包する世界と世界を内包する自己とそれを見ている存在とともにあり、大いなるうなずきにうなずき返し、すべてをあずけて再び大きく息を吸って吐いていった。突然、背後から声が聞こえた。少年は、引き戻されるようにまぶたを開けて振り向いた。視線の先に、少年に向かって何かを叫びながら手を伸ばして丘を上がってくる人々の姿があった。少年は顔を引きつらせて激しく首を振り、人々の声を背後に置いて丘を駆け下りていった。

「そうか。僕は、あの時にもう・・・。でも、彼らが・・・。彼らは、何をいっていたんだろう？　もしかして、僕を呼び戻そうとしていたんじゃなくて、僕に助けを求めていたんだろうか。だとしたら、僕は・・・」

降り続いていた雨がおだやかになり、雨柱に映しだされていた風景は、開かれていく雨粒と雨粒の間に見えなくなっていった。空を覆っていた厚い雲は幕を開けるように開かれていき、いく筋もの陽が海にさしていくと、ゆったりとした大きな風が吹きわたり、雨上がりの澄みわたった空気の広がりに、天と地とその間に生きるすべてのものが一層生き生きと輝いて見えた。

「生きること、そのすべてが美しいのです。あなたたちが経験する苦しいことも悲しいことも、もっと深く高い視点から見ればすべてが祝福なのです。生きるのは、誰かではありません。あなたが、世界を生きるのです。それほど素晴らしいことはありません」グランド・マザーは、すべての光景をやさしく包むように言葉をかけた。

おだやかになった海の中に、再び都市があらわれた。しかし、そこに人々の姿はなく、円形劇場から大きな歓声が上がってそちらを向くと、劇場の地下にいた人々と都市のビルの中にいた人々が舞台も客席もなく集まっていた。そこへ割れんばかりにけたたましくサイレンが鳴り響き、悲鳴にも近い大きな叫び声が上がった。しかし、それに従う人は誰もいなかった。それぞれが自分の意思でそこに立ち、しっかりと目を開け、その目は海面を抜けてその先に広がる空を見上げていた。なおも鳴り続けるサイレンと張り上げられる大きな声は、つかまるものもつかまえてくれるものも失くして虚しくさまようだけになり、都市の上空に浮かぶ巨大なライトは、何を照らして何を見ればいいのかわからないというようにただぐるぐると光を回し続け、ビルの中のたくさんのモニターと大きなスクリーンは、受信するものも送信するものも失くして真っ平らな黒い画面が映るだけになり、ビルの間をいき交っていた無人ののり物は、いく場所も帰る場所も与えられずに次々と落下していき、いよいよ混沌とした世界が広がっていった。

「ラーラだ！」

ルルルの声に視線を向けると、太陽の陽とおだやかな海によって作られたきらきらと輝く海面のステージの広がりに、無数の小さな水の粒が集まったり離れたりしながら動物や植物や人間や山や川や自然の中にあらわれる様々なものに次々と形を変えながら踊っている姿があり、その水の粒ひとつひとつから上がる声がうたとなって聞こえてきた。

わたしたちは　どこからきたの?
わたしたちは　どこへいくの?
時のはじまりを告げたのは　誰?
時の終わりを告げるのは　誰?
あなたは　それを知っている?

宇宙の中心は　どこにある?
宇宙の果ては　どこにある?
雨は　どこではじまるの?
雨は　どこで終わるの?
あなたは　それを知っている?

光は　どこで生まれたの？
闇は　どこで生まれたの？
世界の産声を聞いたのは　誰？
その涙をぬぐったのは　誰？
あなたは　それを知っている？

あの太陽を呼ぶのは　誰？
あの森に眠るのは　誰？
わたしたちは　どこにいる？
あなたたちは　どこにいる？
あなたは　それを知っている？
誰が　それを知っている？

クライは、そのうたがフリュールの綿毛の中心にあった循環する水の球体がうたっていたものと同じだと気づき、今ではそのうたをあらたな視点と感覚とともに聞くことができ、ようやく自分の中でとらえられたような気がして嬉しくなった。

踊り続けるラーラに、その振動が海の中にもつたわっていった。すると、円形劇場に集まった人々がそのリズムに合わせて身体を動かしはじめ、これまで都市のビルの中にいた人々は互いに顔を見合わせて戸惑いの表情を見せたが、楽しそうに踊る劇場の地下にいた人々が伸ばした手に手を伸ばし、彼らの真似をしながら一緒に手を叩いたり足を踏み鳴らしたりして踊りはじめた。

ラーラは、水の粒をひとつに集めてくるりと宙返りをした。そして、離れたり集まったりを繰り返しながら今度は神話やおとぎ話に登場する様々な存在に次々と形を変えて踊りはじめ、水の粒ひとつひとつから上がる声がうたいはじめた。

世界に　最初に生まれたものは　何だったのか
それは　善なるものか　悪なるものか
誰に　それが　わかろうか
世界が　最初に見たものは　何だったのか
それは　無なるものか　有なるものか
誰に　それが　わかろうか

世界が　最初に発した声は　何だったのか
それを　聞き　応えたものは　誰だったのか
誰に　それが　わかろうか
誰に　その全貌が　わかろうか

人々よ　この声が　聞こえるか
ともにあった　この声が
人々よ　この鼓動を　感じるか
ともにあった　この眼差しが
己の戦いを　終えた者
原初の心の呼びかけを　聞いた者
集いし場所は　水平線の　その向こう
太古の森で　私は　待つ
雨が還り　風が生まれる　その場所で

劇場の中で踊る人々の呼吸が合ってくると、真似をしながら踊っていた人々も身体と心がほぐれて豊かな表情になり、それぞれが思い思いに踊りはじめた。そこには違う動きをはじめたことに注意をする人はなく、自分としてここにあることを表現することに評価をつける人もなく、ひとりひとりの存在を世界にしめしながらも全体としてひとつのうたを奏で、人々が生みだすその振動が大地を揺らし、空間を揺らして劇場から都市の中へ波紋を広げるように広がっていった。すると、劇場を囲っていた高い壁がガタガタと揺れはじめ、都市を作っていたビル群もぐらぐらと揺れて波打つ道路に落ちたのり物があちらこちらで跳ね上がってぶつかり合い、上空に浮ぶ巨大なライトがぶるぶると激しく震えだした。そして、とうとう人々の生みだす振動に合わせられなくなった劇場を囲う壁がいっせいに倒れると、それが合図だったかのようにすべてのビルに大きな亀裂が一気に走り、震えていた巨大なライトは勢いよく内側から破裂して砕け散り、形を保つ力を断ち切られた都市は、解放されるように倒壊していった。

「誰もいない・・・」

「ええ。誰もいません」グランド・マザーは、ひとつの声も上がらないまま瓦礫と化した都市を見つめるクライに答えた。

踊り続けるラーラは、水の粒をひとつに集めてくるりと宙返りをした。すると、今度は勇ましい竜の姿になって海面から勢いよく上空へ駆け上がっていた。そして、その先で大きく輪を描くと、そこに厚い雲が湧き上がり、雲はゆっくりと回転しはじめた。竜は身体を反転して海へ向かい、その勢いのまま飛び込んで、劇場さえも倒壊した都市の周りにも大きく輪を描いた。人々はいく重にもつらなる輪となって同じステップを踏みながら回りはじめ、海底から湧きだしたたくさんの泡が瓦礫を持ち上げていった。竜は反転して螺旋を描きながら海面へ向かい、その勢いのまま海面を突き抜けて、上空で回転する雲から手を伸ばすように下りてきた細い雲の渦の回りを駆け上がっていった。すると、それは巨大な竜巻となってあらわれ、海をかき混ぜながら瓦礫を巻き上げていった。瓦礫は海上をでて竜巻の中を旋回しながら上空へ上がっていき、その様子はあまりの大きな力にゆったりとして見え、瓦礫が厚い雲のその向こうへ見えなくなると、雲はふっと回転を解いて竜巻とともにすべてが消え去った。海の中ではあらわになった土の上で輪を解いてあらたなリズムを生みだしていく人々によってあちらこちらから小さな草花が芽吹きはじめ、広がる振動に合わせてみるみる成長して森ができていった。人々は歓声を上げ、握手をしたり抱き合ったり肩をたたいて互いをたたえ合い、晴れやかな顔で崖の上にいるクライたちに大きく手を振った。

「彼らが作りだしたものは、彼らを満たし、幸せにするはずでしたが、そうはなりませんでした。しかし、それにしがみついてともに滅びていくのではなく、自らそれを壊し、あらたな世界を作る土台を甦らせました。彼らは、何て勇敢なのでしょう！ほら、あんなに生き生きと笑っています。本当の力がどこにあるのか、豊かさがどこにあるのかを思いだしたのですね。彼らが、これからどんな世界を作っていくのか楽しみです」グランド・マザーは、森の奥へと走っていく人々に大きく手を振った。

ルルルはその場で何度も飛び跳ねながら人々に向かって大きく手を振り、クライはほっとした表情を浮かべてひとつ息を吐いた。

一陣の大きな風が海面をなで、海の中に見えていた光景は風につれていかれるようにすっかり見えなくなった。再びあらわれた海面のステージに立ったラーラは、無数の水の粒をひとつに集めてくるりと宙返りをしてバレリーナの姿になり、丁寧にお辞儀をして舞台いっぱいに踊りはじめた。その踊りは強くしなやかで、ひとつひとつの動作がうたをうたい、物語をつむいでいるようだった。そして、クライマックスに向けて大きくジャンプをしてステージの中央に戻ってきたラーラは優雅に両手を広げ、確かな中心をしめしてピルエットをはじめた。華やかに広がるチュチュの裾は大きな円となって空と海の間に広がっていき、キュッと軸をしめて回転速度を上げ、ふっと両手を開いて回転を解くと、ラーラは霧となって世界の中に消え、起きた風がクライの髪を揺らし、背後に広がる森の木々を揺らしていった。目の前には雲ひとつない高く澄みわたった青い空とおだやかに呼吸をしているように波打つ青い海が大きく広がり、海面に上がってきた一頭のジュゴンが小さく頭をだして深く深く潜っていった。

「何も起きなかったみたいだ」

「起きたさ」ルルルは、クライの足をぽんっと叩いてその言葉に答えた。

クライは空と海の境界を見つめ、そっとまぶたを閉じた。身体の内側に絶え間なく打ち続ける鼓動とあたたかな血の流れを感じ、身体の外側に打ちよせては返っていくおだやかな波の音とこの場に存在することをつたえていく風を感じ、そのすべてを抱きしめるように大きく息を吸ってゆっくり吐きながらまぶたを開けた。すると、はるか遠くでゆったりと弧を描く水平線に、鮮やかな虹が大きく架かっているのを見た。

「さあ、私たちもいきましょう」

グランド・マザーはふわりとスカートをふくらませて浮かび上がり、ルルルは自分の服で手をごしごし拭いて、グランド・マザーが伸ばした手にそのごつい手を伸ばした。

「僕は、どうしたらいいんですか？」クライは、宙に浮んだグランド・マザーとルルルを見上げてきいた。

「おまえには、翼があるだろう」ルルルは、クライの髪にさした鷲の羽根にぎょろりとした目を向けた。

「あなたは、飛べるのですよ」グランド・マザーは、微笑みうなずいた。

クライは、ホークからもらった鷲の羽根が風を受けて小さく動くのを感じてうなずき、切り立った崖の縁に足をかけて吹き上がる風に下をのぞいた。遠くでおだやかに見えていた青い海は、足もとでは白波を立てて岸壁に打ちよせては砕け、引き込みながら返っていった。その様子に不安と恐れがよぎって身体が固まりそうになったが、オルクの沼を思いだし、すべてを信頼していた子供の頃を思いだして前を向き、思い切り前へ高くジャンプした。するすると落ちていく身体に、それでも慌てずにしっかりといき先をしめして手を伸ばすと、吹き上がる風が身体を一気に押し上げ、グランド・マザーとルルルの頭上を超えて飛んでいった。ルルルはガハハハッと豪快に笑い、グランド・マザーは、安心と誇らしい眼差しをクライに向けた。

「ホークの力は、やっぱりすごいや！」クライは、まだ慣れない感覚に身体をあちらこちらに動かしながら飛んでいき、近づいてきたルルルに興奮した声を上げた。

「それはおまえの力だ。ホークは、シンボルを与えただけだ」ルルルは、肩をすくめてすぐに前を向いた。

「あなたは旅をするためにその力を封じましたが、新しい旅のために再びその力を解放しました。あなたは、ずっと前から何だってできたのですよ」グランド・マザーは、大きな笑顔とうなずきを送った。

クライは全身の細胞がみずみずしく活動しはじめ、明るく軽やかに開かれていく心に頭の中がすっきりしていくのを感じ、目に見える光景はよりはっきりと透明な輝きを持って見えてきた。そして、重心をつかむことができるようになると、余計な動きをすることなく飛べるようになった。

水平線に大きく架かる虹は、ますます輝きを増して近づいてきた。そして、その中に入ると、あっという間に抜けた。

辺りは黄昏色に染まり、太陽は水平線の向こうへ沈もうとしていた。グランド・マザーはクライに手を伸ばし、クライがそのやわらかくも芯のある手を握ると、太陽が沈んでいくのと同じスピードでまぶたが閉じられていった。

Ⅲ

12

莫大な水をたたえた　巨大な滝
　はるか上空より轟きわたり　霧となって降り落ちる
湿った滝つぼの岩の上
　横たわる身体は　そっと頬をなでる風にまぶたを開け　身体を起こす
　　ともにいた者たちの　姿はなく
　　　今にも雨になりそうな　暗くつややかな森が広がっている
大きな風に　葉音が流れ
　うながされるままに向けた　視線の先
　　森の暗がりから　豊かな前脚が踏みだされ
　　　美しい山吹色のたてがみの　雄ライオンがあらわれる
　　　　堂々と腰を下ろし　こちらに向けられた
　　　　　すべてを受け入れ　背中を押すような　深い瑠璃色の目は
　　　　　　威厳と情熱に　満ちている

大きく鼓動する心臓に　彼の名が　頭に浮かぶ
・・・グランド・ファーザー
口に　だそうとした瞬間
尾をしなやかに振り上げ　地面をぴしゃりと叩くライオン
後ろ脚を立て　ゆったりとたてがみを揺らし　背中を向け
森の奥へと　歩みだす
広がる葉音に　髪が揺れ
引きよせられるままに　岩を下り
後を追って　ついていく

踏み跡のない　暗くうっそうとした深い森
乾きを知らぬ　水の香りが　辺りを満たし
見知らぬ植物は　濃い緑色を織りなして　続いていく
頭上を覆う　いく重にも重なる木々の葉に　さし込む陽はなく
時の流れを断ったかのような　静けさに
どこまでも続いていくような　どこにも続いていないような

　　　　終わりもはじまりもない　充足の場が支配する
ここがどこなのか　どこへ向かっているのか
知りたい思いに　口を開く
　何の音も　でてこない
　　何度ためしても　空気のもれる音しか鳴らず　混乱する
悠然と前を歩いていく　ライオン
ふわりとたてがみを揺らし　小さく振り向き　向き直る
辺りを満たす濃い緑色　ほんのり明るく灯り
　震える森に
　　青銅の鐘の音が打たれるような　荘厳な声が　うたいだす

ここは　起源をもたぬ　太古の森
どこでもない名なき国より　なお古く　かつ新しい
ここは　森の中の森
外縁なき内なる森に　おまえが還り　旅立つ場

ここで　おまえと我々の約束が　果たされよう
ここから　おまえと我々のあらたなうたが　つむがれよう
この先で　はじまりの前に座し　終わりの後に座すものが　待っている

うたえ
そのうたをうたうものは　誰か

うたとともにゆったりと揺れる　ライオンのたてがみ
　内側から　灯っているように見え
　彼が光源であり　音源ではないかという思いに　口を開く
　　やはり　どんな音も　でてこない
小さく振り向き　向き直る　ライオン
　震える森に
　再び青銅の鐘が打たれるような声が　うたいだす

うたでなければ　届かない

おまえのうたは　どこへいった
うたい方を　忘れたか

うたでなければ　届かない
おまえのうたが　世界を震わせ
作り上げた幻想を　打ち砕く
己の力を　忘れたか

うたでなければ　届かない
おまえのうたは　ここにある
森を歩む　おまえとともにあるものが
おまえを通して　うたいだす

うたえ
そのうたを聞くものは　誰か

開いたままの口を　慌ててふさぎ　うなだれる
　森は　再び濃い緑色に落ち　深い静寂に包まれる
　　どうしたらいいのか　考える頭は　自分の内側に答えを求めるが
　　　それは　何も応えない
　　　　それは　ただそこにあり
　　　　　見つめる者を　見つめている

何も起きない森
ただ前を歩いていく　ライオン
　何をたよりにすればいいのか　焦る気持ちに　ますます熱くなる頭
　　うつむく視線の先に　森を歩く　裸足の足を見る
　　　置かれては離れ　置かれては離れていく　裸足の足
　　　　確かな歩みは　乱れた呼吸を静め
　　　　　作られることも　変えられることもない　純粋な力が

視線を上げる
　ライオンの姿がない
　　立ちどまり　辺りを見回すが

どこまでも深い緑色が続いていくだけの森に　吹く風もなく
　小さな不安と純粋な好奇心が　手を引いて
　　森の中をひとり　歩きだす
絶え間なく打ち続ける鼓動は　ゆったりと揺れはじめた森と　共鳴し
歩き続ける足から起き上がる風は　木々を揺らして　葉音を広げ
　返ってきた葉音が　身体を包んで　流れていく
　　瞳に映る森は　透明な輝きの中にあり
　　　セコイアの巨木が　立ち上がり
　　　　背後に去って　実を落とす
　　　　　どれくらいたったのか
　　　　　　それとも　どれくらいもたたなかったのか
　　　　　　　そっと頬をなでる風に
　　　　　　　　うながされるままに向けた　視線の先
こちらを向いて座る　ライオンの姿がある
　後ろ脚を立て　ゆったりとたてがみを揺らし　背中を向け
　　森の奥へと　歩みだし

ひとつうなずき　ついていく

森は　一段暗くなり
一点に向かって　ゆっくりと収縮していく　深い緑色
前を歩いていく　ライオンの肩越しの向こう
　小さな輝きが揺れ
　　収縮を呼ぶ源が　しめされる
暗く湿った　深い割れ目につき
のぞき込むライオンの　視線の先
　こんこんと湧きでる　泉がある
　　循環する透明な水に　無数の黄金色の粒子が　踊るように舞い
　　　のぞくものたちの顔を照らし　まばたきする
髪にさした　鷺の羽根
　はらりと落ちて　割れ目の奥の水面に浮び
　　広がる波紋に集まる　黄金色の粒子
　　　羽根をつれて　深く深く　潜っていく

泉に息を吹きかける　ライオン
　波立ち静まる水面に　泉は輝きを増し
　　黄金色の粒子とともに　割れ目の縁まで上がってくる
渦巻く水面に
泉の中から　閉じた葉をもたげた新芽が　伸びあらわれ
大きく目を開けるように　双葉を開き
　聞き覚えのある
　　しゃがれているがあどけなさのある声が　うたいだす

おいらは　ここからやってきた
黄金の泉は　みんなの故郷
誰の中にも流れる　そのしるし
目をそらしたのは　おまえの思い込み
おまえは　ここにやってきた
黄金の泉は　呼びかける

誰のもとにも届く　この声に
耳をふさいだのは　おまえのおしゃべり

おまえとおいらは　ここにきた
黄金の泉は　待っている
誰の記憶にも刻まれた　そのうたを
心を閉じたのは　おまえの恐れ

うたえ
そのうたは　おまえが　おまえであることのうた
知らないなんて　いわせない
見えているだろう　この森が
聞こえているだろう　この声が
感じているだろう　この高鳴りが

うたは　うたわれることを　待っている

世界が　世界であることを　待っている
　さあ　今ここに　うたをうたえ！

期待に満ちた　沈黙が落ち
すべての視線が　注がれる
応えたい気持ちに　身体をのりだし
　思い切って　口を開く
　　何の音も　でてこない
　　　くやしさと情けなさに　肩を落として　うなだれれば
　　　　双葉もまた　下を向く
泉の水を一口のむ　ライオン
　双葉は　渦をつれて　泉の中に消えていき
　注がれた視線も　離れていく
顔を上げる　ライオン
　辺りが　ほんのり明るく灯り
　　震える森に

青銅の鐘が打たれるような声が　うたいだす

これは　おまえの選択だ
我々が　選択するのではない
これは　我々の選択だ
おまえが　選択するのではない

おまえは　どうして　ここへきた
我々は　どうして　おまえを呼んだ
おまえと我々を　引き離したのは何か
おまえと我々を　再び繋げるのは何か
一度も離れたことのない　おまえと我々を

この選択は　おまえと我々に　まかされている
存在は　今ここに
おまえと我々のうたを　待っている

我々は　なぜともに　歩み続けるのか
触れ合うことのない　おまえと我々は

うたえ
そのうたは　どこにある

水面に映る　雄牛の頭
内側でうごめく　豊かな暗闇
見つめる視線は　背後に回り
まばゆい光が　包んでいく
これまで見た　いくつもの場面が
透明な明るさの中に　あらわれては　過ぎていき
何度も目にした　あの奇跡が
何度も呼びかけられた　あの声が
何度も感じた　あのぬくもりが
今ここに達して　反転し

立ち上がる存在が　顔を上げる
　果たされようとする約束に　震える身体
　　明るく軽やかな熱が　鼓動を抱いて　落ちていく
　　　開かれた身体は　青い衣をまとって　うたを放つ

この手が作った　この世界
自由意志の名のもとに　犯した罪を
今ここに　還す
僕は　真の自由を知り　大いなる創造の前に立つ

この足が歩んだ　この世界
約束の名のもとに　忘れた記憶を
今ここに　甦らせる
僕は　真の愛を知り　すべての学びを抱きしめる

この口が語った　この世界

大いなる意思の名のもとに　閉ざした力を
今ここに　解放する
僕は　真の力を知り　純粋なる世界の望みを体現する

何も知らずに　すべてを知っていたこの身体
大いなる呼吸に　目を覚まし
開かれた目と耳は　開かれた心とともに立ち上がる
世界の問いは　僕らの内に
僕らの問いは　僕らを照らし
森は　今　開かれる！

ロウソクの火が　吹き消されるように
辺りは　暗闇に包まれる
　こんこんと湧く　泉の中
　　黄金色の粒子が　吸い込まれるように
　　　暗闇をつれて　深く深く　潜っていく

　その後を追って　収縮の極みに向かって　落ちていく森
　　最後のひと光が消えようという　その瞬間
一気に　吹き上がる泉
　森の枝葉を突き抜けて　高く高く　上っていく
驚き慌てる隣で
すべての光景を見守るように目を向ける　ライオン
開かれた空から　まばゆい陽の光が降り注ぎ
　細かな水滴となった泉が　きらきらと輝き返しながら
　　歓喜する　いくつものうた声とともに　降りてくる

　ああ　なんて美しいんだろう
暗闇の中に　光が生まれた　その時に
きみは　目を閉じたんだ
ああ　なんて勇敢なんだろう
たくさんの冒険をしようと　決めた時
きみは　力を失くしたんだ

きみの笑い声　泣き声　怒鳴る声　励ます声　決意の声
みんなみんな　聞いていたよ
きみの踊る姿　崩れる姿　壊す姿　抱き合う姿　立ち上がる姿
みんなみんな　見ていたよ
きみの喜び　悲しみ　怒り　愛情　勇気
みんなみんな　感じていたよ
目覚めの春　活動の夏　振り返りの秋　学びの冬
風の囁きと唸り声　山の叫びと沈黙　海の創造と破壊
宇宙を廻る　きみの旅
きみを通してつむがれる　僕らの旅
みんなみんな　ここにいたよ

闇と光を　見つめたきみが
真の光に　目を開けた
閉ざした道に　気づいたきみが

　真の力を　甦らせた

さあ　いこう！
僕らの後に　生まれてくる者たちが　呼んでいる
僕らの前に　生きた者たちが　呼んでいる
僕らを繋ぐ　大いなる存在が　呼んでいる
森は　今　開かれた！
ひとつのうたが　うたわれる！

ライオンの　強くもあたたかな咆哮が放たる
　震える森に
　　一瞬の沈黙が落ち
　　　森は　無数のタンポポの綿毛となって　ふわりふわり　上っていく
見上げる先で　弾ける空
　いく重にも重なる　同心円状の巨大な輪があらわれる
　　裸足の足が　宙に浮き

下りてくる輪の中心に　綿毛とともに　上がっていく
外なる中心は　内となり
　落ちていく空は　眼下に遠く
　　見上げる先に
　　　果てのない　奥行きを背にした
　　　　またたくことのない星々が　輝いている
　　　　　綿毛に包まれた身体は　速度を増し
　　　　　　光となって　星々の間を加速する
燃え去る綿毛
　時がとまったかのような　静寂と静止の中
　　ゆっくりと回転していく身体は
　　　小さな黒い点が　遠ざかっていくのを見る
かすかな揺れに　顔を向ければ
　放たれた　ライオンの咆哮に　空間が激しく震えだす
　　まばゆい金緑色の輝きが　湧き上がり

走り抜けるたてがみを　視線が追うと
大きな一陣の風が吹き抜け
裸足の足は　若々しい明るい森の中に　立っていた

新緑に　匂い立つ森
軽やかな風が吹きわたり
太鼓の　竪琴の　笛の　鈴の音を聞く
音源へ向かって　走りだし
小高い丘のあらわれに
立ちどまることなく　駆け上がる
頂上に渦巻く　小さな風
大きな石舞台が　横たわり
誰の　姿もなく
石舞台の上に立って　辺りをながめるも
見つめ返す目も　訪ねてくる者も　あらわれない
〈聖なる風のうた〉をうたい

そっと頬をなでるやわらかな風が　応えれば
　豊かな鼓動が　時を告げる
胸のあたりに　あたたかさを感じ
首に下げた小さな巾着から　赤々と燃える火が灯る球体を取りだす
火は　なつかしいぬくもりで　見る者の瞳を照らし
　　瞳はそこに　これまで出会ったすべての者たちと
　　　いくつもの時代に生きた者たちの　眼差しを見る
　　　　その気高く勇壮な美しさは　あらゆる感情を包み
　　　　　開かれた心は　確かなうなずきに
球体をかかげて　うたいだす

　僕らは　この時を　待っていた
　どんなに　暗い時代にも
　どんなに　見せかけの　明るい時代にも
　僕らは　絶やすことなく　繋いできた
　どんなに　この姿を　隠されても

どんなに　この声を　押しつぶされても
僕らは　絶えることなく　繋いできた

世界にかかげる　この灯火は
作り上げられた世界を　燃やし
真の世界の姿を　照らす
世界を見つめる　この眼差しは
教え込まれた世界を　退け
真の世界の姿を　見せる

この火が　見える者
この眼差しを　宿す者
今ここに　集った僕らが見るものは
死して生まれる　あらたな大地
大いなる眼差しに　この声を放つ！

輝き燃え上がる球体
　臨界点に　達し
　　かかげた手の隙間から　炎が放たれ
　　　丘を下って森を焼き　一面の焼け野原とする
凪いだ風に
　見わたす視線は　地平線をなで
　　かすかな揺れに
　　　焼けた大地の向こうから　大きな風が立ち上がり
　　　　あらゆるすべての方角から　いくつもの足跡が　あらわれる
丘を目指して　走ってくる足跡
　丘を　一気に駆け上がり
　　巨大なフェニックスとなって　翼を広げ
　　　空へ向かって　上がっていく
焼きつらぬかれた空に　穴が開き
　じりじりと広がっていく　穴の向こう
　　おびただしい数の　コウモリのような翼が広がり

ムチのように羽ばたいて　層を成し
　旋回する　ひどくやせ細った赤黒い身体は
　　だらりと下げた長い手足に　人影のようなものを下げ
　　　怒号と悲鳴が　渦巻いている

放たれる　ラッパの音
　震える丘に　ゆっくりと落ちてくる　空
　　圧力を増し　熱を帯びていく空間に
　　　押しつけられる身体から　顔を上げれば
まばゆいばかりの　巨大な光の輪が広がり
中心から放たれた　豊かな翼が　伸び広がり
　堂々とした端正な身体が　傍らに下り立つ
肩に触れる手に　うなずき
　ともに見上げる　視線の先
旋回する　翼ある者たちの中心の　はるか遠く
　燃えるような青い七つの光が　あらわれる
　　七つの光は小さく震えて　白く輝く剣となり

　翼ある者たちをつらぬき　蹴散らし　一気に垂直に下りてくれば
　　石舞台を囲んで　丘をつらぬき　潜っていく
崩れはじめる　丘
　真っ二つに割れる　石舞台
眼前に迫る空に
　飛び立つ翼が　身体を包み　ともに上がっていく
　　あたたかく静謐な　翼の中
　　　耳に届く　怒号と悲鳴は　歓喜をうたい
　　　　羽根の隙間から見える　翼ある者たちの赤黒い身体は
　　　　　かさぶたがはがれるように　落ちていき
伸び広がる　豊かな翼に
　ぶら下げられていたものは　みずみずしい目で顔を上げ
　　ともに上がりながら　落ちていく
手の中に　揺れを感じ
　冷えた球体に　目を向ければ
　　内部に　うねり波打つ　暗闇が見える

青い星が目を開き
呼ばれるように生まれだした　いく多の星々が
たゆたう暗闇へ　飛び込んでいく
吹き上がる水蒸気に　〈創造の物語〉がつづられていき
そのはかなくも雄大な物語は
遠い記憶と　これからつづられていく光景を　呼び覚まし
開かれた視界は　確かなうなずきに
球体をかかげて　うたいだす

世界のはじまりに　起きた風
風につづられた　存在のうた
二つに分かれた　僕らの世界
天と地　自然と文明　幻想と現実
精神と肉体　活動と静寂　終わりとはじまり
僕と僕らの狭間を吹き抜ける風は　雨を呼び
ひとつの記憶の中に　沈めていく

僕の内を流れる川は　あらゆる僕の記憶をとどめ
閉ざそうとする目と耳を　開かせる
心のざわめきは　開かれることを望み
僕をここに　導いた

森を揺らす風は　僕らの所在を告げている
僕らの内に吹く風は　森の所在を告げている

狭間にうたを　聞いた者
世界の記憶を　宿す者
今ここに　集った僕らが聞くのは
遠い記憶に交わした　ひとつの望み
大いなる脈動に　この声を放つ！

高らかに鳴り響く球体

臨界点に　達し
　かかげた手の隙間から　大波が放たれ
　　開かれた翼をのみ込み　一面の大海原とする
凪いだ風に
海面から見わたす視線は　水平線をなで
　かすかな揺れに
　　満ちた海の向こうから　大きな風が立ち上がり
　　　バイソンの群れが　あらわれる
　　　　その背後に　大波が突き上がり
　　　　　大きな帆船をつれて　バイソンとともに　向かってくる
イルカの呼び声に　海中に沈んでいく　バイソン
　船首を下げ　沈む帆船は
　　かかげる手を　甲板に上げ
船首を上げて　海面を離れ
　空へ向かって　上がっていく
　　滝のように　したたる海水

数えきれないほどのオオカバマダラが　飛び立ち
　見張り台に　あらわれた
　　とがった耳から　黄金の矢が放たれる

遠雷の轟きに
　サンダーバードが　翼を広げ
　　一直線に上がっていく　矢を回り
　　　輝きを増して　上がっていく
つらぬき割られた空に　穴が開き
　空の破片が　落ちてくる
　　深さを増していく穴に　反転する空
　　　上がってく破片に映る　森の木々
　　　　帆船は　穴に向かって　下りていく
眼前に迫る　大きく広がった穴
　底の見えない暗闇に
　　縁を囲う　鮮やかな青色のグラデーションが　揺らめいている
　　　かすかに揺れる　境界の透明な暗闇に　帆船が触れ

みるみる細かな粒となって　消えていく
　残された身体は　境界を超え
　　暗闇の中へ　落ちていく

視野のおよばない　暗闇とも光ともわからない　広がりの中
　視力のおよばない　無数の粒が身体をつらぬき　波打ち　過ぎていく
手の中に　光を感じ
　空になった球体に　目を向ければ
　　透明な光を宿した球体が　ひとりでに手を離れ
　　　高く高く　上がっていく
照らされていく広がりに
　いくつもの様々な風景が　あらわれては　消えていく
　　雨の中を走っていく足・・・　そびえる塔に渦巻く風・・・
　　　白い雲に向かっていくトンボ・・・　瓦礫のオブジェ・・・・
　　　　草に覆われた玉座・・・　赤い果実に染まった本・・・
　　　　　湖に沈む星の欠片・・・　砂漠に落ちる月の影・・・

茜色の空・・・　青々とした草原・・・
振り子・・・　森に守られた小屋・・・
・・・　・・・　・・・　・・・　・・・　・・・

球体が　向かっていく先
黄金に輝く巨大な車輪が照らされ　あらわれる
そのあまりの大きさに　どれほどの距離があるのか　つかめない
球体は　車輪の中心の空洞の奥へ　見えなくなり
車輪は　ゆったりと回転をはじめる
車輪の縁から　光の粒が生まれだし
後を追うように　爆発的に放たれた　無数の光の粒は
銀河のように　渦を巻き
見つめる瞳に　あらゆるすべての体験が　輪を描き
繋がる音が　ひとつの音楽を　奏でだす
開かれた耳は　確かなうなずきに
両手を伸ばして　うたいだす

遠い遠い記憶の淵　僕は僕と　約束した
創造の先端に立ち　折り返す時を　体験してくると
世界の脈動が　僕を押し
僕は　僕となって　生まれでた
大いなる孤独は　僕の帰還を待ち
破壊の先端に立った僕は
築かれた世界に　恐れおののき　力を閉じた

深い深い眠りの淵　たくされたうたは　ここにあり
創造の先端で　かかげた剣は　僕をつらぬき　世界に落ちた
世界の脈動が　僕の力を解放し
僕は　僕となって　再び生まれでた
大いなる孤独は　僕を迎え
破壊の先端で　世界の終わりを告げるうたをうたう僕は
築かれていく世界の土台を　歩いていく

大いなる渦の中心で
世界にあらわれる　すべてを肯定する者
旅立ちと帰還の物語を　生きた者
今ここに　集った僕らが開くのは
空と海の狭間の　扉なき扉
大いなる沈黙に　この声を放つ！

震える無数の光の粒
　黄金の輝きを放つ　羽根となって
　　子供たちの楽しそうな笑い声とともに　下りてくる
視界を満たす　黄金色
草原を駆けてく　タンポポの綿毛をかぶった　子供たち
　かすかな揺れに
　　草原の向こうから　大きな風が立ち上がり
　　　あらわれた　まっさらなページが　ゆっくりと開かれる
　　　　みずみずしい目が　ページに触れ

ともに駆けていく　子供たちとともに　うたいだす

青色で　空を描こう
緑色で　草原を描こう
黄色で　花を描こう
赤色で　果物を描こう
白色で　翼を描こう

ねえねえ　僕らは何色かな?
透明さ

青色で　海を描こう
緑色で　森を描こう
黄色で　星々を描こう
赤色で　たき火を描こう
黒色で　夜を描こう

ねえねえ　僕らは何色かな?
暗闇さ

青色で　雨を描こう
緑色で　風を描こう
黄色で　木漏れ日を描こう
赤色で　足跡を描こう
虹色で　涙を描こう

ねえねえ　僕らは何色かな?
輝く透明な虹色の暗闇さ

背中に伸び広がる　黄金の羽根
　大きく羽ばたき
　黄金の車輪に向かって　高く高く　上っていく

ねえねえ　新しい太陽は何色かな？
僕らの瞳の色さ
ねえねえ　今度は何を描く？
僕らの瞳に映るものさ
ねえねえ　今度はどんなうたをうたう？
僕らの鼓動と呼吸が奏でるものさ

眼前に迫る　黄金の車輪
　中心の空洞
　その奥に揺らめく　瑠璃色の光
　すべてを受け入れる眼差しが　うなずき
　うなずき返す身体を　抱き上げる

ゆったりと波打つ中に　たゆたう身体
やさしく包み込むような　ゆったりとした豊かな声が
　遠く近く　うたわれる

さあさあ　愛しい子供たち
静かに　目を閉じて
太陽が　沈んでいくわ
だめだめ　こっそりのぞいちゃいけません

さあさあ　愛しい子供たち
まだまだ　目を閉じていて
太陽が　還っていくわ
ほらほら　こっそりのぞいちゃだめですよ

さあさあ　愛しい子供たち
ゆっくり大きく　深呼吸

今は　ただここにいて
世界をうたいし者の　源へ
すべてをゆだねて　おやすみなさい
すぐにまた　起こしにくるわ

開かれる腕に　ゆっくりと落ちていく　身体
ゆっくりと　まぶたが閉じられ
あらゆるすべての　太陽の集結を　見る
消えゆく自我は　存在の腕に　抱かれ
大いなる自己に　満たされる

＊

海底に沈んでいくクジラ
すべてを世界にゆだね　最後の息を吐き
小さな泡が　ゆらゆらと　上っていく

*

海底に沈んだ森
　陽の届かない深海で　時を待ち
　　形を失くした存在たちが　眠りにつく

*

最奥の視座を見つめる目
　注がれる視線は　反転し
　　放出される光に　世界となる

*

＊

ライオンの豊かな前足が　踏みだされる
　ガーネットのきらめきが　鼓動を呼び覚まし
　　あたたかな流れの広がりに　存在が形創られていく
ゆったりと身体を揺らす　あたたかさ
　うっすらと広がっていく　明るさに
　　遠く近く　鐘の音が鳴り響き
　　　豊かな声が　うたわれる

　　さあさあ　愛しい子供たち
　目を開けて　いきなさい
新しい太陽を　呼んできて

物語が　はじまるわ
たくさんのうたを　うたっておいで

さあさあ　愛しい子供たち
みんなが　あなたを待っているわ
新しい大地を　創るのよ
最も古くて新しい物語が　開かれるわ
たくさんのうたを　届けておいで

さあさあ　愛しい子供たち
ゆっくり大きく　深呼吸
今ここから　はじめるの
あなたの足で　いきなさい
私は　今もこれからも
あなたとともに　世界を見るわ

ゆっくりと　まぶたが開かれる
たゆたう身体は　海の中から見上げる　陽のように
瑠璃色の光が　明るく揺れているのを見る
光は　輝きを増し
焼きつけるような
強烈なまばゆい光の矢となって　降り注ぐ

*

大きく息を吸い
高らかに上げた声は
巨大な光の津波となって　世界を震わせ
あらわれた存在を　告げ知らせる

13

走って、走って、走って、走って。どこまでも広がる黄金色の草原を走っていく足は、前方に立派な角を持った純白の雄鹿が一定の距離を保って駆けていく姿を見た。雄鹿は小さく振り向き、その深く澄んだ虹色に輝く目と目が合った瞬間、立ち上がる森の香りと葉音が全身を包み、こみ上げてくる大きな感動に身体が震えた。そして、何かがきらりと光ったかと思うと、雄鹿は大きくジャンプして光とともに消え去った。

目の前に自然のままの大きな石が横たわり、足をとめ、息を整えてその冷えた石肌に触れた。すると、石は黙してうたいはじめた。

これより先は　地図に記されぬ国
幸いなるかな　この瞳
これより先は　寺院・聖典のあらぬ国
幸いなるかな　この心

子の通りし　黄金の道をいけ
我は見た
世界が還り　生まるるを
詩人の通りし　青の道をいけ
我は見た
その深遠なる森の輝きを
古の眼差しは　世界にかかげる灯火なり
我らが歩む大地は　時空を超え
世界を揺り起こす　風となる

この国を見る者は　己の真の姿を見るだろう
この国にある者は　世界の真の姿を体験し
満ちる音に　うたを聞くだろう

我は　ここに記す
世界は　輝くばかり

これより先は　記されたことのない未踏の地
恐れるなかれ　この瞳
これより先は　古に交わされた約束の時
高まる心が　その証

ひとつを知りえた者よ
ひとつとなりて
今再び　ひとつとひとつに分かれゆく
踏みだす足は　翼となりて
開かれし　まったき空に　黄金の筆を走らせる

この地を見る者は　己の歩みに世界を見るだろう
この地にある者は　世界の孤独を体験し
震える鼓動に　存在の存在を知るだろう

我は　ここより記す
新たな世界の　産声を

ゆったりとした大きな風が髪を揺らし、草原を覆うほどの影が過ぎていった。顔を上げると、みずみずしい空を覆うほど大きな翼を広げたルフが悠然と羽ばたいて、黄金色の草原が作る地平線の向こうへ見えなくなっていった。

風が凪ぎ、草原は何かを待つように静まりかえった。

どれくらいの時間がたったのか、それともどれくらいもたたなかったのか、やわらかな風がそっと頬をなで、うながされるままに顔を向けると、かすかな揺れに地平線を見つめる瞳が昇りはじめた新しい太陽を宿し、歓喜の叫びとともに世界が生まれた。

うたえ　世界よ！

14

ガタガタガタ・・・

藍色のベールが降りはじめたオレンジ色の空に一番星がまたたきはじめ、一陣の大きな風が閉じられた窓を叩いていった。はっとして、書き続けていたノートから顔を上げたクライは目の前の窓に視点が合わされ、そこに自分の顔がうっすら映っているのを見ると、ひとつ息を吐いてペンを置いた。夜に向かって落ちていく窓の外と同じスピードで部屋の中も暗くなっていき、暖炉の中の黒々とした薪と灰の中でくすぶる火はその存在をしめすように赤々とした色を強くしていき、壁にかけられた額縁の中の絵は、あいまいになっていく輪郭に、見えていたものが反転して見えていなかったものを見せようとするかのようにつややかな絵具の筆跡が見えてきた。ノートに書かれた文字は紙の余白とひとつになっていくように形を失くしていき、どこを見るでもなくぼんやりと目の前の窓に目を向けながら瞳の奥にあらわれては過ぎていく様々な光景をながめていたクライは、薪が小さな火の粉を上げて落ちる音に明かりをつけようと椅子から立ち上がった。

ロウソクに火をつけ、その明かりを持って机に戻ろうとすると、本棚から一冊の本が床に落ちているのが目にとまり、その画用紙の束を紐でとめただけの小さな本を本棚に隙間なく並べられた本と本の間に開いた隙間に戻すと、玄関のドアを叩く音がした。

明かりを持ったままドアを開けると、一陣の冷えた風が吹き込み、クライの髪を揺らしてロウソクの火を消し、暖炉の火がぼっと燃え上がった。目の前にはランタンを手にした普段は遠くからあいさつをする程度の名前も知らないずんぐりとした小男がひとり立ち、その背後に広がる冬の森は真っ黒なシルエットとなって風に揺れ、まるでひとつの大きな生き物が立ち上がろうとしているかのようだった。

「やあ。ちょっと頼まれたことがあってね。あんたの話を聞きたいってやつらがきているんだよ。直接いけばいいじゃないかっていったんだが、どうしてか、あいつらもじもじしちまって自分からいこうとしないんだ。それでおいらがこうしてきたってわけなんだが、どうだい？　あいつらに、あんたの話を聞かせてやってくれないか？」

小男は、ぎょろりとした大きな目でクライを見つめ、白い息とともにしゃがれたあいきょうのある声でいった。

「僕の話って・・・」

「あんたは、物語を書いているだろう？」小男は肩をすくめ、ランタンをかかげてクライの顔を照らした。

「どうして、それを・・・」クライはランタンに灯る明かりの見た目以上のまぶしさに一瞬目を細め、そのあたたかさにまぶたを開けて閉じ、再び開けた。

「じゃ、頼んだぜ！　まったく、あんたらは面白いやつらだな」小男は上体を大きく反らせてガハハハッと豪快に笑い、クライの言葉を待たずに深い雪の上を飛び跳ねるように走り去っていった。

　クライは突然たくされたことに気持ちと考えが追いつかず、それでも、あらたに立とうとする舞台に胸が高鳴り、それと同時にそこから引きずり下ろそうとするかのように思いだされていくこれまで受けた傷とまた同じことが起きるのではないかという不安に身体が強ばり、寒さも忘れてその場に立ちつくしていたが、森から立ち上がる葉音が身体を包み、ここにいることの確かな感覚に身体が震えると、自分の内側にうごめく豊かな暗闇が大きな光をつれてすべての傷をのみ込んで消化していき、閉ざした力を甦らせながら全身を満たしていった。そして、力強く打つ心臓の鼓動に自分の居場所がしめされ、深く息を吸って鼻の奥に届く冷えた風に喜びを感じると、目の前に広がる夜の暗闇にひとつうなずいた。

小さな風が渦巻き、そっと頬をなでるやわらかな風に空を見上げると、今にも降り落ちてきそうな満天の星々の輝きがあり、流れ星がすっと尾を引いて消えた。クライは部屋の中に戻って明かりをつけ直し、机に向かってノートに続きを書いていき、最後にひとつのうたを書いて、でかける準備をはじめた。

15

ピューヒョロロロロ・・・・・

まぶたを開けた目は、頭上高く抜けるような青い空の広がりに、大きく翼を広げた鳥が上空の風にのって遠く山々の連なりの向こうへ飛んでいくのを見た。一面に広がる軽やかな風に揺れる青々とした草原を歩きだした足は、前方に堂々と枝葉を広げた大きな樫の木があらわれるのを見ると、樫の木は木陰に入ってくる者にその場を与えた。ひんやりとした中にあたたかさのあるむきだしの土に裸足の足跡がつけられていき、大きな風に揺れる枝葉から降り注ぐ葉音が全身を包むと、呼び起こされるように身体が震え、足もとに落ちる木漏れ日が言葉を記していった。

「読める。読めるよ。ありがとう」

こみ上げる感情にやわらかな風がそっと頬をなで、うながされるままに顔を上げると、木陰の向こうに広がる草原が燦々と陽を浴びて輝いていた。木陰をでて草原を歩いていく足は小さな羽音が近づいてくるのを聞いて顔を向け、鼻先に近づいたトンボが立ちどまった身体の周りを飛んで、虹色にきらめく透明な翅が言葉を置いて去っていった。

「そうか。よかった」

ひとつ息を吐いてうなずくと、背中を押す風に歩きだし、広げた指先に草原を感じながら瞳の奥にあらわれては過ぎていく様々な光景をながめていると、前方にきらきらと揺らめく光が見え、湖となってあらわれた。足を踏み入れていくと、一歩ごとに起きる波紋が次々と重なって大きく水面に広がっていき、湖はみるみる干上がっていった。そして、入れ替わるように青々とした草がみるみる伸びてくると、対岸にでていく頃には辺りの草原とひとつになっていた。

歩き続ける足は、前方に小さな石積みとその上に置かれたランタンを見てそこへ向かい、目の前にしたランタンの中をのぞくと、降り注ぐ陽の光に溶けるように揺らぐ透明な火が、時折ぐらりと揺れてそのオレンジ色を見せて言葉を送った。

「うん。僕は、もう恐れない」

ランタンの向こうに草原が大きく波打つのが見え、顔を上げると、草原の上に白く大きな積乱雲が湧き上がり、一気に雨を落として言葉とともに消え去った。

「そうだ。森は、ここにある」

ゆったりとした大きな風が立ち上がる土の匂いをつたえて草原をなで、渦を巻いてすべての風をつれていった。

凪いだ風にまったくの静寂が落ち、反転した声はひとつのうたをうたった。うたは静寂を震わせてあらゆるすべての方角に広がっていき、再び落ちたまったくの静寂に、辺りを見わたす目が、かすかな揺れにあらゆるすべての方角から立ち上がる声を聞いてうなずくと、ドンッと大地が大きく突き上がり、山々の向こうからたくさんの星の子らがまばゆい光を放っていっせいに天頂へ駆け上がっていった。

辺りは夜の暗さに一転し、満天の星々の広がりに、石積みの上のランタンは赤々とした火を生き生きと灯し、ボートを担いだ巨人の影が、沈んだ太陽を追いかけていった。遠く境界があいまいになった山々の山頂に霧がかかりはじめ、ざわめく草原に、ランタンを手にした足は降り注ぐ星明かりの下を駆けだしていった。

16

ザザァ・・・・・

雨が走り、過ぎていった。どれくらいの時がたったのか、落ちることのない茜色の空の広がりに、荒涼とした大地は雨水をとどめることなくみるみる乾いていき、いくつものつむじ風が競うように走っていった。風の中からあらわれた青々とした葉を広げた苗木が入った鉢を抱えて歩いてくる青年は、前方に見えてきた、かつては大きな都市だったのだろう廃墟へと向かっていた。

青年は枠だけが残った都市の入口をしめす扉の前で足をとめ、そこへ小型の監視カメラがモーター音をとともに小さな赤いライトをチカチカとせわしなく明滅させながら一直線に飛んであらわれ、青年を見下ろす位置にとまってのぞき込むようにレンズの焦点を合わせた。

「やあ！　きみに見せたいものがあるんだ。入るよ」青年は監視カメラを見上げ、扉の枠を越えて都市の中に入っていった。

監視カメラは青年の後についていき、青年は、原型を失くした大きな建物が道をふさぎ、地面からめくれ上がったコンクリートが折り重なり、突きでた鉄筋がひしゃげ、てよりかかり合い、あちらこちらから飛びだした配線がうなだれ、いき場のなくなったプラスチックが手応えのない音を立てて転がっていくのにかまうことなく大通りを歩いていった。そして、ふと何かに呼ばれたように方向を変えて細い脇道に入っていくと、瓦礫と瓦礫の間の吹きだまりの前で足をとめた。

「なんだ。もう、きていたんだね」

青年が見つめる先に、まだどんな姿に成長するのかわからない小さな双葉が、瓦礫の隙間にさし込む陽の下でいっぱいに葉を広げていた。青年はしゃがんでその場所にたまった砂をかき分け、あらわれた湿り気のある土に掌を置いてひとつうなずくと、砂を戻してまた歩きだしていった。

都市の中央部に入ってくると、その中心に外壁がはがれ落ちて骨組みがむきだしになった都市全体を見わたせるほど高く細長い建物があらわれ、その入口で足をとめた青年は、最上階に一度視線を向けて中に入っていった。青年の後についていた監視カメラはすっと前にでてエレベーターの前でとまり、赤いライトを回した。すると、エレベーターが小さくうなって筒状の内部にさえざえとした青白い照明をつけていき、開かれた扉に、青年と監視カメラはエレベーターにのって最上階へ上がっていった。

エレベーターがとまり、開かれた扉からでていくと、隔てるもののなくなった部屋に風が吹きわたり、さえぎるもののなくなった頭上に高々と空が広がった。青年は、部屋の中央でチカ、チカ、チカ、チカと一定のリズムで赤い光を明滅させている巨大な球体のライトへ向かい、その横に腰を下ろすと、青年についていた監視カメラはその隣に降り立って静かになった。目の前には荒涼とした大地が小さな陰影をつけながらどこまでも続き、ぐるりと地平線を描いていた。

「きみは、ここで何を見ていたの？　今は、ここに何を見る？」

青年の声が聞こえているのかいないのか、巨大なライトは一定のリズムを変えることなく赤い光を明滅させていた。

「きみは求められて作られたのに、きみが求めた人たちは、みんないなくなってしまったね。やっぱり、失くしてはいけなかったんだ。図書館も博物館も美術館も劇場も公園も。いや、僕らが気づかなくちゃいけなかったんだ。世界を豊かにしているものが何なのかをきみにちゃんと教えてあげることができていれば、きっとこんなことにはならなかっただろうし、きみをこんな風にもしなかっただろうから。ねえ、この苗木をどこに植えたらいいかな？」

青年の問いに巨大なライトは高くうなって出力を上げ、明滅させていた赤い光をぐるりと回して一気に中心部に吸い込んだ。そして、ひと時の暗黒を見せた後、中心部から大量の赤色の数字と記号を一気に吐きだし、それらが球体内部をぐるぐる駆け回ってすべてをつれていくように背後に回ると、再びひと時の暗黒を見せ、すっとひとつの数字と記号の羅列を青年の足もとに映しだした。青年はそれを見てひとつうなずき、ポケットから小さなノートを取りだしてひとつのうたを書くと、そのページを切り離して床に置き、その上に監視カメラを置いて、苗木が入った鉢を抱えて立ち去っていった。

青年の足音が去り、巨大なライトは監視カメラを作動させ、風にはためく紙に書かれた文字をなぞるように動かしていった。

ゆったりとした大きな風が起き上がり、渦巻く風に空を覆っていく雲から雨が降り、長く長く降り続き、過ぎていった。

晴れた空に、地平線上を昇ることも沈むこともなく移動していた太陽がゆっくりゆっくりと沈みはじめ、一定のリズムで赤い光を明滅していた巨大なライトは、消えていく陽の残光に照らされながら次第にその暗黒の時を長くしていき、輝く沈黙の中に落ちていった。

17

ゴーン・・・・・

空に向かってそびえ立つ凹凸のないロウソクのように細長い高い建物の最上階で、沈みはじめた太陽とともに刻々と暗くなっていく部屋の天井から吊り下げられた大きな振り子がいく度目かのひと回りした時を告げ、報告書を読み終えた後の静寂を震わせた。部屋の半分を囲う床から天井まで届く大きな厚い窓の外に広がる黄土色の大地はむきだしの岩と乾いた砂地を地平線まで繋げ、掘りだされた大きなクジラの化石が太陽の陽を受けて影を長くしていき、起きた一陣の風にクジラの上に積もった砂が舞い上がり、渦を巻いて移動した。

「これが、一緒に届いておりました」若者は、報告書とともに栓のない親指ほどの大きさの古びた空の小瓶を机の上に置いた。

「これは?」

「こちらには、『小さな海』と書かれています」若者は、眉を上げた重い声の問いに小瓶につけられた小さなタグを見て答えた。

「海・・・。森、ではなく？」

「はい。確かに、ここには海と・・・。あれは？ あの光は、何でしょうか？ 宇宙船？ いや、こちらには何の連絡も入っていないはず・・・」タグに書かれた文字をもう一度確認して顔を上げた若者は、窓の外に広がるすっかり陽が落ちた紺青色の空に小さな青い光がひとつまたたいているのを見た。

青い光は次第に大きくなりながら輝きを増していき、机をはさんで対面する若者の瞳にその光が映るのを見た大きな手は、どこにそんな力まだが残っていたのかと思われる勢いでよりかかっていた高い背もたれから上体を起こし、回転椅子の肘かけについたボタンを押して背後の窓に身体を向けた。そして、恐れとも畏れともわからない感嘆の声を上げた。

「おお、なんと！ あれは、彗星だ！・・・美しい。恐ろしいほどの美しさだ。さあ、見るがいい。種がまかれるぞ！」

「種、ですか？ 彗星とは、ただの岩であると教えられましたが・・・。そうか！ では、我々もついに森を持つことができるのですね！」若者は興奮のあまり大きな声を上げて窓に駆けより、回転椅子の隣に並んで、目の前で起きはじめた光景に目を輝かせた。

「持つ？　それは持つものではない。間違えてはいけない。我々は、もう間違えてはいけないのだよ」

固く重い声が浮上して落ち、沈黙が広がった。窓の外では空と大地の境がわからないほど夜の暗闇に包まれていく中で、青い光だけがどちらに進もうかと迷っているかのようにその輝きを震わせていた。

「・・・なるほど。あれだけ知りたいと願い求めていたものをいざ知るとなると、知らなかった頃の方が、知った今よりもずっとそれを知っていたような気がするとは、何とも不思議なものだ。私は、これまで一体何を求めていたのか・・・」大きな身体は哀れみとも安堵ともわからない息を吐き、高い背もたれに深く沈んだ。

「・・・実は、わたくしも、探してこいといわれた時に、それを手放してしまったのではないかという気がしておりました。何かを失ったという感覚が、一瞬よぎったのを覚えています」若者は、告白するようにためらいがちにいった。

「それでいい。それでいいのだ。すまなかった。私が、きみたちの森を奪ってしまったのだ。しかし、森はここにある。ここにあったのだ。私は今、ひとつのうたを思いだしたよ。忘れてしまうほど遠くにあったが、ずっとここにあったのだ。いや、ただそれをうたおうとしなかっただけなのかもしれん・・・。さあ、海がくるぞ！」

彗星は太陽よりも明るい光を放ちはじめ、長い光の尾を引いて暗闇を移動していくと、暗黒の弧を描いて地平線の向こうへ見えなくなった。

時がとまったかのようなまったくの静寂に、閉ざしていたすべての光景が解放され、どこまでも広がりながら落ちていく意識に作り上げてきたものがすべてはがれ落ちていき、まったき空に反転した意識が一気に上昇すると、目のくらむほどの強烈な光が、自分の内側からなのか、それとも目の前に広がる光景からなのか、一瞬のうちに放たれて視界を埋め、それが去った数秒後、強大な獣が目を覚まし、高々と上げられた咆哮にも似た轟音が放たれ、空間を激しく震わせて建物に届いた振動が分厚い窓をビリビリと震え上がらせると、巨大な津波のように立ち上がった世界が一気に押しよせた。

天を透かす　青い空
やわらかな大きな風が　草原を揺らし
タンポポの綿毛が　舞い上がる
残った花茎の先端で
テントウムシが　顔を上げ
翅を広げて　飛び立った

著者プロフィール
久保田 梢（くぼた こずえ）
アーティスト

世界の産声

2025年３月15日　初版第１刷発行

著　者　久保田 梢
発行者　瓜谷 綱延
発行所　株式会社文芸社
〒160-0022　東京都新宿区新宿1－10－1
電話　03-5369-3060（代表）
03-5369-2299（販売）

印刷所　株式会社暁印刷

ISBN978-4-286-26267-3